Moorbad

Joachim H. Peters

Moorbad

Ein Bäder-Krimi aus Bad Driburg

Verlag topp+möller
Detmold 2012

Vorwort

„Moorbad“ hat mich nicht nur mit seiner Geschichte um Alois Rosenhöfer gefesselt. Besonders spannend war es, in diesem Krimi die vielen Orte wiederzufinden, die eng mit dem Gräflichen Park und unserer Familie verwoben sind.

Besonders amüsant fand ich die Idee, diese Geschichte einen waschechten Bayer erleben zu lassen; über seine Charakterzüge – aber vor allem die Art der Therapeuten – habe ich sehr geschmunzelt.

Wir möchten uns sehr dafür bedanken, dass Joachim H. Peters diese Geschichte in Bad Driburg hat spielen lassen! Auf diese Art und Weise wird unserer schönen, westfälischen Heimatstadt am Fuße des Teutoburger Waldes ein unterhaltsames und spannendes Denkmal gesetzt. Möge dieses Buch viele Leser und den Weg in den Gräflichen Park finden, den „Ort des ländlichen Vergnügens“!

Annabelle Gräfin von Oeynhausen-Sierstorpff

Bibliografische Information Der Deutschen Bibliothek
Die Deutsche Bibliothek verzeichnet diese Publikation in der Deutschen Nationalbibliografie; detaillierte bibliografische Daten sind im Internet über http://dnb.ddb.de abrufbar.

ISBN: 978-3-936867-41-1

Erste Auflage 2012

Verlag und Gesamtherstellung: topp+möller, Detmold
Lektorat: Volker Maria Neumann

Für die „Salomon-Bande“

Bücher und Freunde
braucht man wenige und gute

Prolog

„Die ständige Wiederholerei kotzt mich an." Wütend warf Heinz Wurm den Zettel mit den Zeitangaben auf den Tisch und stand auf.

„Du wirst es so lange wiederholen, bis es endlich sitzt. Ich habe es auch satt, dir ständig vorzubeten, dass es bei diesem Plan auf die Sekunde ankommt." Holger Mertens funkelte seinen Komplizen aus engen Augenschlitzen an. Wenn er noch die Zeit gehabt hätte, sich einen anderen Partner zu suchen, hätte er es sofort getan, aber leider hatte ihm der neue Fahrplan einen Strich durch die Rechnung gemacht.

Mertens nahm den achtlos hingeworfenen Zettel vom Tisch und sah darauf. Ein Plan, wie ihn ein Militärstratege nicht besser hätte entwerfen können. Er musste innerlich schmunzeln, wenn er daran dachte, dass er während seiner Zeit als Wehrpflichtiger mehr im Bau als in der Kaserne gesessen hatte.

Er war dauernd wegen irgendwelcher Eskapaden aufgefallen, und letzten Endes hatte er sogar mehr als vierzig Tage nachdienen müssen, um die Zeit abzuleisten, die er hinter Bundeswehrgittern zugebracht hatte. Sein Spieß hatte ihm bescheinigt, dass aus ihm wohl nie ein richtiger Soldat werden würde. Dazu fehlten ihm angeblich Gehorsam und die Fähigkeit, strategisch zu planen. Wenn der wüsste ...

Wochenlang hatte er dieses Ding mit dem Geldtransporter ausgetüftelt. Er kannte jede Schraube an dem Fahrzeug. Auf Anhieb hätte er sagen können, welche Reifengröße montiert und wie dick die Panzerung des Wagens war. Ja, die Panzerung, das war anfänglich sein Problem gewesen. Aber dann hatte er diesen genialen Einfall gehabt. Von da an war alles wie am Schnürchen gelaufen. Doch ihm war auch bald klar geworden, dass er für diesen Coup mindestens einen Helfer brauchen würde.

Heinz Wurm kannte er noch aus seiner Bundeswehrzeit, und nachher waren sie sich ab und zu mal über den Weg gelaufen. Mertens wusste aus zuverlässiger Quelle, dass Wurm gesessen hatte und im Lexikon unter dem Eintrag „Erfinder der Arbeit“ nicht zu finden war. Wurm hielt sich mit kleinen Gaunereien und dem Erlös aus dubiosen Geschäften über Wasser.

Aber Mertens wusste, dass auch Wurm immer auf das ganz große Ding hoffte. Kurzes, schnelles Spiel, Kohle einsacken und ab nach Kuba. Und Wurm war ein guter Autofahrer. Genau so einen brauchte Mertens für seinen Plan. Nur leider verfügte Wurm anscheinend nicht über die Ausdauer und den Grips, den Mertens sich bei ihm gewünscht hätte.

Wurm war ungeduldig und arbeitete mit eher brachialen Methoden. Mertens hätte eine Scheibe elegant mit dem Glasschneider geöffnet. Wurm hingegen schlug sie stumpf mit einem Wagenheber ein.

„Los, Heinz, setz dich wieder hin!“ Mertens schob ihm den Plan zurück über den Tisch.

Wurm drehte sich mit missmutigem Gesichtsausdruck um und starrte sekundenlang auf das Blatt. Mit einem Ächzen ließ er sich wieder auf den Stuhl fallen und nahm es in die Hand. Aber er studierte weniger den darauf befindlichen Zeitplan als vielmehr über das Blatt hinweg seinen Komplizen Mertens. Irgendwie wusste er ihn nicht richtig einzuschätzen. Der Typ war aalglatt und ging garantiert über Leichen. Wurm war sich sicher, dass der keine Sekunde zögern würde, ihn abzuservieren, wenn das hier nicht nach Plan lief.

Aber diesen dicken Fischzug wollte sich Wurm auf keinen Fall entgehen lassen. Etwas mehr über drei Millionen Euro. Geteilt durch zwei bedeutete das eineinhalb Millionen Euro für jeden. Also schlappe drei Millionen Mark. Und alles für eine halbe Stunde Arbeit.

Netter Stundenlohn, dachte Wurm und vertiefte sich wieder in die Notizen.

„Also, fangen wir noch mal da an, wo es brennt!“, forderte Mertens ihn auf. Und mit einem Seufzen begann Wurm erneut, den Zeitplan gebetsmühlenartig herunterzuleiern.

***

Kauter sah auf seine Armbanduhr. Sie hatten soeben die Filiale der Sparkasse angefahren, und sein Arbeitskollege Müller hatte sich ins Gebäude begeben, um das Geld zu holen. Kauter behielt die Umgebung genau im Auge. Zum Glück war bald Feierabend. Nur noch diese eine Bank hier – und dann zurück zum Depot. Dann mussten andere auf die Kohle aufpassen.

Vor einer Woche hatte sich die Route verändert, aber Kauter hatte sie bereits genau im Kopf. Er rechnete gerade die Fahrzeit bis zur Firma aus, als Jupp Müller mit zwei Stahlkassetten aus der Sparkasse trat. Die Hände steckten in den dafür vorgesehenen Griffmulden, und keiner ahnte, was passieren würde, wenn jemand auf den Gedanken käme, den Versuch zu wagen, sie wegzureißen. Mit seinen 1,95 Meter und dem schweren Colt an seiner Hüfte erinnerte Müller an Marschall Matt Dillon in *Rauchende Colts*, fand Kauter.

Er betätigte den Sicherheitsmechanismus der Tür, und Müller kletterte mitsamt den Kassetten in den gepanzerten Wagen. Kaum hatte er alles verstaut und war nach vorne gekommen, fuhr Kauter auch schon los. In Gedanken war er jedoch bereits zu Hause und bastelte weiter an seinem neuen Gartenhaus. Müller notierte den Empfang des Geldes und die Nummern der Kassetten in ihrem Auftragsplan und klemmte dann das Schreibbrett wieder unter die Sonnenblende. Auch seine Gedanken glitten langsam in Richtung Feierabend.

An dem Trecker, der an der Tunnelausfahrt des Menkhauser Berges in Fahrtrichtung Lipperreihe stand, schien etwas defekt zu sein. Der Fahrer suchte im Motorraum nach einem möglichen Fehler. Das Fahrzeug mit seinem hoch mit Stroh beladenen Anhänger im Schlepp stand am rechten Straßenrand und ragte etwa einen halben Meter auf die Fahrspur. Von Oerlinghausen kommend hatte der Fahrer zwar noch den Tunnel passieren können, doch dann hatte der Motor angefangen zu stottern und mitten in der Tunnelröhre endgültig den Geist aufgegeben. Der nachfolgende Verkehr musste das Gespann langsam und mit gehörigem Abstand umfahren.

Der gepanzerte Geldtransporter fuhr die Tunnelstraße hinauf. An der Einmündung Paderborner Straße schaltete Kauter herunter, und der Motor heulte laut auf. Die Route durch den Tunnel in Oerlinghausen bis zu ihrem Depot in Sennestadt war relativ neu.

Auf der Brücke Zeppelinstraße standen Kinder und winkten ihnen zu. Nach einer leichten Rechtskurve sahen sie bereits die Tunneleinfahrt und einen Rückstau, der sich davor gebildet hatte. Mehrere PKW hatten angehalten, und Kauter bremste dahinter ab. Als er an den Fahrzeugen vorbeisah, bemerkte er einen Mann mit Warnweste und einer rot-weißen Flagge, der die Einfahrt zum Tunnel blockierte.

Vor dem Geldtransporter begannen die Fahrzeuge zu wenden. Aus der Gegenrichtung gab es anscheinend überhaupt keinen Verkehr mehr. Der Mann mit der Flagge näherte sich dem langsam anrollenden Geldtransporter.

Als er neben dem Fahrzeug stand, schaltete Kauter die Sprechanlage des gepanzerten Fahrzeuges ein. Der Tunnel sei wegen eines Unfalls gesperrt, zurzeit könnten nur der Linienverkehr, Einsatzkräfte oder andere wichtige Fahrzeuge den Tunnel einspurig benutzen. Als Kauter ihm erklärte, dass sie dringend nach Bielefeld-Sennestadt müssten, gab ihnen der Mann den Weg frei. Für die nachfolgenden Fahrzeuge sperrte er augenblicklich wieder die Straße und bedeutete ihnen, zu wenden.

Der Geldtransporter nahm Fahrt auf und rollte in den Tunnel. Kurze Zeit später sahen sie an dessen Ausfahrt ein Traktorgespann, welches soeben vom Fahrbahnrand anrollte und anscheinend die Absicht hatte zu wenden. Inmitten dieses Wendevorgangs blieb das Fahrzeug jedoch stehen und blockierte jetzt den kompletten Tunnel. Kauter bremste gerade den Transporter ab, als am Anhänger etwas explodierte. Noch während Kauter überlegte, was an einem Anhänger explodieren konnte, geriet die Ladung bereits mit rasender Geschwindigkeit in Brand. Nur Sekunden später standen Traktor und Anhänger in hellen Flammen.

„Verdammte Scheiße!“, fluchte Müller, während Kauter bereits den Rückwärtsgang einlegte und in den Spiegel sah. Doch an ein Zurücksetzen war nicht zu denken, denn direkt hinter ihrem Fahrzeug stand ein größerer Geländewagen. Kauter erinnerte sich, dass dieser vorhin noch neben der Tunneleinfahrt gestanden hatte. Das Feuer war mittlerweile so hell geworden, dass die beiden Männer ihre Augen mit vorgehaltenem Arm abschirmen mussten.

„Warum setzt dieser Idiot hinter uns nicht zurück, der muss doch sehen, was hier los ist!“, schrie Kauter.

„Wenn wir hier nicht schnellstens wegkommen, werden wir in dieser Keksdose gebraten“, keuchte Müller und kletterte nach hinten. Nur raus hier, war sein einziger Gedanke.

„Manfred, wir können doch das Geld hier nicht einfach zurücklassen“, warnte Kauter.

„Helmut, ich scheiße auf das Geld, glaubst du, ich will wegen ein paar lumpiger Kröten krepieren?“

Die Hitze im Fahrzeug wurde nun fast unerträglich und auch Kauter sah ein, dass er sein Leben retten musste. Müller hatte inzwischen die Notfallverriegelung der Tür geöffnet.

Kauter wollte das Fahrzeug sofort wieder verschließen, wenn sie ausgestiegen waren. Vielleicht ließ sich das Geld ja so retten.

Als Müller die Ausstiegsluke öffnete, sah er sich einem Mann in einem feuerfesten, silbernen Schutzanzug gegenüber. Wie kam die Feuerwehr denn so schnell hierher?, überlegte Müller und sah im gleichen Moment die Pistole in der Hand des Mannes. Mit der anderen griff der zu und riss Müller den Revolver aus dem Holster. Der Wachmann stürzte dabei aus dem Fahrzeug, und kurze Zeit später lag auch sein Kollege entwaffnet neben ihm auf dem Boden. Die Temperatur im Tunnel war fast unerträglich, der Asphalt heiß wie eine Ofenplatte, und die Betonwände reflektierten die Hitze des Feuers.

Der Mann im Schutzanzug trat Müller in die Seite und machte mit der Waffe in der Hand eine eindeutige Geste. Sie sollten den Tunnel verlassen. Mühsam rappelte sich Müller auf und zog seinen Kollegen mit auf die Füße. Nochmals wiederholte der Mann seine nonverbale Aufforderung, und mit einem mulmigen Gefühl im Magen stieß Müller seinen Kollegen vor sich her in Richtung Tunnelausgang.

Hoffentlich war der Räuber nur auf das Geld aus. Trotz der Hitze lief es Müller eiskalt über den Rücken. Kein schönes Gefühl, durch einen brennenden Tunnel zu stolpern und zu wissen, dass sich hinter einem jemand mit einer Pistole befindet.

Als sie den Geländewagen passierten, der ihr Zurücksetzen unmöglich gemacht hatte, bemerkte Kauter, dass ein weiterer Mann im Schutzanzug neben dem Wagen stand und überwachte, dass sie den Tunnel auch wirklich verließen. Eine Maßnahme, die aufgrund der wahnsinnigen Hitze aber vollkommen überflüssig war. Die beiden Wachmänner hatten nur noch das Bedürfnis, ihre Haut zu retten. An das Geld in ihrem Fahrzeug dachten sie keine Sekunde mehr.

Noch während die beiden entwaffneten Männer hilflos aus dem Tunnel stolperten, war Mertens in den Geldtransporter geklettert und warf seinem Komplizen Wurm bereits Geldsäcke und Kassetten aus dem Wagen entgegen. Dieser bemühte sich, die Beute so schnell wie möglich in den Geländewagen zu verladen. Die ganze Aktion dauerte nicht mehr als ein paar Minuten. Die beiden Räuber merkten, dass ihre Schutzanzüge die Hitze auch nicht viel länger würden abhalten können. Es wurde Zeit, den Rückzug anzutreten.

Mertens riss sich die Feuerschutzhaube vom Kopf und kletterte auf den Fahrersitz des Geländewagens. Hinten schloss Wurm von innen die Hecktüren, nachdem er auf die Beute geklettert war. Während Mertens zurücksetzte, zog auch er sich die Kapuze vom Kopf und warf sie achtlos zur Seite. Dann begann er, sich so schnell wie möglich aus dem Feuerschutzanzug zu pellen.

Mertens hatte gewendet und fuhr mittlerweile bereits wieder in Richtung Tunnelausfahrt. Vor dem Tunnel hatten sich erneut Fahrzeuge angesammelt, die vor der von Mertens zuvor auf die Straße gezogene Warnbarke hielten. Mehrere Fahrer waren ausgestiegen und spähten neugierig in den Tunnel, der nun von den Flammen hell erleuchtet war. Nur wenige registrierten den Geländewagen, der nun wie ein Projektil aus dem Tunnel geschossen kam. Von den beiden Wachmännern keine Spur.

Mertens trat das Gaspedal bis zum Bodenblech durch, und mit heulendem Motor ging die Fahrt bergab in Richtung Bundesstraße 66. An der Kreuzung fuhr Mertens rechts ran.

„Du weißt Bescheid, wir treffen uns in einer Stunde. Halt dich genau an die Anweisungen."

Wurm schlüpfte soeben aus den Hosenbeinen des Schutzanzuges und öffnete bereits die Hecktür. „Scheiß dir mal nicht in den Frack. Ich bin ja kein Anfänger. Sieh lieber zu, dass du die Knete in Sicherheit bringst. In einer Stunde will ich meinen Anteil." Wurm knallte die Hecktür zu, schlug mit der Hand auf das Wagendach.

Im selben Moment fuhr Mertens los und überquerte die Detmolder Straße in Richtung Asemissen. Im Rückspiegel konnte er erkennen, wie sein Komplize zu einem abgestellten Auto rannte. Bis jetzt lief alles nach Plan.

***

Bereits in der Polizeischule lernt man, dass man nicht blindlings zu einem Tatort rast, sondern bereits während der Anfahrt auf verdächtige Fahrzeuge oder Personen achtet. Die Besatzung des Streifenwagens, der aus Richtung Bielefeld kam und von dem Vorfall im Tunnel Kenntnis bekommen hatte, hielt daher die Augen auf. Das war kein zufälliger Brand im Tunnel, sondern hier ging es um einen knallharten Raubüberfall, bei dem die Täter mit der Beute auf der Flucht waren. Einer der Wachmänner hatte unmittelbar nach Verlassen des Tunnels den Vorfall über die Notrufsäule gemeldet. Die Einsatzleitstelle der lippischen Polizei hatte sofort reagiert und auch die umliegenden Behörden in Alarmbereitschaft versetzt. Und wie der Zufall es wollte, stand ein Bielefelder Streifenwagen im Gewerbegebiet Ubbedissen, also relativ nah am Tatort. Als die beiden Polizeibeamten auf die B 66 abbiegen wollten, bemerkten sie einen grauen BMW, der aus Richtung Tatort kommend mit einem riskanten Manöver einige Fahrzeuge vor der Ampelkreuzung überholte. Darunter einen Geländewagen.

Ihr polizeilicher Instinkt sagte den beiden Beamten, dass dieses Verhalten kein Zufall war. Der Fahrer des Streifenwagens riss das Lenkrad herum und folgte dem BMW, der nun auf die Bundesstraße in Richtung Bielefeld raste.

Während er Blaulicht und Martinshorn einschaltete, informierte sein Kollege bereits die Leitstelle über die beginnende Verfolgungsjagd.

Innerhalb kürzester Zeit hatten sie die Autobahnauffahrt der A2 erreicht, doch die Jagd ging auf der Bundesstraße weiter. Vermutlich hatte der Fahrer die Absicht, den Polizeiwagen im Stadtgebiet Bielefeld abzuhängen. Mit stark überhöhter Geschwindigkeit rasten die beiden Fahrzeuge die Lagesche Straße entlang.

Wurm, der den BMW voll im Griff hatte, versuchte an der nächsten Kreuzung nach links abzubiegen, doch als er den von dort zu Hilfe eilenden Streifenwagen sah, musste er auf der B 66 bleiben.

Als er von der Detmolder Straße nach rechts in die Otto-Brenner-Straße abbog, hingen schon vier Fahrzeuge der Bielefelder Polizei an ihm dran. Einige Fußgänger, die die Straße überqueren wollten, konnten im letzten Moment noch zurückspringen.

Wurm, nun mit einem Rattenschwanz an Polizeifahrzeugen im Schlepp, blieb auf dem Gas und erreichte nur Augenblicke später die große Kreuzung Oldentruper Straße. Hier riss er das Lenkrad nach links, schaltete runter und der BMW driftete durch die Kurve. Sofort gab er wieder Gas. Ein Polizeifahrzeug übersteuerte und streifte einen anderen Pkw, doch die restlichen Fahrzeuge klebten an ihm dran. Weit vor sich bemerkte Wurm die Straßenbahn, die in Richtung Zentrum fuhr.

Jetzt war seine Chance gekommen, die Bullen abzuhängen. Die Straßenbahn hatte bereits die Kreuzung Oststraße überquert und würde gleich an der dortigen Haltestelle anhalten. Um Zeit zu schinden, verlangsamte Wurm etwas das Tempo, begann aber Schlangenlinien zu fahren, um zu verhindern, dass er überholt werden konnte. Die Straßenbahn hatte mittlerweile die Haltestelle erreicht, und Wurm hoffte darauf, dass sie rechtzeitig wieder anfahren würde. Die Schienenführung würde sie dann von der Mitte der Fahrbahn auf seine Fahrspur lenken. Wenn er es schaffte, vorher noch rechts an der Straßenbahn vorbeizukommen, würde sie ihn für einen kurzen Augenblick von den Verfolgern trennen. Diesen Moment wollte Wurm nutzen, um abzubiegen, anzuhalten und den Wagen ungesehen zu verlassen.

Bis jetzt lief alles wie am Schnürchen. Neidlos musste er sich eingestehen, dass Mertens an alles gedacht hatte. Sogar daran, dass die Bullen bei ihrem Coup in der Nähe sein könnten. Seine Aufgabe war unter anderem, sie von der Fährte der Beute abzulenken. Und das klappte bis jetzt ja auch prima. Wenn die wüssten, dass in dem vorhin von ihm überholten Geländewagen die Beute lag! Wurm grinste hämisch.

Dann gab er wieder Gas und der BMW machte einen Satz nach vorne. Er schoss über die Oststraße hinweg. Doch die Straßenbahn schien, ausgerechnet heute, nicht an der Haltestelle anzuhalten, sondern fuhr langsam weiter. Verdammt, so war das nicht geplant.

Wurm trat das Gaspedal bis zum Bodenblech durch und schoss auf die Lücke zu. Noch bevor er mit der Straßenbahn zusammenstieß, wusste er bereits, dass sein Vorhaben scheitern würde. Die von links kommende Straßenbahn erwischte den Wagen hinten links und schleuderte ihn herum. Vor der Straßenbahn stellte sich der Wagen quer. Trotz einer Vollbremsung kam es zu einem weiteren leichten Zusammenstoß, der zwar keinen größeren Schaden anrichtete, aber dafür sorgte, dass der BMW sich überschlug. Nach zwei Umdrehungen um seine Längsachse rutschte er auf dem Dach liegend gegen eine Hauswand. Und noch ehe Wurm, der wie durch ein Wunder unverletzt geblieben war, den Sicherheitsgurt lösen konnte, sah er bereits Beine in beigefarbenen Uniformhosen aus Fahrzeugen springen, die mit quietschenden Reifen neben seinem Autowrack hielten.

„Verdammter Mist“, fluchte Wurm und trat wütend und hilflos im Autowrack gefangen gegen die Beifahrertür.

Kapitel 1

„Sapperlot! Wos is jetzt des für a Kuhdorf?"

Äußerst übellaunig wischte sich der dicke Mann mit dem dünnen Schnurrbart den Schweiß von der Stirn. Sein rotweiß kariertes Taschentuch erinnerte von der Größe her eher an eine Tischdecke und wollte, genau wie seine bayerische Trachtenkleidung, so gar nicht auf den Bahnsteig des ostwestfälischen Bad Driburg passen.

Mühsam und unwillig stopfte er das Tuch zurück in die Tasche seiner ledernen Kniebundhose und blickte mürrisch auf drei Koffer, die um ihn herumstanden. Mit ihnen hatte er sich bereits seit seiner Abfahrt in Rosenheim geplagt.

Er setzte seinen grünen Lodenhut ab und schaute sich um. Die Hitze flimmerte über den leeren Gleisen. Eine dicke Hummel summte orientierungslos herum und wich dem gerade angekommenen Zugreisenden nur mühsam aus.

Dieser versuchte vergeblich, sich mit seinem Hut Frischluft zuzufächeln. Alois Rosenhöfer schnaufte unwirsch. Hier sollte er also die nächsten drei Wochen verbringen? Womöglich sogar vier?

Da stand er nun auf dem Bahnsteig im ostwestfälischen Bad Driburg und konnte immer noch nicht richtig begreifen, wie er hierhergekommen war. Erst vor wenigen Augenblicken war er aus der Nordwestbahn gestiegen, die sofort wieder abfuhr. Alois vermutete, dass der Zugführer froh war, den einsamen Bahnsteig schnell wieder verlassen zu können.

Eigentlich war klar, warum er hier stand. Er kam zur Kur nach Bad Driburg. Aber keineswegs auf freiwilliger Basis. Dabei musste man sagen, dass der beleibte Mann aus Rosenheim grundsätzlich gar nichts gegen eine Kur gehabt hätte. Aber doch nicht hier bei „dene Saupreiß'n", wie er alles, was nicht urbayrisch war, nannte. Sogar Hessen und Schwaben.

Mit einer mordsmäßigen Wut im Bauch musste er daran denken, wie es dazu gekommen war. Der Arzt seines Arbeitgebers hatte ihn in der letzten Zeit mehrfach zu sich zitiert, und jedes Mal hatte er mit vorwurfsvoller Miene an seinem Übergewicht herumgemäkelt. Dabei fand Alois, dass er für einen Mann, der südlich des Weißwurstäquators lebte, eine passable und vor allem stattliche Figur hatte.

Doch dieser blöde Quacksalber war ihm plötzlich mit Gewichtstabellen und so einem neumodischen Zeug wie BMI gekommen. Beim ersten Mal hatte Alois noch BMW verstanden und sich gefragt, was sein Gewicht mit Autos zu tun hatte. Doch schon beim nächsten Termin hatte der Mediziner ihn aufgeklärt. Und die Worte Body, Mass und Index benutzte er anschließend so häufig, dass Alois sie mittlerweile auswendig kannte und schon bald nicht mehr hören mochte.

Ja, was glaubte denn dieser Viechdoktor? Meinte der etwa, dass ein Mann wie er, der voll im Berufsleben stand, sich nur von Salatblättern ernähren konnte? Von diesem fiesen, fürchterlichen Grünfutter?

Wobei, grundsätzlich hatte er ja nichts gegen Salat. Er aß sogar das eine oder andere Blatt ganz gerne, vorausgesetzt, es lag neben einem Wiener Schnitzel. Aber noch besser war es natürlich, wenn der Schnitzellieferant vorher den Salat gefressen hatte.

Bei jedem neuen Besuch hatte ihn der Doktor mit penetranter Boshaftigkeit auf die Waage gestellt und kopfschüttelnd das ständig steigende Gewicht notiert. Bereits beim ersten Mal hatte er darauf gedrungen, dass Alois unbedingt abnehmen müsse. Und das sogar noch vor dem Wiegen. Dabei fielen dann so Sprüche wie: „Herr Rosenhöfer, was Sie machen, ist Selbstmord mit Messer und Gabel!!“ oder: „Wenn Sie so weitermachen, fressen Sie sich noch zu Tode.“

Beim zweiten Mal war dann im Laufe der Untersuchung erstmalig das Wörtchen Kur gefallen. Genau da war Alois hellhörig geworden. Er konnte es sich nämlich sehr gut vorstellen, drei Wochen in Bad Wiessee oder in Bad Aibling zu verbringen. Eine kleine, morgendliche Massage vor den Weißwürsten. Ein abendliches Weizenbier zu einer perfekt gebratenen Schweinshaxe. Ja, so konnte er sich drei Wochen Kur sehr gut vorstellen und hätte auch gegen eine Verlängerung nichts einzuwenden gehabt.

Aber es bedurfte noch zwei weiterer Termine, bis der Doktor ihm endlich die Kur verschrieb. Und so glücklich er anfangs darüber war, umso fassungsloser war er ein wenig später.

Der Doktor hatte ihn nämlich zunächst höflich gebeten, sozusagen um guten Willen zu beweisen, abzunehmen. Dann war er dazu übergegangen, Alois nachdrücklich dazu aufzufordern. Aber genauso gut hätte er den Wind auffordern können, nicht mehr zu wehen. Im Kreise seiner Freunde und Kollegen war Alois für seine Sturheit bekannt und berüchtigt.

Doch diesmal hatte er damit einen Fehler gemacht. Er hatte sowohl den Doktor als auch dessen Geduld unterschätzt. Der Arzt kannte die Sturheit zahlreicher, bayerischer Bauchträger und war es leid, dass seine gut gemeinten Ratschläge ständig in den Wind geschrieben wurden.

Wie der Zufall es wollte, hatte er einen Tag, bevor Alois Rosenhöfer zum nächsten Termin erschien, ein Gespräch mit einem Kollegen aus Nordrhein-Westfalen geführt. Der Mediziner aus dem Ostwestfälischen hatte zwar eigentlich eine Fachfrage in Bezug auf Schilddrüsenerkrankungen, aber man war so nach und nach vom Hölzchen aufs Stöckchen gekommen. Und irgendwann auch auf die Sturheit einiger Patienten und deren vollkommene Beratungsresistenz bezüglich ärztlicher Ratschläge.

Plötzlich war Alois Rosenhöfer zum Thema der beiden studierten Herren geworden.

Im Nachhinein betrachtet, war es dann schon fast logisch, dass der werte Herr Kollege aus dem Ostwestfälischen seinem alpenländischen Kollegen den Vorschlag unterbreitete, der Alois nicht mit Zufriedenheit erfüllen sollte. Man kam nämlich überein, einfach die Patienten zu tauschen. Der nordrheinwestfälische Mediziner hatte darum gebeten, einen seiner Patienten in ein bayerisches Kurbad schicken zu dürfen. Sozusagen im Austausch dafür hatte er seinem Kollegen einen Platz in einem Kurbad in seiner Nähe angeboten. Ein Vorschlag, der dazu führte, dass sich der bayerische Doktor vor Schadenfreude die Hände rieb. Er konnte sich schon Rosenhöfers Gesicht vorstellen, wenn er ihm eröffnete, wohin die Reise ging. Er hatte freudig zugestimmt und sich bereits im Vorfeld für das großzügige Angebot bedankt. Bereits zwei Wochen später war in der *St. Urbanus Klinik* in Bad Driburg ein Platz frei geworden.

So kam es, dass Alois nun mutterseelenallein auf dem Bahnsteig des ostwestfälischen Kurbades stand und alle Doktoren der Welt zum Teufel wünschte.

Er konnte sich noch genau an den scheinheiligen Gesichtsausdruck des Betriebsarztes erinnern, als dieser ihm eröffnete, dass er seine Kur genehmigt hätte. Dass der Doktor im gesamten weiteren Gespräch das Wort Gewichtsreduzierung nicht mehr in den Mund nahm, hätte ihn jedoch stutzig machen müssen.

Vor seinem geistigen Auge stand immer noch die Hand des Arztes, die den unterschriebenen Kurantrag zu ihm hinschob und dabei mit schadenfrohem Gesichtsausdruck auf die Spalte „Ort der Maßnahme“ tippte. Zunächst verstand Alois gar nicht, warum der Doktor ihn dabei so angrinste.

Bad Driburg? Wo lag denn das? In Niederbayern? In Oberfranken? Im Allgäu?

Als der Doktor ihm erklärte, dass er nach Nordrhein-Westfalen fahren würde, hätte ihn fast der Schlag getroffen. Wie benommen war er aufgestanden und aus der Praxis getaumelt. Dieses *Aas* hatte ihn ganz übel hereingelegt. Nordrhein-Westfalen? Das war doch die absolute Höchststrafe. Zuhause hatte er dann erst mal in einem alten Straßenatlas nachsehen müssen, wo dieses Nordrhein-Westfalen überhaupt lag. Sapperlot!

Alois Rosenhöfer klemmte sich den kleinsten der drei Koffer unter den Arm und griff dann mühsam nach den beiden anderen Gepäckstücken. Schnaufend und schwitzend verließ er den Bahnsteig, überquerte Gleis eins und war erleichtert, als er seine Last bereits auf dem Gehweg vor dem Bahnhof wieder abstellen konnte. Seufzend ließ er sich auf den großen Hartschalenkoffer sinken, der dies mit einem verdächtigen Knacken kommentierte.

Alois kramte in der Jackentasche und zog ein Blatt hervor, welches ihm diese vermaledeite Kurklinik nach Hause geschickt hatte. Es war mehrfach mit durchsichtigem Klebeband zusammengeklebt. In einem Anfall von Wut hatte Alois es, direkt nach Erhalt, buchstäblich in der Luft zerrissen. Aber die Mama hatte es ordentlich wieder zusammengeklebt, weil es doch einige wichtige Informationen enthielt. Zum Beispiel die, dass er am Bahnhof von einem Wagen der *St. Urbanus Klinik* abgeholt würde.

Alois Rosenhöfer schaute auf seine Uhr. Wenn die Uhren in Preußen genauso gingen wie die in Bayern, dann müsste der Wagen bereits hier sein. Oder kannten die Nordrhein-Westfalen etwa gar keine Sommerzeit?

Während er noch mal auf den Brief sah, schweiften seine Gedanken wieder in Richtung Süden ab.

Die Mama. Ja, der war fast das Herz stehen geblieben, als sie gehört hatte, was der hinterfotzige Herr Doktor da ausgeheckt hatte. Aber auch sie musste einsehen, dass gegen diese Maßnahme kein Kraut gewachsen war.

Also hatte die Mama mit Tränen in den Augen seine Sachen zusammengesucht, um zu sehen, was dem Jungen noch fehlte und was er unbedingt mitnehmen musste. Da oben in Westfalen würde es doch im August sicher sehr kalt sein, wo doch das Meer nicht weit weg lag. Dann war ihr siedend heiß eingefallen, dass sie ja nur noch einen alten Koffer aus Stoff hatten, denn reisen hatte nie zu den Hobbies der Familie gehört. Schon bevor der Papa vor zwanzig Jahren gestorben war. Seufzend hatte sie sich eingestanden, dass für diese Reise auch noch neue Koffer angeschafft werden mussten.

Damals, als der Papa starb, war Alois gerade fünfundzwanzig geworden und hatte sich angeschickt, das Haus zu verlassen. Seine damalige Freundin Marianne hatte er heiraten wollen. Sie war zu der Zeit als Kellnerin im Wirtshaus *Zum goldenen Löwen* beschäftigt gewesen, wo er sie auch kennen gelernt hatte. Marianne war ein paar Jahre älter als Alois, und sie war auch genau genommen seine erste richtige Freundin. Mama hatte sie nie so recht gefallen, weil sie doch so ein Frauenzimmer war, das den Kerlen nur schöne Augen machte, um ihnen das Geld aus der Tasche zu ziehen.

Aber Alois war stur und fest entschlossen geblieben, das „Hotel Mama" zu verlassen und mit Marianne zusammenzuziehen. Doch dann war plötzlich der Vater gestorben, und die Mutter hatte ihn angefleht, dass er sie jetzt nicht allein lassen dürfe.

Also hatte er Marianne schweren Herzens eingestehen müssen, dass es mit der gemeinsamen Wohnung noch nichts würde. Wovon sie natürlich nicht besonders begeistert war. Dieser Schicksalsschlag sorgte dann auch dafür, dass ihre Beziehung merklich abkühlte.

Nach Mariannes Aussagen kam auch noch dazu, dass die Mama wohl überall im Dorf über sie tratschte und sie schlecht machte. Als Alois seine Mutter daraufhin zur Rede stellte, wehrte diese vehement ab. Ganz im Gegenteil erklärte sie, daran könne man doch sehen, wie falsch dieses Frauenzimmer doch eigentlich sei. Sie selber sei es, die solche Gerüchte in die Welt setzte, um einen Keil zwischen Mutter und Sohn zu treiben.

So kam es, dass sich Alois, der mit diesem „Stutenkrieg“ vollkommen überfordert war, entscheiden musste. Entweder für seine Marianne oder für seine Mama.

Wobei die Mama es letztendlich schaffte, ihn zu sich herüberzuziehen. Mit Tränen und vorgetäuschten Schwächeanfällen. Als sich Marianne kurze Zeit später bereits mit einem Bierkutscher tröstete, war die Mama sofort wieder obenauf und verkündete, dass sie ja schon immer gewusst habe, „was das für eine sei“. Und die Tratschweiber im Dorf gaben ihr da völlig recht.

Das Ergebnis war, dass Alois mit seinen bereits fünfundvierzig Jahren immer noch zu Hause wohnte. Nur einmal noch hatte er eine junge Dame kennen lernt. Sie arbeitete in einem Büro des Landratsamtes, kam aus Sachsen und konnte beim Sprechen ihre Herkunft nicht verheimlichen. Deshalb war ihr erster Besuch bei Alois zu Hause gleichzeitig auch ihr letzter gewesen. Dafür hatte die Mama schon gesorgt. Sie hinauszuekeln war keine große Aufgabe gewesen. Was ihr jedoch Kopfzerbrechen machte, war die Tatsache, dass ihr Sohn sich jetzt sogar einer Ausländerin zugewandt hatte. Wie kam er nur auf Sachsen?

So wurde Alois das, was andere gern als Muttersöhnchen bezeichneten. Aber im Laufe der Jahre gefiel ihm dieser Zustand immer besser. Konnte er doch ins Wirtshaus gehen, wann und wie lange er wollte. Niemals musste er sich Vorwürfe anhören. Die Mama, die hatte immer Verständnis für ihn, selbst wenn er mal einen gewaltigen Rausch mit heimbrachte. Und es gab nicht wenige Ehemänner am Stammtisch, die ihn um diesen Freibrief beneideten. Was hatte der Jäger Sepp am Stammtisch mal so schön gesagt? „Lieber im Wald bei einer wilden Sau, wie zu Haus bei einer bösen Frau.“ Ja ja, die Mama. Ob sie wohl nun ohne ihn klar kam, jetzt, wo er hier in der Fremde war?

Alois sah sich um. Kein Wagen weit und breit.

Ja Kruzifix, wohnten denn hier überhaupt keine Menschen? An einem Samstag im August, da müsste doch an so einem Bahnhof mehr los sein? Der Einzige, der noch mit ihm aus dem Zug gestiegen war, ein südländisch aussehender Mann mit einer abgegriffenen Aktentasche, war gleich über die Gleise hinweg verschwunden.

Alois erhob sich schnaufend und begann langsam auf und ab zu gehen. Hilflosigkeit und eine depressive Stimmung machten sich bei ihm breit. Drei Wochen würde er in dieser Einöde garantiert nicht überleben. Und ein gescheites Bier gab es hier sicher auch nicht.

Wütend kickte er einen Stein weg. Seine Haferlschuhe waren vollkommen staubig, und in seiner Hirschlederhose schwitze er wie ein Stier. Er schälte sich aus der Trachtenjacke und legte sie auf den Koffer. Den breitrandigen, grünen Hut oben drauf.

Seine Gedanken gingen wieder nach Hause zurück, in sein geliebtes Bayern. Wie sehr sehnte er sich doch nach seinem Stammplatz im schattigen Biergarten des *Löwen*.

Noch während er an ein kaltes Glas Weißbier dachte, fuhr ein Auto vor und hielt an. Aus dem Wagen stieg ein junger Mann, dem die Bekleidung, die er trug, mindestens zwei Nummern zu groß war. Er hatte flachsblonde Haare und ein pickliges Gesicht. Älter als Anfang zwanzig war er garantiert nicht.

Er stand in der offenen Tür eines roten Renault Kangoo und blickte sich suchend um. Dann streifte sein Blick Alois, der neben seinen Koffern stand und vor sich hinschwitzte. Ein plötzliches Aufleuchten in der Miene des jungen Mannes ließ erahnen, dass er entdeckt hatte, was er suchte. Er schlug die Autotür zu und kam auf Alois zu.

„Guten Tag? Sind Sie Herr Rosenhöfer aus Bayern?“, fragte er den Mann in der krachledernen Kniebundhose und sah interessiert auf dessen Haferlschuhe.

„Nein, ich bin der Herr Classen aus Hamburg!“, schnauzte Alois genervt. Er verspürte große Lust, seine Wut am nächstbesten Preußen auszulassen.

Doch der junge Mann schien gegen solche Attacken resistent zu sein. Freudig strahlend kam er auf Alois zu und streckte ihm seine knochige Hand mit auffallend langen und dünnen Fingern entgegen. „Hallo, ich bin Markus Haferstroh, ich soll Sie abholen.“ Dabei drehte er sich um und deutete auf den Renault. „Sind das Ihre Koffer?“, fragte er und machte Anstalten, danach zu greifen.

„Nein, die gehören der Königin von England“, brummte Alois, worauf der junge Mann seine Hand sofort wieder zurückzog und ihn ungläubig ansah.

„Natürlich sind das meine Koffer, wem sollen sie denn sonst gehören? Sehen Sie außer mir vielleicht noch jemanden hier?“

Der junge Mann schaute sich aufmerksam auf dem leeren Bahnhofsvorplatz um, und Alois seufzte, als er freudestrahlend antwortete: „Nein, sonst ist niemand mehr hier. Also sind das doch Ihre Koffer, oder?“ Aber anstatt diesmal die Hand danach auszustrecken, drohte er scherzhaft mit dem Zeigefinger. „Ich glaube, sie wollten mich nur veräppeln, was?“ Dann trat er vor, schnappte sich die beiden größten Koffer, trug sie mit erstaunlicher Leichtigkeit zum Wagen und wuchtete sie hinein. Alois reichte den kleinsten Koffer nach, und der junge Mann schlug die Hecktüren des Autos zu. „Bitte einzusteigen!“, forderte er seinen Fahrgast auf. Er hielt Alois die Tür auf, und der zwängte sich mit der Jacke über dem Arm und dem Hut in der Hand in den Wagen.

Leichtfüßig umrundete der junge Mann das Auto und saß schneller im Wagen als der beleibte Bayer. Während er noch nach seinem Sicherheitsgurt angelte, strahlte er Alois an. „Herzlich willkommen in Bad Driburg, und herzlich willkommen im Namen der *St. Urbanus Klinik*.“ Mit diesen

Worten griff er nach einem Werbeflyer, der in der Mittelkonsole lag, und reichte ihn Alois.

Dieser wollte ihn gerade annehmen, als ihm etwas Nasses übers Ohr fuhr und er vor Schreck fast einen Herzinfarkt bekommen hätte. Ein Mordsvieh von einem Hund saß auf dem Rücksitz des Wagens und leckte ihm durchs Gesicht.

Markus Haferstroh lachte laut auf. Dann drückte er den dicken Berner Sennenhund mit der Hand zurück. „Sie müssen schon entschuldigen, das ist Beppo, der Hund von unserem Koch, Herrn Winkelmann. Der fährt gerne Auto, da habe ich ihn mitgenommen."

Alois, der sich soeben von seinem Schreck erholte, blickte misstrauisch nach hinten. Der fette Köter sollte gefälligst wen anders abschlecken, aber nicht ihn. Wenn es etwas gab, was Alois noch weniger mochte als Katzen, waren das Hunde.

Markus Haferstroh drehte den Schlüssel um und startete den Wagen. Doch er fuhr nicht los, sondern sah Alois mit vorwurfsvollem Blick an. Der hatte den jungen Mann gar nicht beachtet, und erst als ihm auffiel, dass der Motor lief, die Fahrt aber nicht losging, sah er zur Seite. „Was schauen's denn so?", wollte er wissen.

Haferstroh klemmte den Daumen hinter den Sicherheitsgurt und zog ihn etwas vor. Dabei sah er Alois mit einem halb bittenden, halb vorwurfsvollen Blick an. „Wir wollen doch nicht, dass Sie bereits verletzt in der Klinik ankommen, oder?"

Widerwillig angelte Alois nach dem Gurt und mühte sich ab, das Gurtschloss zu finden. Erst als der Gurt eingerastet war, lächelte der junge Mann zufrieden, legte den ersten Gang ein und fuhr los.

Mürrisch sah Alois aus dem Seitenfenster. Seine Lippen formten dabei lautlos das Wort Klugscheißer.

Kapitel 2

Betritt man den Gräflichen Park in Bad Driburg durch den Eingang Süd und folgt dem Hauptweg, läuft man genau auf die *Brunnenarkaden* zu. Rechts passiert man das *Hölderlin-* und links das *Sierstorpff-Haus*. Durchquert man dann die *Brunnenarkaden*, gelangt man durch den Heckengarten mit seinem interessanten Brunnen auf die Lilienwiese. Dann folgen die Azaleen, und danach wäre man in großer Gefahr. Denn wer dann sorglos den Wall und den Zaun überwindet, dem erginge es bald so, wie von Annette von Droste Hülshoff in *Der Knabe im Moor* beschrieben.

Überwände man auch noch die Moorteiche, bekäme man auf der Kirschallee wieder festen Boden unter die Füße. Und wer jetzt den Blick nach rechts schweifen lässt, erkennt bereits die Gewächshäuser der Gärtnerei. Würde sich der Spaziergänger aber nach links wenden, hätte er bereits einen Schritt in Richtung Gesundheit getan, denn genau gegenüber dem Nordeingang des Parks liegt die *St. Urbanus Klinik*. Oder besser gesagt: ein Teil der *St. Urbanus Klinik*.

Das Hauptgebäude war zwar bereits fertig, doch einige Anbauten fehlten bzw. waren noch nicht eingerichtet. Die Klinik, die in unmittelbarer Nachbarschaft der *Knappschaftsklinik* und unweit der *Caspar Heinrich Klinik* lag, war nämlich erst Ende des vorherigen Jahres eröffnet worden. Zwar hatte ihr Betreiber, eine Klinikgesellschaft aus Norddeutschland, gehofft, dass sie das Gebäude fristgerecht würde übernehmen können, doch ein paar Insolvenzen beteiligter Firmen und dadurch bedingte Neuausschreibungen einiger Aufträge hatten das ganze Projekt verzögert. So kam es, dass dem vierstöckigen Bau noch diverse Räumlichkeiten fehlten.

Trotzdem hatte man sich dazu entschlossen, mit dem Klinikbetrieb zu beginnen, zumal die Mediziner sich bereits komplett eingerichtet hatten. In enger Abstimmung mit dem

Leiter des Hauses, Prof Dr. Berghammer, war man sich einig geworden, dass ein Betrieb auch in noch eingeschränkter Weise möglich war. Die Arbeiten am Speisesaal, der Küche und der Patientenzimmer waren abgeschlossen, die Büros der medizinischen Abteilung als Erstes fertig. Was noch fehlte, waren Fitnessräume, das Schwimmbad und diverse Räume für den Betrieb der Klinik. Außerdem die komplette Einrichtung der Werkstatt und die Heizungsanlage. Aber gerade auf Letztere konnte man im August noch verzichten.

Wenn man die Klinik mit dem Auto erreichen will, lenkt man von der Pyrmonter Straße in die Georg-Nave-Straße, überquert die Bahnlinie und biegt hinter der *Caspar Heinrich Klinik* nach links auf den Sachsenring ab und lässt die *Knappschaftklinik* rechts liegen. Direkt danach erreicht man den Eingang der *St. Urbanus Klinik*.

Genau vor diesem Eingang hielt gegen 17.30 Uhr der rote Renault, der Alois Rosenhöfer in sein Domizil brachte. Missmutig blickte der Bayer aus dem Fenster. Das Klinikgebäude war ein mehrstöckiger, moderner Bau, überwiegend aus Glas und Beton gefertigt. Der ebenerdige Eingang wurde von einem frei schwebenden Vordach überspannt. Es war mittels dicker Stahlseile am Gebäude verankert. Alois erinnerte es stark an das Dach der neuen Tankstelle in einem heimatlichen Nachbarort. Über den beiden Eingangstüren war der Name der Klinik zu lesen.

Alois fummelte eine Zeitlang am Türöffner herum, bis es ihm gelang, die Wagentür zu öffnen. Schnaufend drehte er sich, stellte seine Beine nach draußen und griff nach Wagendach und Türholm, um sich aus dem Auto zu ziehen. Er hatte es gerade wieder in die Senkrechte geschafft, als er fast gestürzt wäre. Beppo hatte die Rückenlehne überwunden und war an Alois vorbei aus dem Auto gesprungen.

„Mistviech!“, schnauzte Alois hinter ihm her.

Doch Beppo ignorierte die Beleidigung und jagte bereits schwerfällig und mit heiserem Bellen um die Ecke des Klinikgebäudes.

Markus Haferstroh sah dem davon stürmenden Hund nach und lachte. „Ja ja, manchmal ist er ein kleiner Wirbelwind, unser Beppo."

Alois verzog angewidert das Gesicht, drehte sich um und kletterte wieder halb in den Wagen, um seine Jacke und seinen Hut vom Rücksitz zu holen. Der kleine Wirbelwind befand sich anscheinend im Fellwechsel. Denn Alois' Lodenjacke glich einem Kamelhaarmantel, und den geliebten, grünen Hut hatte dieses haarige Monster mit seinem monströsen Hinterteil plattgedrückt. Fluchend beulte Alois den Hut wieder aus und krabbelte rückwärts aus dem Wagen.

„Na, was ist das denn für ein riesiges ledernes Hinterteil?", hörte er eine weibliche Stimme hinter sich sagen. Anscheinend machte sich da jemand über seinen Allerwertesten lustig. Das fehlte Alois jetzt gerade noch. Als wenn er nicht schon genug Wut im Bauch hätte. Er zwängte sich aus dem Wagen und drehte sich mit hochrotem Gesicht, welches nicht allein vom Ärger kam, um.

Hinter ihm stand eine kleine, sehr schlanke Frau und hatte die Hände in die Seiten gestemmt. Ein neutraler Beobachter hätte sie vermutlich als knabenhaft bezeichnet. Alois hingegen titulierte sie innerlich als dürre Bohnenstange. Die Frau sah ihn amüsiert an. „Na, Sie Aushilfsbayer, ist das heute nicht ein bisschen zu warm für so ein Kostüm vom Komödienstadl?"

Alois glaubte seinen Ohren nicht zu trauen. Ja, waren denn die hier in Westfalen alle komplett narrisch? Was glaubte denn dieser Deutsch-Kurzhaar, wen sie vor sich hatte?

Alois wollte gerade zu einer barschen Antwort ansetzen, als ihm Markus Haferstroh zuvorkam. „Hallo, Frau Krummweide!" Markus Haferstroh strahlte die Dame an. „Na, waren Sie schon wieder laufen?"

Die Dame um die Vierzig trug eine kurze Jogginghose und eines dieser neumodischen Shirts. Alles in orange. Dazu noch farblich passende Joggingschuhe. „Ach, ich hab nur ein paar Kilometer auf dem Sachsenring gemacht“, lachte die Dame, deren Kleidung keinen einzigen Schweißfleck aufwies. Auch ihre kurzen Haare wirkten pulvertrocken.

Alois hatte mittlerweile seine Sprache zurückgewonnen und zerrte erbost seinen großen Koffer aus dem Renault. „Ja, kommt den hier bei euch die Müllabfuhr zu Fuß?“, wollte er gehässig von Markus Haferstroh wissen. Der sah ihn mit fragendem Gesichtsausdruck an. Alois deutete erklärend mit dem Daumen über die Schulter auf die in leuchtendes Orange gekleidete Dame. Befriedigt hörte er, wie jemand hinter ihm beleidigt die Luft einsog.

„Markus, ist der Trainingsraum offen?“, wollte die orangefarbene Dame mit schnippischer Stimme wissen und rauschte nach erhaltener Antwort kommentarlos ab.

„Geschert’s Weibsbild“, fluchte Alois und mühte sich dann mit den beiden anderen Koffern ab. Markus Haferstroh half ihm dabei nach Kräften.

***

Alois Rosenhöfer trat an die Rezeption der *St. Urbanus Klinik* und wartete. Aus einem Raum hinter dem Empfangstresen vernahm er eine weibliche Stimme, die zärtliche Dinge säuselte.

Vermutlich hing der Empfänger dieser Worte am anderen Ende einer Telefonleitung. Alois ließ noch ein paar Augenblicke verstreichen, dann schlug er mit der Hand auf eine Tischklingel. Doch dabei war er so ungestüm, dass das Teil über die Theke schlitterte und jenseits des Tresens scheppernd auf dem Boden landete.

Abrupt endete im angrenzenden Raum das Liebesgeflüster, und mit hochrotem Kopf erschien eine junge Blondine. Verlegen hob sie die Klingel auf und stellte sie wieder an ihren Platz.

„Tut mir leid." Kleinlaut deutete Alois auf die Klingel.

„Ach, schon gut. Das ist nicht das erste Mal. Vermutlich sollten wir sie mal festkleben." Auf dem Namensschild an ihrer Bluse stand *Kerstin Schmitz.*

Alois wuchtete den kleinsten seiner Koffer schnaufend auf den Tresen und öffnete eine Seitentasche.

Frau Schmitz sah ihm dabei interessiert zu. „Ich vermute mal, Sie wollen hier bei uns eine Kur machen, oder?"

Alois versuchte krampfhaft, den großen Briefumschlag aus dem engen Fach zu ziehen, doch dieser hatte sich verklemmt. Mit einem Ruck hielt er ihn dann endlich in der Hand, oder wenigstens große Teile davon. Der Rest hing im Reißverschluss. Mühsam fummelte er alles heraus. Dabei erhielt Frau Schmitz eine kurze, aber sehr intensive Unterrichtseinheit in puncto bayerische Flüche. Vorsichtshalber trat sie einen Schritt zurück.

Alois knallte seine Unterlagen auf die Theke. „Was heißt denn da Kur machen wollen? Ich muss!"

Frau Schmitz sah ihn erstaunt an. „Ich dachte nur, weil die meisten Leute sich freuen, wenn sie zur Kur fahren können", versuchte sie zu erklären.

Alois winkte ab. „Von wegen Freude, mir graust's schon davor!" Er ließ die restlichen, aus dem Reißverschluss befreiten Papierschnipsel auf die Theke regnen. „Und alles nur wegen dem depperten Viechdoktor!", setzte er leise und wütend dazu.

Frau Schmitz sah ihn entgeistert an. „Was sagten Sie gerade?"

Alois winkte ab und blickte mürrisch zu Boden. Das war seine ganz persönliche Geschichte, und er wusste auch, dass sie nach Ende seines Aufenthaltes in Bad Driburg noch nicht zu Ende sein würde. Dem Doktor würde er schon beweisen, dass er ihm tiefstes Unrecht angetan hatte. So was konnte der nur mit einer weiteren Kur im schönen Bayern gutmachen. Als er wieder aufsah, hielt ihm Frau Schmitz lächelnd den Zimmerschlüssel entgegen.

„Sie haben 432 im vierten Stock“, erklärte sie. Alois nahm den Schlüssel in Empfang und wandte sich um.

„Aha, vierter Stock. Wo ist denn der Aufzug?“, wollte er wissen.

Frau Schmitz errötete leicht bei dieser Frage. „Ach Gott ja, wissen Sie, der ist leider ... also nächste Woche ...“

Alois ahnte, was nun kam. „Sagen Sie jetzt bloß noch, der ist noch nicht fertig?“

Frau Schmitz versuchte ein Lächeln. „Doch, fertig ist er schon, aber noch nicht abgenommen, und daher darf er noch nicht benutzt werden.“ Bedauernd zuckte sie mit den Schultern. „Also das Treppenhaus ist dort drüben“, deutete sie auf eine Glastür.

Alois schnaufte verächtlich. „Und dann noch vierter Stock? Haben Sie denn kein Zimmer mehr im ersten oder zweiten?“

„Bedaure, nein.“ Wieder zuckte Frau Schmitz mit den Schultern und war offensichtlich froh, als ein Telefonanruf sie aus dieser peinlichen Situation befreite.

Alois versuchte erneut, alle drei Koffer auf einmal in seine Gewalt zu bekommen, tat sich dabei aber schwer. Der kleinste Koffer landete auf dem Boden, und als Alois sich bückte, blickte er beim Aufheben auf die Räder eines Rollstuhls.

„Na, Sie haben ja so viel Gepäck dabei, dass man meinen könnte, Sie wollen für immer hier bleiben.“ Der Mann im Rollstuhl sah Alois belustigt an.

Dieser kam mit rotem Kopf wieder hoch und schnaufte dabei wie eine alte Dampflokomotive. „Gott behüte!“, wehrte er energisch ab. „Wenn’s nach mir gehen täte, wär ich gar nicht hier oder spätestens seit zehn Minuten schon wieder weg!“ Alois stellte die Koffer ab und ergriff die entgegengestreckte Hand des Mannes.

„Mein Name ist Brinkschulte. Hugo Brinkschulte.“ Er lächelte Alois an, der sich ebenfalls vorstellte und erwähnte, dass er gerade aus Bayern kommend eingetroffen sei.

Brinkschulte lachte und deutete auf Alois’ Bekleidung. „Tja, wie einer von der Waterkant sehen Sie nicht gerade aus.“

Alois schaute im ersten Moment verständnislos an sich herab. Dann fiel auch bei ihm der Groschen, und er musste lachen. Ihm war das Tragen seiner Tracht dermaßen in Fleisch und Blut übergegangen, dass er sie gar nicht mehr bewusst wahrnahm.

Brinkschulte griff nach dem kleinen Koffer und legte ihn sich auf die Knie. „Kommen Sie, ich bringe Sie auf Ihr Zimmer.“ Und noch bevor Alois etwas einwenden konnte, steuerte seine neue Bekanntschaft den elektrischen Rollstuhl auf die Fahrstuhltür zu. Als Alois ansetzte, um ihn darauf aufmerksam zu machen, dass der noch außer Betrieb sei, legte Brinkschulte verschwörerisch den Finger an die Lippen.

Dabei deutete er mit dem Kopf unauffällig in die Richtung von Frau Schmitz. Ihr Telefongespräch war gerade zu Ende, und sie verließ mit einer Mappe unter dem Arm die Rezeption. Brinkschulte winkte Alois und fuhr bis dicht an die Fahrstuhltür heran.

Dann angelte er aus seiner Strickjacke einen Schlüssel und steckte ihn in das Schloss unter dem Rufknopf. Sofort öffneten sich die beiden Türen und Brinkschulte rollte hinein. Er bedeutete Alois, der immer noch staunte, ihm zu folgen. Nachdem auch er sich mit seinen beiden anderen Koffern in den Fahrstuhl gezwängt hatte, schlossen sich die Türen. Brinkschulte drückte den Knopf für die vierte Etage und der Aufzug setzte sich fast lautlos in Bewegung.

„Wie haben Sie das geschafft?“, staunte Alois.

Brinkschulte lachte. „Ich habe dem Techniker der Aufzugsfirma ein ordentliches Trinkgeld gegeben, und siehe da, eines Tages hat er doch tatsächlich vergessen, diesen kleinen

Helfer hier abzuziehen.“ Dabei schwenkte er den Schlüssel an einer Kette hin und her. „Ganz netter Bursche. So kann ich wenigstens ein bisschen im Haus herumfahren. Ansonsten wäre es ja totlangweilig für mich.“ Er zwinkerte Alois verschwörerisch zu. Muss aber niemand wissen, dass ich so einen Schlüssel habe“, lachte er schelmisch. Dabei sah er auf die durchlaufenden Etagennummern. „Gleich sind wir oben, dann haben Sie ihr Ziel erreicht.“ Er schaute fragend auf den Schlüssel in Alois’ Hand. „Welche Zimmernummer haben Sie denn?“

„432“, verkündete Alois, der sicherheitshalber noch mal auf den Anhänger gesehen hatte.

„Rechts sind die Nummern 400-423, links 424-447. Dementsprechend also links“, erklärte Brinkschulte.

Alois hatte das Hinweisschild an der gegenüberliegenden Seite des Flurs bemerkt, als er den Fahrstuhl verließ. Er stellte die beiden Koffer ab und nahm den dritten entgegen.

„Ich fahre wieder runter. Mein Zimmer ist im Erdgeschoss.“ Bedauernd klopfte Brinkschulte dabei seitlich an seinen Rollstuhl. „Obwohl, ich könnte ja auch umziehen, wenn der Fahrstuhl endlich abgenommen worden ist. Es kann sein, dass der TÜV-Ingenieur noch heute kommt.“ Er drückte mit der Hand gegen die automatisch schließenden Türen. „Wie lange bleiben Sie?“, fragte er Alois.

Der schnaufte bei der Frage verächtlich. „Wenn ich Glück habe, dann nur drei fürchterliche Wochen. Aber bei meinem Pech ...!“ Den Rest des Satzes ließ er im Raum stehen.

Brinkschulte lachte. „Na, Sie scheinen der Einzige zu sein, der sich über eine Kur nicht freut.“

„Ach was“, winkte Alois verächtlich ab. „Freuen tät ich mich schon. Aber mehr wenn sie woanders wär, nicht grad hier in diesem Bad Driburg.“

Brinkschulte drückte die Türen noch einmal zurück. „Ach, Sie werden sich hier schon einleben. Passen Sie mal auf, es wird sicher noch ganz schön.“ Dann rollte er in die Kabine.

Als die Fahrstuhltüren zuglitten, winkte er Alois zu. „Wir sehen uns spätestens beim Abendessen!“

Alois machte sich auf den Weg zu seinem Zimmer. Er wusste schon jetzt, dass es ihm hier keinesfalls gefallen würde.

Kapitel 3

Der Blitz erleuchtete immer noch den Raum, als kurz darauf der Donner folgte und die Scheiben im Zimmer 420 der *St. Urbanus Klinik* beben ließ.

Herta Feilenbach schreckte in ihrem Bett dermaßen heftig zusammen, dass ihr fast die Nachthaube vom Kopf gerutscht wäre. Sekundenlang lag sie wie versteinert da und lauschte auf den heftigen Schlag ihres Herzens. Erst hatte sie keinen Schlaf finden können, weil sie schrecklicher Durst plagte, dann kam dieses fürchterliche Unwetter.

Ihr Durst kam vermutlich vom Salzgebäck, welches sie beim Fernsehen genascht hatte. Und als sie im Bett lag, musste sie zu allem Überfluss auch noch feststellen, dass sie kein Mineralwasser mehr im Zimmer hatte. Doch während sie noch überlegte, ob sie wieder aufstehen sollte, um sich welches aus dem Automaten auf dem Flur zu besorgen, war sie eingeschlafen. Der grelle Blitz und der heftige Donner hatten sie aus dem Schlaf gerissen, und jetzt war ihr Durst noch größer als vorher.

Mühsam wälzte sie sich aus dem Bett und angelte mit den Füßen nach ihren rosafarbenen Pantöffelchen. Dann erhob sie sich ächzend und langte nach ihrem Morgenmantel, der über dem Stuhl vor dem Bett hing. Mit zweiundsiebzig Jahren war man schließlich auch nicht mehr die Jüngste, musste sie sich eingestehen. Da brauchte es schon seine Zeit, bis die alten Knochen alle wieder an der richtigen Stelle waren.

Einen Moment lang hielt sie sich am Bettgestell fest und drückte stöhnend den Rücken durch. Dann schlurfte sie zur Tür. Gerade als sie das Licht einschalten wollte, hörte sie auf dem Flur ein Geräusch. Wer um diese Zeit außer ihr wohl noch auf war?

Bewegungslos blieb sie stehen und lauschte. Soeben ging eine Person an ihrer Tür vorbei. Deutlich hörte sie die leise tapsenden Schritte auf dem glatten Fußbodenbelag. Als diese sich ein wenig entfernt hatten, öffnete sie die Tür einen Spalt und spähte neugierig hinaus. Aha, der war das! Mit Genugtuung erkannte sie, wer hier oben in der vierten Etage herumschlich. Auf jeden Fall keiner, der um diese Zeit hier etwas zu suchen hatte. Oder doch?

Der Mann, der einen blau-weiß gestreiften Schlafanzug trug, spähte immer wieder sichernd nach allen Seiten, dann schlich er auf Zehenspitzen zur Treppenhaustür. Dort verharrte er erneut und drückte die Klinke leise herunter. Lautlos öffnete er Zentimeter um Zentimeter die Tür so weit wie nötig und schlüpfte dann ins Treppenhaus. Hinter sich schloss er sie ebenso leise, wie er sie geöffnet hatte. Anscheinend fühlte er sich sicher, nicht gesehen zu werden. Aber da hatte er seine Rechnung ohne Herta Feilenbach gemacht.

Die neugierige ältere Dame wollte gerade ihre Zimmertür ganz öffnen, als ihr siedend heiß einfiel, dass sie ja noch Kleingeld für den Getränkeautomaten brauchte. Sie ging zurück ins Zimmer und kramte gerade in ihrer Handtasche nach dem Portemonnaie, als sie erneut Schritte auf dem Flur hörte. Ihr Radiowecker zeigte gerade 2.21 Uhr.

Sollte der nächtliche Besucher etwas vergessen haben? Leise schlich sie wieder zur Tür. Nein, das war jemand anderes. Diesmal kein Tapsen wie gerade eben, sondern ein ganz leises Quietschen von Gummisohlen auf dem Bodenbelag.

Was war denn heute Nacht nur los?

Sie musste sich beherrschen, die Zimmertür nicht zu hektisch aufzumachen. Aber ihre Neugier trieb sie dazu, nachzusehen, wer das nun wieder war. Als sie sich endlich traute hinauszusehen, erkannte sie lediglich eine schwarz gekleidete Person, die mit dem Rücken zu ihr stand. Erst als diese sich kurz umdrehte, um wie sein Vorgänger die Treppenhaustür zu öffnen, konnte Herta den Mann erkennen. Sie staunte nicht schlecht. Das war eine echte Überraschung. Was suchte der denn hier oben? Noch ein unerlaubter Besucher der vierten Etage. Und was für einer.

Kopfschüttelnd überzeugte sie sich, dass der Flur nun endgültig leer war, dann ging sie langsam zum Getränkeautomaten am Ende des Flurs. Sie drückte die Taste für eine Flasche Caspar-Heinrich-Quelle und blieb einen Moment lang nachdenklich stehen.

Was den ersten nächtlichen Besucher anging, ahnte sie, warum der hier oben gewesen sein könnte. Doch was der zweite hier oben gewollt hatte, darauf konnte sie sich keinen Reim machen. Aber das würde sie schon rausbekommen, so wahr sie Herta hieß. Selbst wenn sie ihn direkt darauf ansprechen musste. Das war doch alles zu sonderbar. Kopfschüttelnd kehrte sie in ihr Zimmer zurück.

Die Zimmertür mit der Nummer 432 blieb in dieser Nacht übrigens geschlossen. Dahinter lag ein Bayer und schlief den Schlaf des Gerechten. Wenn auch mit lauten Geräuschen.

Kapitel 4

Alois Rosenhöfer schreckte aus dem Schlaf auf. Im ersten Moment wusste er nicht, wo er sich befand. Über seinen gewaltigen Bauch hinweg konnte er so gerade ein Stück Himmel erkennen. Und mit einem Schlag wurde ihm klar, dass es sich dabei nicht um den weißblauen Himmel Bayerns handelte, sondern um den blauweißen Himmel Ostwestfalens. Das Bett, in dem er geschlafen hatte, stand in Bad Driburg, und heute war der erste Tag vom jämmerlichen Rest seines sonst so schönen Lebens. Kur bei den Saupreuß'n!?

Ihn schüttelte es bei dem Gedanken an Wassersuppe und Salatblätter. Er wälzte sich auf die Seite, wobei die Latten seines Bettgestells verdächtig knarrten. Sein Blick fiel auf den altmodischen Wecker mit den beiden Glocken und dem Klöppel in der Mitte, welchen ihm die Mama eingepackt hatte. Viertel vor sechs.

Alois drehte sich wieder auf den Rücken und schnaufte. Wenn er jetzt diesen verdammten Doktor zu fassen bekäme. Auf jeden Fall wollte er es dem heimzahlen. Aber wie? Alois starrte an die Zimmerdecke und dachte angestrengt nach. Vielleicht mit einer saftigen Beschwerde? Ja, das war eine gute Idee, aber dazu musste er einen Grund finden sich zu beschweren, oder noch besser gleich mehrere Gründe. Ihm fiel der Brandner Hans ein, der am Stammtisch von seinem letzten Urlaub bei „dene Spaghettis" erzählt hatte. Aber auch darüber, wie dem Reiseveranstalter im Nachhinein eine saftige Beschwerde auf den Tisch geflattert war. Alles fotografiert hatte der Hans und aufgeschrieben noch dazu. Quasi eine Art Mängelbericht. So was müsse man machen, hatte der Brandner erklärt, als Beweismittel, sonst hätt man keine Chance, sein Geld zurückzubekommen.

„Sapperlot, genau so mach ich das auch!" Begeistert von seiner Idee warf Alois die Bettdecke weg und wälzte sich auf die Seite. Dann richtete er sich mühsam auf und erhob sich schnaufend. Barfuß und noch mit seinem roten Schlafanzug bekleidet, saß er ein paar Minuten später an dem kleinen Tisch in seinem Zimmer. Die Klinik hatte dort eine Flasche Mineralwasser, zwei Gläser, einen Notizblock und einen Kugelschreiber mit Klinikaufdruck bereit gelegt.

Alois lachte gehässig auf, als er den Schreibblock zu sich heranzog. Das war ja noch besser, dass sie ihm auch noch das Handwerkszeug lieferten, mit dem er sie vernichten würde. Mit grimmiger Miene kaute Alois auf dem Kugelschreiber. So recht fehlte ihm noch eine Idee für den Anfang. Das mit dem Fahrstuhl, das war schon mal was – und auch die Warterei auf dem Bahnhof. Aber wie das alles zu Papier bringen? Einen Brief hatte er ja schon mal geschrieben. Das war zwar lang her, aber gut von der Hand gegangen. Damals als er der Mutter aus seiner Ausbildung geschrieben hatte. Aber so eine Beschwerdeliste?

Trübsinnig und ideenlos starrte Alois aus dem Fenster. Sein Blick glitt dabei über die grünen Kronen der alten Bäume des gräflichen Parks hinweg. Er war schon drauf und dran, seinen Plan wieder zu verwerfen, als ihm die Erleuchtung kam. Warum keinen Brief schreiben? An die Mutter. Die würde sich sicher sehr freuen und außerdem wären seine Berichte so auch noch jeden Tag aus dem Haus. Wer weiß, wer hier noch alles im Zimmer herumschnüffelte. Den Triumpf, seine Aufzeichnungen zu finden, würde er denen nicht gönnen. Gleich heute würde er sich Briefmarken, Papier und Umschläge besorgen, und morgen würde die Mama dann den ersten Bericht bekommen.

Plötzlich guter Laune stand Alois auf, zog die heruntergerutschte Schlafanzughose bis über den Bauch hoch und trat auf den Balkon. Er streckte die Arme seitlich aus und machte zwei angedeutete Kniebeugen. Was dazu führte, dass die Hose bis auf die Knöchel herunterrutschte. Stöhnend wollte er sich gerade bücken, um sie hochzuziehen, als sein Blick auf den Nachbarbalkon zu seiner rechten fiel. Augenblicklich rutschte Alois' Herz der Hose hinterher.

Neben ihm auf dem Nachbarbalkon sah er das gescherte Weibsbild von gestern. In ihrer orangefarbenen Montur eines Straßenkehrers hockte sie im Schneidersitz auf dem Fußboden und summte.

Rasch zerrte Alois seine Hose hoch und machte einen hektischen Schritt zurück. Dabei wäre er fast gestürzt. Hinter einer schmalen Trennwand aus Holz brachte er sich in Sicherheit. Kaum, dass er die Hose wieder oben und mit einer Hand gesichert hatte, stellte er sich auf die Zehenspitzen und spähte vorsichtig über die Sichtblende hinweg. Tatsächlich, das Weibsbild summte vor sich hin. Saublöd, aber immerhin hatte sie dabei die Augen geschlossen. Alois war froh, dass sie sein Missgeschick nicht mit angesehen hatte.

Er betrachtete die kleine zierliche Frau und verspürte augenblicklich Schmerzen in seinen Beinen, als er sah, dass sie da nicht nur im Schneidersitz saß, sondern die Füße noch auf den jeweils anderen Oberschenkel gelegt hatte. Die Hände lagen auf den Knien, Mittelfinger und Daumen hatte sie zu einem Kreis geschlossen, und die Handflächen zeigten nach oben.

Alois konnte sich eine noch unbequemere Art zu sitzen kaum vorstellen. Verdammt! Plötzlich wurde ihm bewusst, dass diese Xanthippe da drüben nun für mindestens drei Wochen seine Zimmernachbarin sein würde. Und augenblicklich war seine gute Laune wieder verflogen.

Kapitel 5

„Bitte bedienen Sie sich! Greifen Sie nur von Herzen zu!“ Mit einer einladenden Geste über das üppige Frühstücksbüfett lächelte Helga Weskämper dem neuen Gast zu.

Dieser bildete mit seiner bayrischen Tracht einen krassen Gegensatz zu den legeren Jogginghosen und Trainingsanzügen der sonstigen Gäste. Alois ließ den Blick über das Büfett schweifen. Hier würde er wenige Minuspunkte finden. Alles, was sein Herz begehrte, war vorhanden. Warme Würstchen, Rühr- und Spiegeleier, jede Menge Käse- und Wurstplatten sowie ein riesiges Angebot verschiedener Brotsorten und Brötchen. Sein Herz schlug noch einen Takt schneller, als er sogar seine geliebten Laugensemmeln entdeckte.

Alois schnappte sich einen Teller und begann seine Tätigkeit als Büfettfräse. Die Semmeln musste er aus Platzmangel auf dem Teller schon in die Tasche seines Jankers stopfen, aber es gab einfach zu viele leckere Sachen, die nur darauf warteten, verspeist zu werden.

Helga Weskämper lächelte kopfschüttelnd, als Alois sie fragte, wo er Platz nehmen konnte. „Setzen Sie sich einfach an einen Platz, an dem keine Serviettentasche liegt. Ich vermute, Sie sind noch nicht eingecheckt worden. Heute Mittag werden Sie dann einem Tisch zugewiesen.“

Alois blickte sich im Speisesaal um. Da! Ganz hinten war noch ein Tisch frei. Er steuerte darauf zu. Auf seinem Weg dorthin kam er an einem Tisch vorbei, an dem auch seine Nachbarin saß. Alois drehte den Kopf demonstrativ in eine andere Richtung. Renate Krummweide blickte ihm mit der Tasse in der Hand lächelnd nach.

Alois erreichte seinen Tisch und begann seine Taschen zu leeren. Er verteilte die Semmeln auf dem Tisch und kramte aus der anderen Tasche Besteck und Serviette heraus. Vorsorglich hatte er sich noch einen leeren Teller mitgenommen.

Auf dem anderen wäre zum Zubereiten der Semmeln gar kein Platz mehr gewesen. Genießerisch schnupperte er am gebratenen Speck. Einfach köstlich.

Eine junge Dame mit einer Kaffeekanne erschien an seinem Tisch und sah ihn fragend an. „Kaffee, der Herr?" Alois lächelte sie an und reichte ihr die Tasse samt Untertasse. Noch beim Eingießen klärte ihn die junge Servicekraft auf. „Ab morgen werden Sie ja an einem anderen Tisch sitzen. Dann müssen Sie sich Ihren Kaffee selber holen. Ich würde Ihnen später gern zeigen, wo alles steht, damit Sie morgen früh nicht suchen müssen."

Alois, der bereits auf allen Backen kaute, konnte nur zustimmend nicken. „Ist schon recht!" klang es zwischen Speck und Laugensemmelstücken hervor. Das war nicht ganz so schön, aber er würde schon nicht daran sterben, wenn er sich seinen Kaffee selber holte. In Gedanken notierte er aber bereits wieder einen Viertelminuspunkt für die Klinik.

Sakrafix, war der Kaffee heiß! Fluchend stellte Alois die Tasse zurück. Mit der Serviette wischte er sich den Mund ab, und beim Hochblicken sah er durch eine schwarze Hornbrille direkt in zwei eisgraue Augen.

„Mein Name ist Hildegard Berkemeier, und Sie müssen der Herr Rosenhöfer aus Bayern sein!"

Alois nickte, immer noch mit vollem Mund und verbrühten Lippen kauend.

„Na, dann kommen Sie mal mit, Herr Rosenhöfer, der Chef wartet nämlich schon auf Sie."

Mühsam schluckte Alois seine Bissen herunter. „Welcher Chef wartet auf mich?", begehrte er zu wissen.

Frau Berkemeier verdrehte leicht die Augen. „Der Herr Professor Doktor Berghammer, Chefarzt und Leiter dieser Klinik." Seufzend blätterte sie in den Unterlagen und sah Alois dann über den Rand ihrer Brille hinweg strafend an. „Sie hätten bereits vor zehn Minuten dort sein müssen. Also hopp, auf geht's."

Alois blickte mit wehleidigem Blick auf seinen Frühstücksteller. „Ja, sagen Sie, Fräulein, hätte das jetzt nicht Zeit bis nach dem Frühstück?“, fragte er und wollte sich wenigstens schnell noch ein Würstchen in den Mund stopfen. Frau Berkemeier schüttelte vehement den Kopf. „Auf gar keinen Fall. Der Herr Professor hat einen ganz engen Zeitplan, und Sie bringen ihn bereits heute Morgen schon schwer in Unordnung. Warum sind Sie denn nicht pünktlich erschienen?“

„Wo erschienen?“

„Na, zum Termin im Büro des Chefs.“

„Woher hätte ich das wissen sollen, dass der mich heute Morgen sprechen will?“

„Sie haben doch gestern bei Ihrer Anreise einen Zeitplan bekommen, oder?“

Alois Rosenhöfer schüttelte den Kopf. „Rein gar nichts hab ich bekommen, nicht einmal was zum Essen gab es. Als ich gestern Abend noch nachgefragt habe, hieß es, dass es abends noch Fresspakete gegeben hätte, aber die wären alle schon weg.“

„Lunchpakete, Herr Rosenhöfer, Lunchpakete.“

„Des ist doch mir wurscht. Einen Hunger hab ich gehabt, und einen Zettel hab ich auch nicht gekriegt. Wär’s so gewesen, hätt ich wenigsten den auffressen können.“ Alois war stinksauer. Gestern Abend kein Essen und heute Morgen schon wieder diese Störung beim Frühstück. Er stand auf und schob brummend den Stuhl zurück. Mit einem wehmütigen Blick auf sein soeben verlorenes Frühstück stapfte er hinter Frau Berkemeier her.

Die restlichen Gäste hatten das Gespräch aufmerksam verfolgt. Heute Morgen wurde hier ja mal richtig Programm geboten. Erst der Auftritt dieses Bayern und dann noch der von Frau Berkemeier, der rechten Hand vom Chef. Was der Dicke wohl nach so kurzer Zeit schon ausgefressen hatte, wenn man ihm schon jetzt die Berkemeier auf den Hals hetzte?

Kapitel 6

„Nehmen Sie hier mal Platz!“, forderte ihn Frau Berkemeier auf und deutete auf einen unbequem aussehenden Stuhl in einem recht steril wirkenden Behandlungszimmer.

Nachdem der Drache ihn allein gelassen hatte, sah Alois sich im Raum um. Alles war weiß. Wände, Gardinen, Fußboden, Schränke. Fast wie daheim in der Metzgerei vom Oberkirchner. Da war auch alles so weiß und steril.

An der Wand entdeckte Alois ein Gemälde, welches aus vier Farben bestand. Es zeigte eine Hügellandschaft, die mit gelbem Raps bepflanzt war. Darüber wölbte sich ein blauer, wolkenloser Himmel. Eingerahmt wurde das alles von ein paar grünen Bäumen. Alois tippte auf Tannen. Und in der Mitte, auf der Kuppe des Hügels, bemerkte er einen kleinen, schwarzen Punkt. Alois betrachtete das Bild mit schräg gehaltenem Kopf, als die Tür aufging.

„Der Hermann!“, hörte er eine Stimme hinter sich sagen. „Oder Arminius, wenn Sie wollen.“

Alois drehte sich um. Vor ihm stand ein älterer Mann in weißer Hose, weißem Hemd und ebensolchem Kittel. So weiß, dass sich der weiße Riese vor Neid die Pulsadern aufgeschnitten hätte. An dem Kerl war alles weiß. Seine Schuhe, seine Socken und sogar seine Haare.

Mit federnden Schritten ging der Weißhaarige zum Schreibtisch und ließ sich auf dem weißen Chefsessel dahinter nieder. Weiß auf Weiß, jetzt verschwindet er, dachte Alois. Der Mann blätterte mit der linken Hand in einem Aktenordner, der vor ihm lag, mit der rechten deutete er einladend auf einen der beiden Stühle vor dem Schreibtisch.

„Nehmen Sie Platz, Herr, äh ...“, er beugte sich über die Akte und hob die Brille an, um darunter herzusehen. „Herr Rosenhöfer!“, vollendete er den angefangenen Satz.

Alois quetschte sich auf dem unbequemen, stählernen Stuhl zwischen die Armlehnen. Der Sessel, ein sogenannter

Freischwinger, gab dabei verdächtig nach. „Also, wenn Sie gerade mich gemeint haben sollten, mein Vorname ist Alois. Nicht Hermann!“

Etwas verständnislos blickte Prof. Doktor Berghammer von seinen Unterlagen auf. Dann glitt sein Blick auf das Gemälde an der Wand: „Ach so, ja. Jetzt weiß ich, was Sie meinen.“ Er deutete auf das Bild. „Das dort ist das Hermannsdenkmal. Das Denkmal für den Cheruskerfürsten Arminius, der im Jahre neun die Römer besiegt hat.“

Alois’ Blick ruhte ebenfalls auf dem Gemälde, doch das, was er von seinem Platz aus in der Mitte des Bildes erkennen konnte, ähnelte eher einem Fliegenschiss.

Berghammer widmete sich wieder der Akte. „Wie ich sehe, sind Sie aus dem schönen Bayern zu uns gekommen. Aber bei uns ist es ja auch ganz schön. Ich denke, Sie werden hier drei wunderbare Wochen verleben. Und danach werden Sie sich fühlen wie neu geboren.“ Der Klinikchef entnahm der Akte einen Papierstreifen und faltete ihn auseinander. Kopfschüttelnd prüfte er die dort aufgezeichneten Zackenlinien. Dann blätterte er wieder in der Akte und schüttelte dabei den Kopf.

„Mein lieber Herr Rosenhöfer, wenn ich mir Ihre Akte so ansehe, dann war es eine weise Entscheidung von Ihnen, sich in unsere Obhut zu begeben. Ihren Werten zufolge sind sie gerade dabei, Selbstmord mit Messer und Gabel zu begehen.“

„Damit es gleich von Anfang an klar ist, freiwillig bin ich weiß Gott nicht hier.“ Alois rutschte unbehaglich auf dem Stuhl herum. „Ich bin nur hier, weil der narrische Viechdoktor eine mordsmäßige Wut auf mich gehabt hat. Um nix in der Welt, wär’ ich freiwillig hier.“

Der Professor blickte Alois über den Rand seiner Brille an. „Herr Rosenhöfer, es ist mir relativ gleichgültig, wer Sie hergeschickt hat, doch ab heute unterstehen Sie meiner Obhut. Das bedeutet, dass wir hier in der *St. Urbanus Klinik* die Verantwortung für Sie tragen. Und um genau festzustellen, wo es überall in Ihrem Gebälk knackt, werde ich Sie zunächst einmal gründlich untersuchen.“ Berghammer erhob sich und zog ein Stethoskop aus der Kitteltasche. „Na, dann ziehen Sie sich mal aus!“

„Sagen Sie, Herr Doktor, wird das lang dauern?“, wollte Alois neugierig wissen. „Es dauert so lang, wie es dauert“, erklärte Prof. Berghammer und wippte dabei ungeduldig mit dem Fuß. „Nun machen Sie sich schon frei, durch irgendeinen Deppen, der seinen Termin verschwitzt hat, bin ich sowieso schon in Zeitnot.“

Alois Gesicht lief rot an. Zum einen, weil er dieser Depp war, und zum anderen, weil er krampfhaft versuchte, sich aus diesem neumodischen Stuhl zu erheben. Doch er steckte zwischen den vermaledeiten Armlehnen fest, und so hing ihm der ganze Stuhl beim Aufstehen am Hintern. Wütend zerrte er an dem Designerstück herum und war, als er sich endlich von ihm getrennt hatte, vollkommen außer Atem.

Berghammer hatte bei dieser Aktion grinsend zugesehen. „So mein Lieber, jetzt aber Hemd aus und Hosen runter!“, kommandierte er und schob Alois in Richtung einer Liege.

Missmutig streifte der Bayer die Hosenträger seiner Kniebundlederhose ab und knüpfte das Trachtenhemd auf. Als er beim dritten Knopf von oben war, wurde ihm klar, dass er sich spätestens jetzt von seinem Frühstück verabschieden konnte. Und das war ein weiterer ganz dicker Minuspunkt auf seiner persönlichen Mängelliste.

***

„Sie können sich wieder anziehen.“ Prof. Berghammer umrundete seinen Schreibtisch und ließ sich dahinter nieder. „Also, was ich da so gehört und gesehen habe, gefällt mir überhaupt nicht. Vor allen Dinge nicht die Anzeige der Waage.“

Du und deine Klinik gefallen mir ebenso wenig, entgegnete Alois in Gedanken. Fast zwanzig Minuten hatte der Weißkittel an ihm herumgehorcht, ihn abgeklopft und all seine Gliedmaßen in die unmöglichsten Winkel und Stellungen gedrückt. Der Höhepunkt waren dann die zehn Kniebeugen gewesen, die der Professor von ihm verlangt hatte.

Wobei, genau genommen, hatte er ja nur vier geschafft, bevor ihm die Luft ausging. Recht schwindlig war ihm geworden, sodass er sich sogar an der Liege festhalten musste. Daraufhin hatte ihm der Professor die restlichen sechs gnädig erlassen.

Schwitzend und mit hochrotem Kopf knüpfte Alois sein Hemd wieder zu und stopfte es sich in die Hose. Dann nahm er gegenüber dem Arzt Platz.

„Mein lieber Mann, bei Ihnen scheint ja alles im Argen zu liegen. Und wenn ich mir dazu noch das EKG meines Kollegen ansehe! Da kommt ein ganz schönes Stück Arbeit auf uns zu. Ich denke, dass ich Ihnen das gesamte Programm verordnen werde. Also Reduktionskost, jede Menge Anwendungen, viel Sport und eine Trinkkur aus unserer *Rabe Quelle*. Das wird Sie wieder auf Vordermann bringen."

Alois war bei den Worten „Reduktionskost" und „Sport" zusammengezuckt. Aber es sollte noch schlimmer kommen. Der Doktor zog eine Therapiekarte heran und begann sie auszufüllen. Mit Schrecken sah Alois, dass der Stift des Doktors bei jeder Anwendung Kreuze machte. Und auch wenn die Schrift aus seiner Sicht auf dem Kopf stand, so konnte er doch so seltsame Worte wie Nordic Walking, Gruppengymnastik, Entspannungstraining und Einzelgymnastik lesen. Der Stift des Doktors schien gar nicht mehr stillzustehen. Alois wurde ganz schlecht bei dem Gedanken, dass er seine Zeit hier in Bad Driburg vermutlich nur noch damit verbringen würde von einem Termin zum anderen zu hetzen.

Wo war denn da noch die Zeit für sein geliebtes Weißbier und die eine oder andere Schweinshaxe? Wenn es so etwas in diesem Kuhdorf hier überhaupt gab.

Zufrieden blickte Prof. Dr. Berghammer auf sein Werk. „Ich erwarte von Ihnen, dass Sie meine Anweisungen strikt einhalten. Dazu gehört unter anderem, dass Sie nichts anderes essen, als Ihnen von unserer Küche vorgesetzt wird. Sie erhalten Reduktionskost. Das bedeutet, dass Ihre Mahlzeiten sich in einem Bereich von circa 1.200 Kalorien täglich bewegen werden. Dazu kommen ein absolutes Alkoholverbot und jede Menge Bewegung. Und damit meine ich nicht den Gang vom Bett zum Speisesaal." Berghammer blickte Alois über den Rand seiner Brille mit strengem Blick an. Kopfschüttelnd klappte er die Akte zu und schob ihm den ausgefüllten Therapieplan hinüber. „Es wird höchste Eisenbahn, dass Sie ihren Lebenswandel und Ihre Ernährung grundlegend ändern. Sonst heißt Ihr nächster Besucher Herzinfarkt."

Alois schrak zusammen und griff mit zitternder Hand nach dem Plan. Da hatte ihm dieser Doktor soeben einen gewaltigen Schrecken eingejagt. An so etwas wie Herzinfarkt hatte Alois noch nie gedacht. Sollte es denn tatsächlich so schlimm um ihn stehen? Zugegeben, einen ordentlichen Ranzen schob er schon vor sich her. Gedankenverloren tätschelte er sein Weißbier-Endlager. Aber dass es gar so schlimm um ihn stand, das glaubte er dann doch nicht. Vermutlich wollte ihn der Doktor nur in Angst versetzen. Wenn er dazu nicht mal von seinem bayerischen Kollegen entsprechende Order bekommen hatte. Freilich! Genauso musste es sein. Diese Halbgötter in Weiß steckten ja eh alle unter einer Decke.

Schnaufend erhob Alois sich. „Wenn Sie jetzt glauben, dass ich auch nur einen winzigen Teil von dem Zeug, was Sie mir aufgeschrieben haben, machen werde, dann sind Sie aber gewaltig auf dem Holzweg."

Prof Dr. Berghammer kippte in seinem Schreibtischstuhl nach hinten und stellte seine Fingerspitzen vor der Brust gegeneinander. Mit mitleidigem Lächeln blickte er Alois an. „Mein lieber Herr Rosenhöfer, selbstverständlich können Sie tun und lassen, was Sie wollen. Nur, sollte ich feststellen, dass Sie sich über meine medizinischen Anordnungen hinwegsetzen, werde ich Sie umgehend nach Hause schicken."

Alois schaffte es, nur eine Sekunde lang zu lächeln, denn der nächste Satz des Doktors verdarb ihm komplett die Laune.

„Sollte ich Sie nämlich entlassen, weil Sie nicht mitarbeiten oder unser Programm torpedieren, dürfen Sie die gesamten Kosten selber übernehmen."

Verärgert stopfte Alois die Therapiekarte in die Hosentasche und blickte zu Boden.

„Ich hoffe, mein lieber Herr Rosenhöfer, wir haben uns verstanden, oder?"

Alois nickte demoralisiert und schwor sich in diesem Augenblick, dass er sofort nach seiner Rückkehr in Bayern einen Mord begehen würde.

Kapitel 7

Vollkommen unzufrieden mit sich und der Welt stapfte Alois zwischen *Hölderlin-* und *Sierstorpff-Haus* hindurch. Doch für die herrlichen alten Gebäude des Gräflichen Parks hatte er überhaupt kein Auge. Krampfhaft suchte er nach einer Lösung, wie er das ganze Unheil, das lawinenartig auf ihn zurollte, noch abwenden konnte. Doch so sehr er sich seinen bayerischen Dickschädel auch zermarterte, es wollte ihm partout kein Ausweg einfallen.

Ein kleiner Gartentraktor zwang ihn, nach links auszuweichen. Als er aufsah, stand er vor einer Reklametafel für eine Gaststätte namens *Pferdestall*. Ein Schweinebraten mit Knödeln und Kraut wurde heute als Tagesgericht angeboten. Der Gedanke an eine saftige Bratenscheibe, in Verbindung mit einem entgangenen Frühstück, ließ Alois das Wasser im Mund zusammenlaufen. Ärgerlich schlug er mit der Hand auf das Reklameschild und setzte dann seinen Weg in Richtung *Gäste-Service-Center* fort.

Als er am Deutschen Haus um die Ecke bog, kamen ihm zwei Nonnen entgegen, die ihn freundlich grüßten. Eine erzählte der anderen gerade, dass sie lediglich zwei Anwendungen am Tage habe. Da bliebe viel Freizeit, um sich nachmittags, nach der Andacht auch mal ein Stückchen Kuchen zu genehmigen.

Genau für solche leiblichen Genüsse würde er wahrscheinlich keine Minute Zeit haben, vermutete Alois und betrat das *Gäste-Service-Center*. Da am linken Schreibtisch bereits jemand bedient wurde, wandte er sich nach rechts.

Eine Dame mittleren Alters lächelte ihn freundlich an. „Wie ich sehe, haben Sie Ihren Therapieplan erhalten. Darf ich ihn mal sehen?“ Sie streckte die Hand aus. „Nehmen Sie doch bitte Platz, ich werde mal nachschauen, ob ich Ihre Anwendungen alle unter einen Hut bekomme.“ Als sie den prallvollen Plan erblickte, nickte sie anerkennend. „Mein lieber Mann, was haben Sie denn ausgefressen?“ Als Alois sie verständnislos ansah, setzte sie hinzu: „So voll wie Ihr Plan ist, müssen Sie den Professor aber gewaltig geärgert haben. Bei der Masse an Anwendungen wird es ein ganz schönes Stück Arbeit für mich, alles unter einen Hut zu bringen.“

Alois knirschte mit den Zähnen, versuchte aber trotzdem ein Lächeln. Ob es nicht eine Möglichkeit gäbe, dass sie sich beim Verteilen der Termine ein wenig zurückhielt, wollte er wissen.

„Auf gar keinen Fall“, kam die prompte Antwort. „Wenn Sie so einen Plan bekommen haben, garantiere ich Ihnen, dass der Chef ihn persönlich kontrolliert. Und wenn Sie noch einen gut gemeinten Rat von mir haben wollen, lassen Sie sich auf keinen Fall beim Biertrinken oder beim Essen erwischen. Da versteht unser Herr Professor nämlich überhaupt kein Spaß.“ Mit diesen Worten vertiefte sie sich in ihr Computerprogramm und begann, Alois’ Therapieplan zu entwerfen.

Der übergewichtige Süddeutsche faltete die Hände über dem Bauch und sah aus dem Fenster. Sein Blick glitt hinweg über die gepflegten Rasenflächen und die alten Bäume und blieb am weißen Torhäuschen des südlichen Eingangs hängen. Auch wenn es hier zugegebenermaßen ganz nett war, konnte sich Alois auch nicht im Mindesten vorstellen, wie er drei Wochen ohne ordentliches Essen und Weißbier überleben sollte.

Als die Dame am Computer besonders tief seufzte, drehte er sich wieder zu ihr um und sah sie fragend an. Sie schüttelte resigniert den Kopf und klickte dann mit der Maus mal hierhin und mal dorthin.

Nach etwa zehn Minuten atmete sie hörbar aus und gab stolz bekannt, dass es ihr gelungen sei, alle Termine unterzubringen. „Aber das ging nur, weil ich bereits für heute etliche

Termine gemacht habe. Normalerweise fangen wir erst am zweiten Tag an, aber in Ihrem Falle geht es nun mal nicht anders. In einer Viertelstunde melden Sie sich bitte in der ersten Etage des Stahlbadehauses. Da geht es dann mit einem Kohlensäurebad los. Danach ein Gespräch mit unserer Ernährungsberaterin. Außerdem ist noch eine Moorpackung angesagt."

Alois sah sie mit ungläubigem Blick an. „Wie soll das jetzt gehen? Ein Kohlensäurebad? Ich habe ja gar keine Badehose mit." Ärgerlich schüttelte er den Kopf. So ein Schmarrn.

„Eine Badehose brauchen Sie nicht, Sie können also sofort hinübergehen." Die Dame zog einen zusätzlich ausgedruckten Plan zu sich heran und kreuzte sowohl den momentanen Standort, wie auch das Stahlbadehaus darauf an. „Genau hier müssen Sie hin, von dort aus schickt Sie meine Kollegin dann weiter zu Massage. Bitte vergessen Sie nicht, die einzelnen Termine abzeichnen zu lassen." Sie schob ihm die Therapiekarte und vier DIN-A4-Seiten Terminplan über den Tisch. „Es bleibt mir bloß, Sie noch einmal recht herzlich im Gräflichen Park zu begrüßen und Ihnen einen wunderschönen und erholsamen Aufenthalt zu wünschen."

Alois grapschte nach seinen Papieren, grunzte ein grantiges „Servus" und stiefelte vollkommen konsterniert zur Tür hinaus.

Kapitel 8

Hannelore Middendorf legte den Kugelschreiber zur Seite und drehte sich um. Hatte da gerade eine Eieruhr geschellt? Der Patient aus Kabine sieben konnte doch noch gar nicht fertig sein. Sie stand auf, schnappte sich einen Stapel frischer Handtücher und durchquerte die hell gefliesten Räume des Kohlensäurebades. Momentan war wenig Betrieb, und so kam sie dazu, die Vorräte an den einzelnen Stahlbadewannen aufzufüllen. Noch während sie die Handtücher verteilte, hörte sie auf dem Flur schlurfende Schritte.

Hannelore Middendorf wählte nicht den Umweg über den kleinen Raum, in dem die Badezusätze und ihr Schreibtisch standen, sondern durchquerte eine Umkleidekabine, um auf den Flur zu gelangen. Dort stieß sie fast mit einem wohlbeleibten Mann zusammen, der seiner Kleidung nach zu urteilen nicht aus dem hohen Norden kam. Die Therapeutin war schon einiges gewohnt, doch dass jemand mit einer krachledernen Montur auftauchte, war auch für sie neu.

„Hallo, was kann ich denn für Sie Gutes tun?“, fragte sie den schwitzenden Mann. Besorgt betrachtete sie sein rotes Gesicht und nahm wahr, dass ihm der Schweiß in Sturzbächen von der Stirn lief.

„Mein Gott, ist das heiß hier!“ Alois zerrte sein rotweißes Taschentuch aus der Lederhose und wischte sich schnaufend die Stirn. „Hier ist ja eine Luft wie im Treibhaus.“ Völlig erschöpft ließ er sich auf einen der Stühle im Flur nieder. Die paar Stufen im runden Treppenhaus hatten ihm bereits zu schaffen gemacht.

Hannelore Middendorf stemmte die Hände in die Hüften und musterte ihren Besucher. „Darf ich fragen, was Sie hierher treibt?“

Alois wischte sich noch einmal den Schweiß ab. „Die hat gemeint, ich hätte nicht viel Zeit und deshalb scheucht sie mich schon am ersten Tag durchs halbe Bad.“

Alois versuchte, im Sitzen das Taschentuch wieder in die Hosentasche zu stopfen, was aber kläglich scheiterte.

Die Therapeutin sah ihn fragend an. „Wer ist denn *die*?!"

„Na, dieses fürchterliche Weib da vorne im Büro." Heftig gestikulierend wies er in die Richtung, in der er das *Gäste-Service-Center* vermutete.

„Jetzt verstehe ich", sagte Frau Middendorf und streckte erwartungsvoll die Hand aus. „Na, dann mal her mit dem Zettel." Nach einem Blick auf Alois' fragenden Gesichtsausdruck verbesserte sie sich. „Ich meine den Therapieplan, den Sie von meiner Kollegin im *Gäste-Service-Center* erhalten haben."

Nach einem Blick darauf, machte sie eine einladende Handbewegung zur Tür mit der Nummer fünf. „Dann mal hereinspaziert." Dabei hielt sie ihm die Tür auf. „Ziehen Sie sich bitte aus! Ihre Sachen können Sie an die Haken in der Kabine hängen. Ich bringe Ihnen gleich ein paar Badelatschen."

Alois quetschte sich durch die Eingangstür in die Umkleidekabine. Dann blickte er sich um und fragte mit verwirrtem Gesichtsausdruck: „Wie ausziehen? Ganz?"

„Nein, Sie können auch in Ihrer Lederhose in die Wanne steigen!"

Überaus grantig begann Alois sich auszuziehen. Dabei machten ihm die Schnürsenkel seiner Haferlschuhe dermaßen zu schaffen, dass er sich die Schuhe letztendlich wütend von den Füßen trat. Hinter der Kabinentür hörte er, wie Hannelore Middendorf Wasser einlaufen ließ. „Kohlensäurebad", murmelte er verächtlich, „die einzige Flüssigkeit, in der das Zeug taugt, ist doch wohl Bier." Alois streifte die Hosenträger seiner Lederhose ab und hängte sie an den Garderobenhaken.

„Herr Rosenhöfer? Alles klar, kommen Sie zurecht?", hörte er Frau Middendorf.

Ohne Unterhose würde er gleich, nackt wie Gott ihn schuf, in der Kabine stehen. So ungefähr mussten sich Todeskandidaten fühlen, die genau wie er nicht wussten, was sich hinter der nächsten Tür verbirgt. Äußerst behutsam, als könnte der zerbrechen, langte Alois nach dem Griff und öffnete die Tür einen Spalt. Dahinter erwartete ihn ein hoher, heller Raum. Auf der gegenüberliegenden Seite befand sich ein großes Fenster, welches den Blick in den Park freigab. Alois konnte die mächtigen, alten Bäume erkennen. Aber auch Leute, die im Park spazieren gingen. Und wenn er sie sehen konnte …?

„Also, Herr Rosenhöfer, was ist denn nun? Das Wasser wird ja schon wieder kalt."

Die Therapeutin stand über eine große, glänzende Edelstahlbadewanne gebeugt und versuchte, ein darin schwimmendes Thermometer zu erwischen. Währenddessen blickte sie zur Tür und lächelte Alois freundlich an.

„Welchen Badezusatz möchten Sie denn haben?", fragte sie. „Rosmarin? Heublume? Melisse oder doch lieber Kamille?"

„Das ist mir völlig wurscht!", erklang es grantig aus der Kabine. „Mir wäre lieber, es wär Obstler, dann tät ich mich darin ersäufen!"

Verständnislos schüttelte Hannelore Middendorf den Kopf. „So, raus jetzt aus der Kabine, die Wanne ist fast voll. Jetzt wird gebadet." Mit einer energischen Handbewegung drehte sie den Wasserhahn zu. So ein störrischer Esel war ihr schon lange nicht mehr untergekommen. Sich die Hände abtrocknend trat sie zur Kabinentür und drückte sie auf. Als sie Alois mit hochrotem Kopf in der gesamten Pracht seines Adamskostüms vor sich sah, überlegte sie, ob sie nicht doch zu viel Wasser in die Wanne gefüllt hatte. Mit einiger Überredungskraft gelang es ihr, den störrischen Bayern dazu zu bewegen, endlich in das Kohlensäurebad zu steigen.

Vorsichtig setzte Alois ein Bein in die Wanne, sehr darauf bedacht, das Treiben im Park vor dem Fenster im Auge zu behalten. Doch es wäre besser gewesen, sich auf den Einstieg in die Wanne zu konzentrieren. Er hatte das zweite Bein kaum über den Wannenrand gehoben, da rutschte er bereits weg und landete mit einem gewaltigen Plumps im warmen, kohlensäurehaltigen Wasser.

Hannelore Middendorf, die gerade dabei war, ihre Fehleinschätzung in Bezug auf den Wasserstand zu korrigieren und den Stöpsel ziehen wollte, bekam den Großteil dieser Sintflut ab. Der Rest des heilenden Wassers verteilte sich großzügig auf dem gefliesten Boden, während Alois mit erschrecktem Gesichtsausdruck und wie ein gestrandeter Wal in der Wanne lag.

Die tropfnasse Therapeutin schnappte nach Luft und einem Handtuch. „Herr Rosenhöfer, Sie sind eine Naturgewalt!“

Kapitel 9

Während Hannelore Middendorf Wasser nachlaufen ließ und anschließend versuchte, der Überschwemmung Herr zu werden, schlich sich ein Mann vorsichtig durch die Flure der St. Urbanus Klinik. Immer wieder blickte er sich nach allen Seiten um und schien sorgsam darauf bedacht, nicht beobachtet zu werden. Vor einer der Zimmertüren im Erdgeschoss blieb er stehen und legte sein Ohr daran. Aufmerksam lauschte er in das Innere. Als er sicher sein konnte, dass sich niemand im Zimmer befand, glitt seine Hand in die Gesäßtasche seiner Hose und förderte ein kleines, schwarzes Etui zu Tage. Sorgsam wählte der Mann daraus einen Dietrich. Sekunden später schlüpfte er in den Raum.

Er blieb einen Moment lang stehen und orientierte sich. Dann begann er, systematisch den Raum zu durchsuchen. Behutsam öffnete er nacheinander alle Schubladen des Schreibtisches, sorgsam darauf bedacht, nichts durcheinanderzubringen. Der Bewohner dieses Raums musste ja nicht wissen, dass er ungebetenen Besuch bekommen hatte. Nach dem Schreibtisch wandte sich der Mann dem Nachttisch zu und konzentrierte sich dann auf den Schrank. Was er hier machte, geschah ohnehin nur, um alle Möglichkeiten auszuschließen. Er konnte sich kaum vorstellen, dass sich das von ihm Gesuchte hier im Raum befand.

Leise schloss er die Schranktür und ging dann auf die Knie, um auch unter das Bett zu sehen. Fehlanzeige. Er vermutete, dass sich der Zimmerbewohner für ein Versteck außerhalb der Klinik entschlossen hatte. Er würde also nicht umhinkommen, ihn ständig im Auge zu behalten. Noch schien sein Kontrahent nicht bemerkt zu haben, dass er ihm auf der Spur war – und es wäre auch besser, wenn es so blieb. Er überlegte kurz, ob er sich auch noch das Badezimmer vornehmen sollte. Einen Moment lang blieb er unentschlossen vor der Tür stehen. Dann drückte er beherzt die Klinke herunter und warf einen Blick hinein. Nichts Außergewöhnliches. Behutsam schloss er die Tür, wandte sich um und wollte den Raum bereits verlassen, als sein Blick auf eine Jacke fiel, die am Garderobenhaken hinter der Tür hing. Aus einer Tasche ragte ein gefaltetes Stück Papier hervor. Als er es herauszog und auseinanderfaltete, hielt er einen fotokopierten Lageplan des Gräflichen Parks in der Hand. Eigentlich nichts Besonderes, doch das *Mausoleum* am äußersten rechten Rand hatte jemand mit einem roten Kreis versehen.

Der Mann faltete den Zettel wieder zusammen und steckte ihn zurück in die Tasche. Leise öffnete er die Tür einen Spalt und lauschte in den Flur. Dann huschte er ungesehen aus dem Zimmer. Als er ins Foyer der Klinik kam, mischte er sich unauffällig unter die anderen Gäste und nickte der Dame am Empfang freundlich zu.

Sein unerlaubter Besuch hatte sich gelohnt, jetzt wusste er, wo er weitersuchen konnte.

Kapitel 10

Der Sturz ins Kohlensäurebad saß Alois noch ganz schön in den Knochen. Er hatte einen Riesenschreck bekommen, als er in die Wanne geplumpst war. Aber dann hatte er mit wachsender Begeisterung das wohltuende Prickeln des warmen Wassers genossen. Zugegeben, ein bisschen Schadenfreude war schon dabei, als er zusah, wie die Therapeutin mit Wischer und Tüchern versuchte, des übergeschwappten Wassers Herr zu werden. Doch als sie den Raum verlassen hatte und er nur noch das Ticken des Zeitmessers und das gelegentliche Blubbern der Kohlensäure hörte, entspannte er sich. Und als auch noch die Sonne durch die Wolken kam und den Raum in helles Licht tauchte, schlief er fast ein. Ganz langsam machte sich Entspannung breit, und Alois' einzige Anstrengung bestand darin, die Zehen mit der Kette spielen zu lassen, an der der Stöpsel für die Wanne hing.

Es kam ihm vor, als wären erst wenige Minuten vergangen, als ihn das Klingeln des Kurzzeitmessers aus seinen Träumen riss. Kaum einen Wimpernschlag später stand die Therapeutin bereits wieder an der Wanne. Vermutlich hatte das Weib schon hinter dem Vorhang gewartet, mutmaßte Alois.

„Stehen Sie jetzt bitte vorsichtig auf, und halten Sie sich dabei an den beiden Griffen der Wanne fest“, forderte Hannelore Middendorf ihren Patienten auf. „Bitte keine Überschwemmungen mehr, sonst gehen mir die Handtücher aus.“

Alois bedachte sie mit einem mürrischen Blick, enthielt sich aber jeder Entgegnung, da auch er keinen weiteren Stunt hinlegen wollte.

„Trocknen Sie sich bitte mit den Handtüchern ab, die dort auf der Heizung hängen, dann können Sie sich wieder anziehen.“ Hannelore Middendorf begann bereits die Wanne auszuspülen. „Und wie hat es Ihnen gefallen?“, wollte sie wissen.

Alois ließ das erste Handtuch auf den Boden fallen. „War schon recht“, brummelte er und tappte dann unsicher auf nassen Füßen zurück in die Umkleidekabine.

Kopfschüttelnd und schmunzelnd säuberte die Therapeutin die Wanne und sammelte die nassen Handtücher ein. Als sie wieder auf den Flur trat, öffnete sich die Tür der Kabine Nummer fünf, und ein rotgesichtiger schwitzender Bayer trat auf den Flur.

Hannelore Middendorf reichte ihm den abgezeichneten Therapieplan und deutete zur Tür. Er müsse nun eine Etage höher, dort säße Angelika Bruhns. Frau Bruhns sei Ernährungsberaterin, dort habe er seinen nächsten Termin.

Alois seufzte auf und dachte mit Grausen an das bevorstehende Gespräch. Als wenn er nicht selbst wüsste, was für ihn und seinen Körper gut war. In puncto Essen kannte er sich aus. Da brauchte er garantiert keine Beratung. Als das Wörtchen Essen in seinen Gedanken auftauchte, meldete sich sein Magen. Mit einem Schlag wurde ihm bewusst, dass er noch gar nicht gefrühstückt hatte. Eine Überlegung, die sein Magen mit sofortigem Knurren bestätigte. Im ruhigen Flur war das Geräusch sogar für die Therapeutin zu vernehmen.

Erstaunt sah sie Alois an. „Alles in Ordnung?“

Der Bayer rieb sich den Bauch, machte ein verdrießliches Gesicht. „Naa, is scho recht. Nur einen mordsmäßigen Hunger habe ich halt. Und ich bin mir sicher, dass es bei der Ernährungsberaterin nichts zu essen geben wird.“ Damit wandte er sich ab und schlurfte den Flur entlang.

„Zweite Etage, Sie müssen nur eine Treppe hoch!“, erinnerte ihn Hannelore Middendorf.

Im Treppenhaus drehte sich Alois noch einmal um. „Wer weiß, ob ich das schaffe. Vermutlich werde ich bis oben verhungert sein.“ Alois stopfte verdrießlich die Hände in die Taschen seiner Lederhose, dann nahm er das Abenteuer zweite Etage in Angriff.

Kapitel 11

Helga Weskämper stand am Eingang des Speisesaals und schien bereits auf Alois Rosenhöfer zu warten. Der kam mit hängender Zunge auf sie zu und bot einen jämmerlichen Anblick. Total verschwitzt und außer Atem musste er sich am Türpfosten abstützen und erst ein paar Mal tief Luft holen, bevor er sprechen konnte.

„Ob Sie's nun glauben oder nicht, mir hängt der Magen auf den Knien. Wenn ich nicht sofort was Anständiges zu essen bekomme, falle ich tot um. Sie glauben ja gar nicht, wie schwer es war, diesen Morgen mit leerem Magen zu überstehen." Alois richtete sich auf und warf über Helga Weskämpers Schulter hinweg einen Blick in den Speisesaal. „Ich hoffe, ich sitze wieder an dem schönen Tisch, an dem ich heute Morgen fast gefrühstückt hätte."

Die Büfettkraft zuckte bedauernd mit den Schultern. „Heute Morgen waren Sie noch nicht in unserem Organisationsplan. Jetzt haben wir Sie dort eingepflegt, und so werden Sie ab sofort zusammen mit anderen Gästen an einem Tisch sitzen. Das ist dann auch Ihr Platz für den Rest Ihres Aufenthalts."

Alois seufzte und verdrehte die Augen. „Meiner Seel', dann hock ich mich halt da hin. Hauptsache, es gibt was Gescheites zum Essen."

Helga Weskämper angelte sich das Klemmbrett mit dem Belegungsplan des Speisesaals vom Tisch und machte eine auffordernde Bewegung. „Dann will ich Ihnen mal zeigen, wo Sie sitzen." Mit ausgreifenden Schritten durchquerte sie den Speisesaal und steuerte auf einen Tisch an der breiten Fensterfront zu. An der Menge der eingedeckten Plätze konnte man erkennen, dass noch nicht allzu viele Gäste im Haus waren. Der Großteil würde erst anreisen, wenn die Klinik komplett fertig wäre. So blieben zurzeit noch viele Tische im großen Speisesaal leer.

Frau Weskämper hatte einen Tisch erreicht, an dem vier von sechs Stühlen bereits belegt waren. Sie vergewisserte sich auf ihrem Plan, ob sie den richtigen Platz gefunden hatte, und deutete dann auf einen der beiden freien Stühle. „So, Herr Rosenhöfer, das also ist Ihr Platz.“ Dann wandte sie sich den vier Personen zu, die bereits am Tisch saßen und Alois neugierig betrachteten. „Herr Rosenhöfer wird Ihnen für die nächsten drei Wochen Gesellschaft leisten. Er ist gestern angereist. Herr Rosenhöfer kommt übrigens aus dem schönen Bayern zu uns.“

„Was wohl kaum zu übersehen ist“, kommentierte ein Mann mit krausen, dunklen Haaren, der am anderen Ende des Tisches saß. Dabei deutete er auf Alois’ bayerisches Outfit. Alle Anwesenden hatten das Essen eingestellt und betrachteten Alois wie ein seltenes Fossil.

„Grüß Gott“, brummelte er und nahm auf dem ihm zugewiesenen Stuhl Platz. „Dann seien Sie bitte so nett und bringen Sie mir die Speisekarte“, forderte er Helga Weskämper auf.

Diese sah ihn verständnislos an. „Speisekarte? Wenn ich meine Unterlagen richtig gelesen habe, hat unser Chef Sie auf Diät gesetzt. Das bedeutet, dass Ihr Essen bereits fertig ist. Lassen Sie mich einmal nachsehen, was es heute Leckeres gibt.“ Sie blätterte erneut in den Papieren, dann sah man ihrem Gesichtsausdruck an, dass sie fündig geworden war. „Es gibt Hühnerfrikassee mit einer Tasse Naturreis.“

Alois glaubte sich verhört zu haben. „Das kann aber nicht alles sein, oder?“

Helga Weskämper wehrte ab. „Nein, nein, vorher gibt es noch eine klare Brühe und hinterher einen Apfel.“

Einen Moment lang glaubte Alois, dass man ihn auf den Arm nehmen wollte, aber ein Blick auf die Teller und in die hungrigen Gesichter seiner Tischnachbarn ließ ihn erkennen, dass das hier blutiger Ernst war. Und wie zur Bestätigung rauschte auch schon eine Bedienung heran und stellte ihm eine halb gefüllte Suppentasse mit einer durchsichtigen Flüssigkeit darin vor die Nase. Konsterniert blickte er in die Tasse und anschließend in die Runde. Mitleidsvolle Blicke bewiesen, dass er soeben in der kulinarischen Hölle Ostwestfalens angekommen war.

Nur Sekunden später hatte er die Tasse vor lauter Heißhunger geleert und nicht einen Augenblick lang das Gefühl, überhaupt etwas im Bauch zu haben. Ihn schauderte bei dem Gedanken, wie wohl das Hauptgericht aussehen würde, wenn bereits die Suppentasse nur halb voll gewesen war. Müde stützte er sein Gesicht in die Hände und blickte mit traurigen Augen aus dem Fenster hinaus, über die Terrasse hinweg in Richtung der Gewächshäuser der Gärtnerei. Das würde heute Abend ein sehr, sehr langer Brief an die Mama werden.

Wobei er sich bereits im nächsten Moment fragte, wie er seinen Doktor überhaupt noch verklagen sollte, denn vermutlich wäre er schon lange vor dem Ende seiner Kur verhungert. Noch während er diesen düsteren Gedanken nachhing, fiel ein Schatten auf den Tisch und eine Person versperrte ihm den Ausblick in den Garten. Diese Person zog den letzten freien Stuhl zurück und ließ sich darauf nieder. Und genau in diesem Moment erkannte Alois Rosenhöfer, dass alles auf der Welt immer noch schlimmer kommen konnte. Denn genau gegenüber hatte die Frau Platz genommen, die ihm bereits am ersten Tag sauer aufgestoßen war und die das Zimmer neben ihm belegte.

„Mahlzeit!“, flötete Renate Krummweide und schüttelte ihre Serviette aus. Dann blickte sie Alois mitten ins Gesicht. „Na, Sie Gebirgsjäger, so sieht man sich wieder, was?“

Allmächtiger, tu’ mir das bitte nicht an, betete Alois inständig. Als ob es ihn noch nicht hart genug getroffen hätte. Jetzt auch noch dieses Weibsbild an seinem Tisch. Ihm genau gegenüber. Nicht nur, dass sein Zimmer direkt neben ihrem lag, nun musste er ihr auch noch drei Wochen morgens, mittags und abends ins Gesicht sehen. Und was noch viel schlimmer war, sich ihr Geschwätz anhören.

Und es ging auch gleich los mit den Worten: „Na, wie war denn so ihr erster Tag?“ Renate Krummweide zog die Suppentasse zu sich heran und begann mit seligem Gesichtsausdruck, das warme Wasser in sich hineinzulöffeln. Dass Alois ihr keine Antwort gab, schien sie gar nicht zu bemerken. „Ich war ja heute zur Einzelgymnastik, dann bin ich eine Runde gejoggt, dann war ich im Kohlensäurebad und zum Schluss habe ich noch eine Runde im Fitnessraum gemacht.“ Stolz blickte Renate Krummweide in die Runde.

Einem aufmerksamen Beobachter wäre nicht entgangen, dass die sportliche Dame eigentlich so gar nicht an diesen Tisch passen wollte. Denn die anderen Herrschaften brachten, jeder für sich, locker das doppelte Körpergewicht von Renate Krummweide auf die Waage. Mit ihrer schlanken, sportlichen Gestalt fiel sie komplett aus dem Rahmen.

An den so genannten „Hasentisch“ hätte sie deshalb auch gar nicht gemusst. Hasentisch nannte man diese Runde nicht nur, weil mitten auf dem Tisch ein großer Stoffhase saß, sondern auch weil jeder Hase eifersüchtig auf die Teller mit Grünzeug geschaut hätte. Hier saßen die Adipösen, die Wuchtbrummen, die schmucken, kleinen Dreitonner oder wie immer man die wohlbeleibten Tischgäste nennen wollte. Die vorherrschende Farbe der Hauptspeise war grün und bestand hauptsächlich aus Salat. Und so hatte irgendein Witzbold den Namen *Hasentisch* erfunden und seine Idee noch durch das Stofftier für alle sichtbar gemacht.

Renate Krummweide hätte also an diesem Tisch überhaupt nichts zu suchen gehabt, wenn sie nicht der Meinung gewesen wäre, dass sie immer noch zu dick sei. Das war auch der Grund, warum sie sich hier in der *St. Urbanus Klinik* aufhielt. Regelmäßig forderte ihr Schlankheitswahn einen dreiwöchigen Tribut in irgendeiner Klinik. Und als die Höxteranerin in der heimischen Zeitung von der Neueröffnung der *St. Urbanus Klinik* in Bad Driburg las, hatte sie sich sofort angemeldet. Der aufnehmende Arzt hatte zwar bei ihrem Wunsch nach Diät oder Reduktionskost verständnislos den Kopf geschüttelt, es dann aber genehmigt. Körperlich war sie vollkommen gesund, und schaden konnte es nicht. So war Renate Krummweide, sehr zum Ärger von Alois Rosenhöfer, auf dem gegenüberliegenden Platz gelandet.

Alois lehnte sich zurück, um der Bedienung Platz zu machen, die ihm soeben einen Teller vor den Bauch stellte. Als der Bayer darauf blickte, traten ihm fast die Tränen in die Augen. Ein kleiner Klecks einer hellen Sauce, in der mikroskopisch kleine Stücke Hühnerfleisch dümpelten. Die beiden roten und grünen Punkte daneben schienen Paprikastücke zu sein. Und wiederum daneben, kaum von der weißen Farbe des Tellers zu unterscheiden, lagen ein paar Dutzend Reiskörner. Zumindest schätzte Alois, dass es nicht mehr waren. Nie und nimmer konnte irgendein Mensch von diesem Klecks Katzenfutter satt werden. Was hätte er jetzt für eine ordentliches Stück Leberkäse oder ein paar Würschtel mit Kraut gegeben. Widerwillig stocherte er im Essen herum.

„Wenn Sie es nicht mögen, ich nehme es gerne“, bot ihm eine ältere Frau neben ihm großzügig an.

Alois zuckte bei dem bloßen Gedanken daran, auch nur ein Reiskorn abzugeben und so zu verhungern, regelrecht zusammen. „Nein, nein, ich esse das schon. Werd’s schon irgendwie runterbringen“, lehnte er das Angebot ab.

Die ältere Dame streckte ihm die Hand entgegen. „Herta Feilenbach, ich bin schon eine Woche hier. Ich glaube, Sie wohnen auch auf meiner Etage. In der vierten, richtig?“

Alois, der sich soeben eine Gabel Reis in den Mund gesteckt hatte, nickte. „Vierhundertzweiunddreißig“, nuschelte er mit vollem Mund.

„Ach, das ist ja genau bei mir nebenan“, meldete sich Renate Krummweide zu Wort.

Wenn sie das erst jetzt erfuhr, hatte sie ihn glücklicherweise am Morgen nicht bemerkt, dachte Alois erleichtert.

„Wie ich höre, ein Landsmann“, bekundete ein älterer Mann mit stark schwäbischem Akzent. „Es freut einen doch immer, wenn man hier in der Fremde jemanden aus der Heimat trifft.“ Der Mann erhob sich halb von seinem Stuhl und deutete in Alois Richtung eine Verbeugung an. „Gestatten Sie? Herbert Pfefferle aus Ludwigsburg.“

Alois musterte den Mann mit kritischem Blick. „Landsmann, sagen Sie? Seit wann liegt Ludwigsburg denn in Bayern?“ Pfefferle erwiderte diese Frage mit einem Lächeln. „Ich dachte halt, weil wir beide aus dem Süden der Republik kommen.“ Beifallheischend sah er sich am Tisch um.

„Ich komme auch aus dem Süden, aus dem Düsseldorfer Süden, haha!“ Alle Köpfe wandten sich einem Mann zu, der eine weiße Trainingshose und ein weißes Poloshirt mit einem aufgestickten Wappen trug. Passend dazu weiße Tennisschuhe und weiße Socken. Obwohl Alois ihn schon für deutlich über fünfzig hielt, hatte er doch volles, dunkles Haar ohne eine einzige graue Strähne.

„Manfred beliebt wieder zu scherzen“, kommentierte eine junge, blonde Frau mit rot geschminkten Lippen. „Und gleich wird er uns wieder erzählen, wie viel Geld er hat.“

Bis auf Alois mussten alle am Tisch lachen. Scheinbar kannten sich hier alle schon ein bisschen länger. Als Alois sich vorbeugte, um alle Personen besser sehen zu können, bemerkte er auch Hugo Brinkschulte, der in seinem Rollstuhl am Tisch saß.

Als dieser sah, dass Alois ihn bemerkt hatte, winkte und zwinkerte ihm freundlich zu. „Ich denke, es wird am besten sein, wenn wir uns unserem neuen Tischnachbarn alle kurz vorstellen“, schlug Brinkschulte vor.

„Mich kennen Sie ja bereits, wir hatten ja gestern schon das Vergnügen.“ Dann wies er mit der Hand auf die Blonde mit den signalroten Lippen.

„Heike Rogalla, ich komme aus Münster.“ Kokett strich sie eine Haarsträhne hinter das Ohr.

„Dann bin ich ja wohl jetzt dran. Mein Name ist Manfred Geiger, ich komme aus Düsseldorf und habe eine eigene, gut gehende Computerfirma.“ Kollektiv seufzten einige auf. „Ich hätte mir auch eine Privatklinik leisten können, denn ich habe vor Kurzem einen lukrativen Auftrag aus den Vereinigten Arabischen Emiraten bekommen.“ Wer beim ersten Satz noch nicht aufgeseufzt hatte, tat dies nun.

Alois ordnete ihn gedanklich in die Kategorie Angeber ein. Wobei diese Kategorie nicht zu seinen Favoriten gehörte.

Noch bevor sich Herbert Pfefferle vorstellen konnte, winkte Alois ab. „Den Herrn kenne ich ja schon“, ersparte er damit Pfefferle die Vorstellung.

„Bliebe nur zu sagen, dass ich Buchhalter und wegen meines Rückens hier bin“, fügte Pfefferle ungefragt hinzu.

Die nächste in der Runde war eine Dame mit auffallend roter Nase und fleckiger Haut. Sie hatte dunkelblonde, strähnige Haare und wirkte etwas ungepflegt. „Ich bin Gesa Behrmann aus Schmallenberg. Das werden Sie nicht kennen, das liegt im Sauerland.“

Womit sie durchaus recht hatte, wusste Alois allerdings doch nicht einmal, wo das Sauerland lag. Die hatte auf jeden Fall ein Alkoholproblem, so wie sie aussah. Da war er sich sicher.

„Herta Feilenbach aus Gelsenkirchen“, flötete die ältere Dame, die neben ihm saß. Ihr Alter konnte Alois schlecht schätzen, Falten hatte sie jedenfalls keine. Aber wer hatte schon mal einen Luftballon mit Falten gesehen, amüsierte sich Alois über die kleine, dickliche Rentnerin. Und da sie ihn so schön anlächelte, lächelte Alois mindestens genauso zuckersüß zurück.

„Und zum guten Schluss bin ich jetzt dran“, schloss Renate Krummweide die Vorstellungsrunde. „Mein Name ist Renate Krummweide, aber meine Freunde nennen mich Nati.“

Ein Vergnügen, das ihm erspart bleiben würde, dachte Alois.

„Ich komme ganz aus der Nähe, aus der wunderschönen Stadt Höxter. Wir sind ja in Deutschland einige der wenigen, wenn nicht sogar die einzigen, die ein X im Nummernschild haben."

„Wobei in der Mathematik das X ja für die Unbekannte steht", kommentierte Buchhalter Pfefferle.

„Aber nach meiner Vorstellung bin ich ja nun keine Unbekannte mehr", meinte Renate. „Und nun sind Sie dran!" Damit beugte sie sich über den Tisch und lächelte Alois mit bittersüßer Miene an. „Dann verraten Sie uns doch mal, woher genau Sie kommen."

Obwohl Alois fand, dass es sie ein Exkrement anging, wollte er den anderen gegenüber nicht unfreundlich erscheinen. „Ich komme aus der Nähe von Rosenheim, aus einem kleinen Dorf." Er fand, dass damit alles gesagt war, doch die Krummweide ließ nicht locker.

„Und was machen Sie beruflich?"

Alois setzte gerade zu einer Antwort an, als der junge Markus Haferstroh an den Tisch trat. Völlig außer Atem legt er Alois die Hand auf die Schulter. „Hallo, Herr Rosenhöfer. Gut, dass ich Sie gefunden habe, ihr Terminplan hat sich nämlich verschoben. Sie sollen sich nach der Mittagspause sofort im Moorbadehaus bei Herrn Niggemeier melden." Alois hielt seinen Teller mit beiden Händen krampfhaft fest. Beim Überbringen schlechter Nachrichten war ihm schon das Frühstück abhanden gekommen. Da wurde man vorsichtig.

Markus Haferstroh grinste. „Na, dann noch guten Appetit!", wünschte er mit einem Blick auf die beiden Kleckse auf Alois' Teller. Der schaufelte das Essen nun schnell in sich hinein und wartete auf den Nachtisch. Der Apfel kam dann sehr schnell und stellte sich als verschrumpelter Bioapfel heraus, der sicher sehr gesund war, aber äußerst unattraktiv aussah. Alois überlegte nur eine Sekunde, dann ließ er den Apfel in der Jackentasche verschwinden. Man wusste ja nie, wann es die nächste Mahlzeit gab. Er stand auf und verabschiedete sich. Sein Mittagsschlaf stand auf dem Programm. Die Folter schien kein Ende zu nehmen. Aber am Abend, da würde er geradewegs ins nächste Wirtshaus stiefeln und sich so richtig den Wanst vollschlagen. „Mahlzeit!"

Kapitel 12

Liebe Mama!
Es wird Zeit, dass ich Dir schreibe, wie es mir hier ergeht. Kurz gesagt, es ist die Hölle. Daher sei bittschön so gut und bewahr halt meine Briefe recht schön auf. Ich werd sie nämlich brauchen, weil ich gern den Doktor verklagen möcht. Der hat ja dieses verflixte Tun hier auf dem Gewissen. Und ich suche jetzt immer schön nach Dingen, die ich ihm später aufs Butterbrot schmieren kann.

Wobei, das Zimmer hier ist schon recht nett. Ein ordentliches Bett hat es und einen Fernseher. Und groß genug ist es auch. Ich hock jetzt hier am Schreibtisch und werd den Brief heute Abend noch in die Post geben, damit ihn hier keiner find. Denen Preußen hier trau ich halt alles zu.

Das Briefpapier hab ich im Laden gekauft, dazu die Umschläge und die Marken. Gleich ein ganzes Dutzend, weil es sicher noch mehr zu berichten geben wird. Ganz schön quälen tun's mich hier. In ein Kohlensäurebad musste ich hinein und am Nachmittag musst ich mich in eine Moorpackung legen. Als ich den Bademeister gefragt habe, wie lange man da drin liegen bleiben kann, hat der Kerl nur gelacht und gesagt, der Rekord läge zwar bei 20.000 Jahren, aber bei mir täten es auch 15 Minuten.

Danach hat er mich geholt und mich wie ein Stück Vieh mit einem Schlauch abgespritzt. Obwohl gut war's schon, so moorig wie ich war. Dann bin ich noch mal 20 Minuten eingewickelt wie eine Mumie da gelegen. Und dabei muss ich eingeschlafen sein. Als ich aus der Kabine kam, da stand da der Schwabe, der an meinem Tisch sitzt, und hat gelacht. Jetzt gäbe es in der Umgebung keine Bäume mehr, hat er gesagt. Weil ich doch so gesägt hätte. So ein Depp!

Jetzt muss ich zum Abendessen hinunter. Obwohl vermutlich lohnt es sich gar nicht, denn die Portionen hier sind so klein, die würden gerade für Deinen Kanari reichen. Aber nachher da gehe ich ins Wirtshaus. Zur Linde heißt es und da solle es was Gutes geben.

Bleib also recht schön gesund, liebe Mutter

Dein Alois

Nachdem er den Brief noch mal gelesen hatte, steckte er ihn in einen Umschlag und klebte ihn zu. Er hätte noch eine Menge mehr schreiben können, doch sollte er der Mama die Geschichte mit dem Trainingsanzug wirklich erzählen?

Nach dem Mittagessen hatte er sich ausgezogen und in Unterwäsche auf das Bett gelegt. Ihm war klar, dass seine Tracht sehr schön, aber auch sehr unpraktisch war. So hatte er sich wieder erhoben und war an den Kleiderschrank getreten. Die Mutter hatte ihm einen Trainingsanzug eingepackt, den einzigen, den er besaß. Wenn er so überlegte, dann wusste er schon gar nicht mehr, wie alt der schon war. Irgendwann einmal hatte er ihn sich zugelegt, als er noch mit der Marianne zusammen war. Da waren sie auf die Idee gekommen, zusammen Rad zu fahren. Oh je, wie lang war das schon her?

Er hatte den blauen Trainingsanzug aus Ballonseide aus dem Schrank gezogen und war zuerst in die Jacke geschlüpft. Das heißt, er wollte schlüpfen. Daraus wurde mehr ein Hineinzwängen.

An das Schließen des Reißverschlusses war dabei überhaupt nicht zu denken. Aber bei dem warmen Wetter konnte man die Jacke auch sehr gut offen tragen. Das wirkte eh legerer. Dann kam die Hose an die Reihe. Und auch wenn er immer der Meinung gewesen war, dass seine Figur kontinuierlich gleich geblieben war, so musste er nun doch ein paar Abweichungen zugeben. Mit Mühe und Not schaffte er es, die Hose bis unter den Bauch zu ziehen. Seltsam, früher hatte sie doch immer bis an den Nabel gereicht. Sollte die Mama die vielleicht falsch gewaschen haben? War sie dabei in Länge und Breite eingelaufen? Alois fischte ein paar kurze Socken aus dem Kleiderschrank. Seine langen Kniestrümpfe waren zu dem Outfit vollkommen unpassend. Aber ungeschickt wie er war, fielen sie ihm aus der Hand und landeten auf dem Boden. Ächzend bückte er sich danach und konnte sich augenblicklich von seiner Trainingshose verabschieden. Mit einem hässlich klingendem Reißen verschaffte sich sein Hinterteil die nötige Bewegungsfreiheit. Dabei ging nicht etwa die Naht auf, sondern der marode Stoff zerlegte sich direkt daneben in einzelne Fäden. Aus der Traum von der bequemen Bekleidung. Ihm blieb nichts anderes übrig, als das ganze Ensemble wieder in den Schrank zu werfen. Malefix noch mal, jetzt musste er tatsächlich noch los und sich was Neues kaufen. Stand doch am nächsten Tag irgendetwas mit Sport auf dem Programm.

Also hatte Alois der Mama das Malheur verschwiegen und schlurfte nach der Moorpackung in die Stadt, um sich neu einzukleiden.

In der Fußgängerzone entdeckte er ein Sportgeschäft und stand alsbald einer Auswahl von Sportanzügen gegenüber, die so ganz anders aussahen als sein gutes altes Stück. Mit viel Geduld und Ausdauer schleppte die Verkäuferin die verschiedensten Modelle heran. Mal waren sie zu knapp, mal zu bunt. Dann wieder passte die Hose, aber die Jacke nicht. Aus einer Schlupfjacke kam er sogar erst mit Hilfe der Verkäuferin mühsam wieder heraus. Ein blauer Anzug hatte es ihm angetan. Leider gab es den nach Aussage der Sportartikelfachverkäuferin nicht in seiner Größe. Alois ignorierte diese Anspielung und quetschte sich in der Umkleide in den Sportdress.

Als er mit angehaltenem Atem wieder aus der Kabine kam, war das Erste, was er hörte: „Sie sehen aus wie Elli Pirelli, die tanzende Fleischwurst!“

Alois fuhr herum und blickte mitten in das belustigte Gesicht von Renate Krummweide. Das narrische Weibsbild hatte ihm gerade noch gefehlt. Sofort verschwand er wieder hinter dem Vorhang. Mit einem „Scheint ein bisserl zu eng zu sein“ reichte er den Anzug aus der Kabine, wo die Verkäuferin ihn in Empfang nahm.

„Dem müssen Sie was in Größe SE verpassen“, bemerkte Renate Krummweide, die in einem Stapel Laufhosen wühlte. Die Verkäuferin sah sie erstaunt an: „SE?“

Die Ratgeberin schmunzelte. „Ja, SE. Small elephant!“ Das Lachen der Verkäuferin ging in ein Prusten hinter vorgehaltener Hand über, als Alois aus der Kabine trat. Ganz elegant, in Lederhose und Unterhemd.

Nun übernahm Renate Krummweide das Kommando. Mit schräg gehaltenem Kopf stand sie da und betrachtet nachdenklich den bayrischen Adonis. Zweifellos hatte der Mann eine Traumfigur, aber nur südlich des Weißwurstäquators. Der brauchte was Saloppes in mindestens XXXL. Mit Kennerblick zog sie einen Anzug in gedeckten Farben aus dem Regal und hielt ihn Alois hin.

„Den hier sollten Sie mal probieren, der könnte Ihnen passen.“ Alois nahm sprachlos den Anzug entgegen und verschwand wieder in die Kabine.

Grummelnd schlüpfte er ins sportliche Beinkleid – und siehe da, die Hose saß gut, spannte nicht zu sehr über dem Bauch, und die Jacke ging tatsächlich zu. Was ja auch besser war, denn wer konnte wissen, wie lange das schöne Wetter in diesem Kuhdorf noch anhielt.

Widerwillig öffnete er den Vorhang und trat heraus. Beide Damen nickten zustimmend.

„Gute Wahl, gnädige Frau, Sie haben ein gutes Auge“, lobte die Verkäuferin Renate. „Und die Farben stehen dem Herrn Gemahl auch gut. Ältere Herren können so was gut tragen.“

Alois' Gesicht bekam die Farbe eines Feuermelders. Was war nun schlimmer, dass dieses dumme Huhn ihm zutraute, mit dem Hungerhaken verheiratet zu sein, oder dass sie ihn, der sich doch im besten Mannesalter befand, als älteren Herrn bezeichnet hatte? Völlig sprachlos kehrte er in die Kabine zurück und schälte sich wieder aus dem Trainingszeug.

„Vergessen Sie nicht, ihm auch noch ein paar Turnschuhe zu verpassen!" hörte er Renates Stimme durch den Vorhang.

Nachdem er sich wieder in einen Bayern verwandelt hatte, riss er den Vorhang derart heftig zur Seite, dass ein paar Gardinenhaken aus der Schiene brachen. „Jetzt werd ich Ihnen mal was sagen. Wenn es etwas gibt, was ich überhaupt nicht brauchen kann, dann ist das, wenn mir so ein siebengescheites Weib wie Sie in meine Einkäufe reinredet."

Die Verkäuferin sah ihn fragend an. „Ich vermute mal, Sie meinen nicht mich damit, oder?", fragte sie dann freundlich.

Alois schnaubte ärgerlich. „Nein, diese Huschpel da!" Dabei drehte er sich auf dem Absatz um.

„Die Dame hat den Laden schon verlassen", erklärte ihm die Verkäuferin.

Alois wurde erneut rot. Diesmal mehr aus Verlegenheit als vor Ärger. Heute war wirklich nicht sein Tag, gestand er sich ein.

„Die Turnschuhe hätten wir dann hier drüben", erinnerte ihn die Verkäuferin, und Alois trottete ergeben und mit hängenden Schultern hinter ihr her.

Kapitel 13

Mit einer großen Plastiktüte voller Sportsachen stiefelte Alois durch die Driburger Fußgängerzone. In einem Schreibwarengeschäft erwarb er den Schreibblock, Umschläge, ausreichend Marken sowie eine Postkarte für seine Arbeitskollegen. Dazu suchte er bewusst eine hübsch hässliche aus. Sollten die ruhig mal sehen, wohin er hier geraten war. Vielleicht war es ja für den einen oder anderen eine Lehre, sich nicht mit dem Doktor einzulassen.

Auf der gegenüberliegenden Seite entdeckte Alois ein Eiscafé, und sofort lief ihm das Wasser im Munde zusammen. Ein Mokkabecher oder Spaghetti-Eis, das wär's jetzt. Er bezahlte seine Schreibwaren und überquerte die Fußgängerzone. Ein paar Meter vor dem Café stutzte er. „Kruzifix!" Das saß doch tatsächlich wieder dieses Weib und jetzt sogar noch die Behrmann, diese Schnapsdrossel aus dem Sauerland. Die Krummweide hatte eine Kaffeetasse vor sich stehen, die andere eine Flasche Bier. Mit ein paar Schritten flüchtete Alois schnell aus dem Sichtbereich. Diese beiden konnte er jetzt überhaupt nicht brauchen. Das vermaledeite Weib hatte ein großes Talent, ihm jeden Spaß zu verderben und das Leben schwer zu machen.

Enttäuscht drehte er ab und machte sich auf den Heimweg zur Klinik. Allerdings nicht ohne sich unterwegs beim Bäcker wenigstens ein Mandelhörnchen zu gönnen. Oder waren es zwei?

***

Das Abendessen hätte jeden Vegetarier in Verzückung versetzt, einen echten Bayern wie Alois konnte man damit nicht hinter dem Ofen hervorlocken. Manfred Geiger schwärmte ihm dabei die ganze Zeit die Ohren voll, dass es doch eine Superidee sei, dass die Gäste sich ihr Abendessen selber zusammenstellen dürften. Angeblich war der Grundgedanke, dass man später auch zu Hause seine Mahlzeiten planen müsse. Da sei das doch ein guter Einstieg.

Dem stimmte Alois zu, nur gab es hier nichts zu planen. Nur eine armselige, fettarme Wurst, ein bisschen Käse und jede Menge Grünfutter. Dazu noch Obst und zwei Sorten Tee. Alois fühlte sich bereits beim Anblick des Büfetts komplett unterschnitzelt und schwor sich, sofort die *Linde* aufzusuchen. Da gab es sicherlich ein Überlebenspaket in Form von Fleisch und Kartoffeln in verschiedenen Zubereitungsformen. Er schlürfte eine Tasse Tee, kaute lustlos an einer Scheibe Vollkornbrot herum und verabschiedete sich dann unter dem Vorwand, Kopfschmerzen zu haben, aus diesem Hungerland.

Oben huschte Alois ins Zimmer, holte seine Trachtenjacke und verließ die Klinik unbemerkt durch einen Seitenausgang. Er hastete an der Knappschaftsklinik vorbei und rief sich den Stadtplan, der im Klinikfoyer hing, ins Gedächtnis. Die *Linde* lag an der Langen Straße. Also erst mal die Georg-Nave-Straße hoch und über die Eisenbahnbrücke bis zur Pyrmonter Straße.

Seltsam, dass sie hier so viele selten benutze Buchstaben verwendeten – ein X im Kennzeichen, ein Y im Straßennamen. Ein sonderbares Fleckchen Erde. Aber immerhin musste er zugeben, dass es landschaftlich schön war. Selbstverständlich kein Vergleich mit seinem vom Herrgott höchstpersönlich geschaffenen Bayern, aber immerhin hatte es auch hier ein paar Berge oder besser gesagt Hügel. Die Landschaft erinnerte ihn eher an das Allgäu als an die schroffen Berge seiner Heimat.

Die Straße führte nur leicht bergan, aber Alois schwitzte und schnaufte schon wieder wie ein Walross. Er würde also auch nicht um den Kauf einiger leichter und dünner Sachen herumkommen. Was wiederum bedeutete, dass seine geliebte bayerische Tracht die nächsten drei Wochen nur im

Schrank hängen würde. Na ja, vielleicht konnte er sie ja am Sonntag tragen. Alois nahm seinen grünen Lodenhut ab und wischte sich den Schweiß von der Stirn. An der Pyrmonter Straße angekommen, blickte er sich in alle Richtungen um. Rechts war die Stadt zu Ende, also nach links. Er überquerte die Fahrbahn und überlegte wie es weitergehen sollte. Geradeaus? Oder lag die *Linde* doch mehr rechts? Irgendwie hatte er sie weiter rechts in Erinnerung.

An der Eichendorffstraße bog er daher ab und mühte sich die Straße hinauf. Dabei kam er immer tiefer in die Wohnbebauung. Gerade als er zweifelte, ob hier überhaupt eine Gaststätte war, bemerkte er an einem Haus eine Bierwerbung. Gott sei Dank! Nur leider war es nicht die *Linde* und das Lokal augenscheinlich auch schon länger geschlossen.

Leise fluchte Alois vor sich hin. Als er die Straße ganz hinaufgegangen war, erkannte er, dass er sich wieder links halten musste. Rechts waren nur noch Felder zu sehen und ein paar Kühe, die ihn wiederkäuend anglotzten.

Auf dem Engern hieß die Straße, die nun glücklicherweise bergab führte. Verdrießlich stapfte Alois die Straße hinunter und wurde immer wütender, als er am Ende wieder auf der Pyrmonter Straße stand. Diesen Schlenker hätte er sich bequem sparen können. Im Ortskern bog er an der *Piano Bar* in die Lange Straße ab und hier war nun endlich das heiß ersehnte Wirtshaus.

Er blieb stehen und genoss den Anblick. Für einen ganz kurzen Moment waren alle Ärgernisse der Kur vergessen. Der Heißhunger auf Fleisch und Bier trieb ihn in die Gaststube. Hier war er richtig! Ein stattlicher Wirt, zapfend hinter der Theke, eilende Kellnerinnen mit dampfenden Speisen und eine Einrichtung, die ihn wehmütig ein wenig an den heimatlichen *Löwen* erinnerte. Er stand noch immer ganz in Gedanken versunken im Eingang, als er angeredet wurde. Neben der Tür an zwei zusammengeschobenen Tischen saß die ganze Blase aus der Klinik. Die Behrmann hatte ihn angesprochen und deutete einladend auf einen freien Stuhl. Alois glaubte zu träumen. Wieso waren die denn schon hier?

Er war doch als Erster losmarschiert. Das ging doch nicht mit rechten Dingen zu. Vermutlich hatte er sich saumäßig verlaufen. Ärgerlich schnaufend blickte er sich um, konnte aber in der gut besuchten Gaststätte keinen freien Platz mehr entdecken. Wie gern hätte er doch ganz für sich allein sein Weißbier getrunken und ohne Beobachtung weiteren leiblichen Genüssen gefrönt. Aber es blieb ihm nichts anderes übrig, als an diesem Tisch Platz zu nehmen, wenn er nicht im Stehen essen wollte. Alle waren sie da, die Krummweide, Geiger, Pfefferle, die angemalte Rogalla, sogar die kleine, rundliche Herta Feilenbach. Dazu noch zwei Männer, die er noch nicht kennen gelernt hatte. Sie stellten sich als Horst Scheidemann und Klaus Hauschild vor. Hauschild kam aus Essen und erinnerte Alois an diesen Atze Schröder, den er mal im Fernsehen gesehen hatte. Zumindest sprach Hauschild genau wie der. Scheidemann hatte er in der Klinik am Nachbartisch sitzen gesehen. Der Mann machte einen abwesenden und nachdenklichen Eindruck. Alois begrüßte er nur durch ein beiläufiges Nicken. Er trank sein Bier mit hastigen und gierigen Schlucken und winkte bereits wieder nach der Kellnerin. Alois ließ sich auf dem Stuhl nieder.

„Wo waren Sie denn so lange?“, wollte Herta Feilenbach neugierig wissen.

„Wahrscheinlich hat er noch eine Runde in seinem neuen Sportdress gedreht“, vermutete Renate Krummweide grinsend.

Alois bedachte sie mit einem vernichtenden Blick. Er wollte gerade etwas entgegnen, als die Kellnerin an den Tisch trat.

„Was darf’s denn sein?“, wollte sie wissen. Alois dürstete nach einem Weizenbier. „Paulaner. Haben wir aber leider nicht vom Fass, sondern nur in der Flasche“, erklärte die Bedienung. Alois hätte es auch genommen, wenn es aus einem Eimer gekommen wäre. Sein Durst war mörderisch. Vollkommen unterhopft. Die Kellnerin schrieb noch ein großes Pils für Scheidemann auf den Block und rauschte ab zur Theke.

„Ich hab mich noch ein wenig im Ort umgesehen“, klärte Alois Herta Feilenbach auf. „Man will ja auch was von der Landschaft sehen.“ Er staunte, wie leicht ihm das Lügen fiel. Dieses Kaff hier war ihm so was von wurstegal. Hauptsache die drei Wochen waren schnell um. „Ein herrliches Fleckchen Erde“, setzte er noch einen obendrauf.

„Ja, unser Ostwestfalen hat sehr schöne Ecken. Das Egge-Gebirge und den Teutoburger Wald, um nur einige zu nennen.“ Renate Krummweide nippte an ihrem Mineralwasser.

„Ja, der Teutoburger Wald!“, echote Gesa Behrmann und kippte den Schnaps, der vor ihr stand, in einem Zug herunter.

Alois nahm das aufmerksam zur Kenntnis. Kampftrinkerin – Leistungsklasse, konstatierte er für sich. Und tatsächlich winkte die Behrmann schon wieder mit dem leeren Glas in Richtung Theke. Dort nahm der Wirt nickend die nonverbale Bestellung entgegen.

Alois sah sich die Getränke der anderen an. Alle, bis auf die Krummweide und die Feilenbach hatten Bier vor sich stehen. Die Feilenbach aber auch Alkohol in Form einer Karaffe Wein. Zufrieden seufzte er auf, als die Kellnerin an den Tisch kam und ihm das große Weizenglas vor die Nase stellte. Endlich! Genießerisch drehte Alois es auf dem Bierdeckel hin und her und erfreute sich an der Schönheit des Schaums. Dann griff er beherzt zu und führte es langsam und vorsichtig an den Mund. So ein Augenblick musste zelebriert werden! Der Schaum hatte noch nicht seine Lippe benetzt, als er spürte, wie sich eine Hand auf seine Schulter legte. Welcher Kulturbanause störte ihn da bei seiner feierlichen Handlung? Zuerst wollte er seinem Durst nachgeben, doch als er die erschreckten Gesichter seiner Tischnachbarn sah, setzte er das Glas ab und schaute sich um.

Sakrabimbo! Da stand doch tatsächlich dieser Oberdoktor, dieser Berghammer hinter ihm. Wie kam jetzt gerade der hierher?

„Ha, ich hätte einen Arm darauf verwettet, dass ich Sie hier finde." Prof. Dr. Berghammer stützte sich auf Alois Stuhllehne. „Sicherlich erinnern Sie sich noch, was ich Ihnen bei unserem Gespräch gesagt habe, oder? Ich erinnere mich deutlich, Ihnen ein striktes Alkoholverbot ausgesprochen zu haben."

Zögerlich setzte Alois das Weizenbierglas wieder auf dem Tisch ab. Kurz überlegte er, ob er es schaffen würde, den Inhalt des Glases in einem Zug hinunterzuschütten. Aber vermutlich würde ihm der Obermedizinmann sofort von hinten die Gurgel zudrücken, nur um zu verhindern, dass auch nur einen Tropfen Weißbier in seinen Körper gelangte. Herrschaftszeiten!

Berghammer blickte in die Runde. „Die anderen Herrschaften dürfen sich heute ausnahmsweise mal ein Bier erlauben, aber ab morgen, meine Herrschaften, gilt wieder: Strengste Diät und Alkoholverbot!" Er rieb sich geschäftig die Hände. „Und für Sie, Herr Rosenhöfer, war dies die sogenannte gelbe Karte. Denken Sie daran, was ich Ihnen über die Kostenübernahme gesagt habe."

„Ach, lass dich doch nicht ins Bockshorn jagen!" fuhr Horst Scheidemann mit leicht lallender Stimme dazwischen. Ihm war deutlich anzumerken, dass er bereits eine Druckbetankung hinter sich hatte. Berghammer starrte ihn streng an.

„Ihnen, Herr Scheidemann würde ich raten, sich zurück in die Klinik zu begeben und Ihren Rausch auszuschlafen. Morgen früh melden Sie sich dann sofort bei Frau Dr. Konopka. Mir scheint, Sie sind betrunken."

Scheidemann sah Berghammer aus trüben Augen an. „Weißt du, was du mich kannst?"

Noch bevor er eine Antwort bekam oder eine weiterführende Erklärung abgeben konnte, fuhr Klaus Hauschild dazwischen. „Ach Horst, das ist heute nicht dein Tag. Komm, lass uns nach Hause gehen. Ich denke, morgen ist auch noch ein Tag, oder?“ Er erhob sich und legte Scheidemann die Hand auf die Schulter. „Reg dich doch nicht so auf!“

Scheidemann stierte zu Hauschild hoch. Einen Moment lang schien er zu überlegen, ob er etwas entgegnen oder ebenfalls aufstehen sollte. Dann entschied er sich für Letzteres. Schwankend bahnte er sich seinen Weg an den anderen vorbei. Vor dem Professor blieb er stehen. Die beiden standen sich Auge in Auge gegenüber. Es roch gewaltig nach Stunk. Scheidemann rülpste, und der Professor wandte sich angewidert ab. „Das, mein lieber Herr Scheidemann, wird morgen noch ein Nachspiel haben. Sie werden sehen, was morgen passiert.“

„Ha! Was morgen passiert? Morgen wird sich ganz jemand anderes umsehen, was ihm passiert.“ Dabei ließ Scheidemann seinen Blick über die Anwesenden schweifen. „Morgen geht hier eine Bombe hoch, da werden Sie sich wünschen, Sie dürften hier noch weiter den schlauen Onkel Doktor spielen!“

Alle Leute im Lokal hatten ihre Gespräche eingestellt und lauschten der Auseinandersetzung.

„Sie verlassen jetzt sofort das Lokal!“, herrschte Prof. Berghammer ihn an. Dabei wies er in Richtung Ausgang.

Klaus Hauschild ergriff Scheidemann am Oberarm und zerrte ihn in Richtung Tür. Dieser wehrte sich zuerst nur leicht. Im Ausgang riss er sich dann doch noch einmal los. „Morgen werdet ihr alle über mich sprechen!“ Dann drehte er sich um und folgte Hauschild nach draußen. Der Professor stelzte puterrot zur Theke hinüber und sprach leise mit dem Wirt. Vermutlich suchte er Zeugen für diesen Affront.

Alois versuchte gerade wieder, sein Glas zu ergreifen, als der Professor mit hochrotem Kopf an den Tisch trat.

„Herr Scheidemann hat hier ab sofort Lokalverbot. Ich bitte Sie, ihm das auszurichten, sollten Sie ihn heute noch sehen. Frau Doktor Konopka wird es ihm morgen zusätzlich schriftlich geben. Ich wünsche Ihnen noch einen schönen Abend, meine Herrschaften!“ Dann machte er auf dem Absatz kehrt und rauschte aus dem Lokal.

Sekundenlang sprach niemand ein Wort. Alois fing sich als Erster. „Hat er einem schön das Biertrinken versaut!“ nörgelte er. Unschlüssig blickte er auf sein Glas. Der schöne Schaum war derbe zusammengesackt. Vermutlich war es auch schon warm. Aber egal, Hauptsache sein Gaumen spürte wieder den herrlichen Geschmack dieses Getränks. Langsam nahm er das Glas in die Hand und schloss die Augen.

Als er sie wieder öffnete, stand Prof. Berghammer wieder im Lokal. „Habe ich hier meinen Hut hängen lassen?“, wollte er zerstreut wissen. Alois senkte resigniert das Glas. Aber der Professor war mehr mit der Suche nach seiner Kopfbedeckung beschäftigt, als auf Verfehlungen seiner Patienten zu achten. Erst als ihm der Wirt seinen Hut brachte, bemerkte er Alois mit dem Glas in der Hand.

„Ich wollte es grade zur Theke bringen, damit der Herr Gastronom es gegen ein Glas Wasser eintauschen kann,“ log dieser. Dann stand er auf und stellte dass Weizenbierglas auf die Theke hinter ihm. Der Professor nickte mehr abwesend als anerkennend und verließ dann das Etablissement.

Alois war endgültig der Durst vergangen. Er zückte seine Geldbörse und wollte das nicht getrunkene Bier bezahlen, doch der Wirt winkte ab. „Das war echtes Künstlerpech!“, sagte er. „Lassen Sie mal stecken, das geht aufs Haus!“

Alois bedankte sich und verließ die Gaststätte.

Mit hängenden Schultern schlurfte er die Lange Straße in Richtung Stadtmitte hinunter. Nach einigen hundert Metern hörte er Schritte hinter sich. Als er stehen blieb und sich umsah, bemerkte er, dass alle anderen Patienten ihm gefolgt waren. Als er sie mit fragender Miene ansah, sprach Pfefferle als Erster. „Wir sind hier halt so was wie die Musketiere."

Alois blickte verständnislos in die Runde. „Na, einer für alle und alle für einen!", lachte Renate Krummweide und hakte sich bei ihm unter.

Alois sah sie mit einem schrägen Blick von der Seite an. Und ganz gegen seinen Willen musste er lächeln. „Auf geht's Buam, pack mer's dann!"

Kapitel 14

Das Schwein war so groß wie ein Haus und zog eine altertümliche Kanone hinter sich her. Hinter ihm kam ein ganzes Bataillon Schweine, aber alle ohne Haxen. Auf Schilder verkündeten sie, dass sie gekommen waren, um fürchterliche Rache an den Leuten zu nehmen, die ihre Haxen gefressen hatten. Alois versuchte sich aufzurichten, doch immer wieder versank er in warmem, weichem Kartoffelpüree. Sein Kopf lag auf einer Matte aus warmem Specksauerkraut. Und auch wenn er es in dieser Zubereitungsform besonders liebte, so widerte ihn hier und heute der Geruch an. Das große Schwein mit der Kanone hatte sein Bett erreicht und begann Alois am ganzen Körper mit Senf zu bestreichen. Vollkommen bewegungsunfähig musste er mit ansehen, wie die anderen haxenlosen Schweine die Kanone genau auf ihn ausrichteten. Alois wollte schreien, konnte es aber nicht, da er eine geschmorte Tomate im Mund hatte. Auch Hören ging wegen der Petersilienbüschel in den Ohren nicht. Er war den rachelüsternen Schweinen hilflos ausgeliefert, und mit Schweiß auf der Stirn lag er da wie auf einem Präsentierteller. Ängstlich schloss er die Augen, als er feststellen musste, wie das große Schwein Feuer an die Lunte der Kanone legte. Dank seiner fest zusammengekniffenen Augen sah er die Explosion nicht, aber dafür hörte er den Kanonendonner umso deutlicher.

Er schreckte im Bett hoch, riss die Augen auf und bemerkte, dass der Raum taghell erleuchtet war. Aber nur für den Bruchteil einer Sekunde, dann wurde die Kanone erneut abgefeuert. Kanone? Alois schüttelte sich und tastete in seinem Bett herum. Er lag auf einem sauberen, weißen Laken, nicht auf Kartoffelbrei. Und es war auch kein Kanonendonner, der ihn aus dem Schlaf gerissen hatte, sondern eines der schwersten Gewitter seit Langem, welches sich über Bad Driburg austobte. Blitz und Donner wechselten in kurzen Abständen, sodass Alois den Donner den einzelnen Blitzen gar nicht mehr zuordnen konnte. Da war nichts mehr mit zählen zwischen Blitz und Donner, um die Entfernung zu ermitteln, in der sich das Gewitter befand. Dieses stand eindeutig genau über ihm. Alois wälzte sich aus dem Bett und zog den Vorhang beiseite. Geblendet vom nächsten Blitz schloss er die Augen. Der folgende Donner ließ die Fensterscheibe zittern.

Gerade mal drei Uhr morgens. Alois drehte sich um und tapste ins Bad. Dort füllte er sein Zahnputzglas mit Wasser und trank mit hastigen Zügen. Irgendwie hatte er den Geschmack von Sauerkraut im Mund. Woher der wohl kam? Er stützte sich mit beiden Händen auf das Waschbecken und blickte sein Spiegelbild an. Langsam erinnerte er sich an seinen Traum. Wie grässlich der gewesen war. Alois schüttelte sich und trank noch ein Glas Wasser. Setzte ihm der Hunger schon so zu, oder lag es daran, dass er bisher immer zu viel gegessen hatte?

Sicher, dass er darauf mitten in der Nacht keine Antwort finden würde, verließ er das Badezimmer. Das Gewitter schien weiterzuziehen, denn der nächste Donner kam anscheinend bereits aus einiger Entfernung. Alois stand noch unschlüssig vor der Zimmertür, als er auf dem Gang ein Geräusch hörte. Wer geisterte denn zu dieser nachtschlafenden Zeit auf dem Flur herum? Vorsichtig drückte er die Klinke herunter und spähte auf den Flur. Zunächst blickte er nach links, in Richtung Fahrstuhl. Nichts! Dann nach rechts. Er bemerkte, dass die Zimmertür von 436 offen stand. Das war doch das Zimmer von Scheidemann. Was der wohl um diese Uhrzeit machte?

Alois angelte seinen Bademantel vom Haken an der Tür und quälte sich hinein. Dann knotete er den Gürtel zusammen und betrat den Flur. Langsam und vorsichtig schlich er in Richtung der offen stehenden Zimmertür. Wieder zuckte ein Blitz auf, und Alois schreckte zusammen.

Mit klopfendem Herzen erreichte er die Tür und spähte in das dunkle Zimmer. Oh, verdammt! Da lag doch einer neben dem Bett. Alois konnte ein Paar Beine erkennen. Mit großer Überwindung ging er vorsichtig weiter ins Zimmer hinein. Der nächste Blitz klärte die Situation. Neben dem Bett lag keine Person, sondern nur eine Hose, und auch das Bett war leer. Benutzt, aber leer.

Alois blickte sich im Raum um. Niemand da, aber warum stand dann die Zimmertür offen? Und wo war Scheidemann? Alois warf sicherheitshalber noch einen Blick auf den Balkon und ins Badezimmer, doch auch da wurde er nicht fündig. Seltsam. Das Zimmer offen und sein Besitzer verschwunden. Ob der noch was zu saufen suchte? So wie der Mann getankt hatte, konnte Alois sich lebhaft vorstellen, dass er jetzt unter einem gewaltigen Nachdurst litt.

Kopfschüttelnd verließ er das Zimmer und zog die Tür nur halb zu, ohne sie völlig zu schließen. Dann drehte er sich um und stieß heftig mit einer Person zusammen, die mit hocherhobener Waffe direkt hinter ihm stand. Noch ehe der total erschrockene Alois reagieren konnte, ließ die Person die Waffe, die sich als Kleiderbügel herausstellte, sinken und atmete hörbar aus.

Renate Krummweide schüttelte ungläubig den Kopf. „Was geistern Sie denn mitten in der Nacht hier auf dem Flur herum?“, wollte sie von Alois wissen.

„Dasselbe könnte ich Sie auch fragen, und warum schleppen Sie das Ding mit sich herum?“, dabei wies er auf den hölzernen Kleiderbügel.

„Nur zur Sicherheit. Ich bin von dem Gewitter aufgewacht, habe dann Geräusche auf dem Flur gehört und als ich aus der Tür blickte, sah ich, wie eine Person in dem Zimmer hier verschwand.“ Dabei deutete sie auf Scheidemans Zimmer.

„Die Person war ich. Aber mir ging's ebenso. Ich bin auch vom Gewitter geweckt worden", bestätigte Alois, verschwieg dabei aber tunlichst, dass er eigentlich aufgewacht war, weil ein hausgroßes Schwein eine Kanone auf ihn abgefeuert hatte. „Ich hab auch etwas gehört und bin nachsehen gegangen."

„Und?", fragte Renate Krummweide. „Was ist nun?"

Alois zuckte mit den Schultern. „Leer ist's halt, das Zimmer. Das Bett ist zwar benutzt, aber auch leer. Ich hab keine Ahnung, wo der Kerl sich rumtreibt."

„Der wird sich doch wohl hoffentlich nichts antun, nach dem Eklat von gestern Abend?" Renate Krummweide wirkte besorgt. „Den kennt ja keiner hier, der ist ja auch erst einen Tag vor Ihnen angereist."

Alois schüttelte ratlos den Kopf. „Wir können ja jetzt schlecht das ganze Haus durchsuchen. Wer weiß, wo der steckt? Wird schon wieder auftauchen. Und in den grausigen Regen da draußen", dabei deutete er auf das Flurfenster, an dem Sturzbäche von Wasser herunterliefen, „wird er wohl kaum gelaufen sein." Alois gähnte.

„Okay, gehen wir also wieder ins Bett", meinte Renate und drückte die Türklinke hinunter. Dann schlüpfte sie an Alois vorbei ins Zimmer und schloss die Tür. „Gute Nacht!", hörte Alois sie noch rufen, doch er antwortete nicht, sondern betrachtete interessiert die Nummer an der Zimmertür. 432. Leise begann er zu zählen. Als er bei siebenundzwanzig war, öffnete sich die Tür wieder und Renate Krummweide erschien kleinlaut auf dem Gang.

„Na, wie schläft es sich in meinem Bett?", fragte Alois mit süffisantem Gesichtsausdruck. Renate Krummweide wurde rot und huschte kommentarlos zu ihrer eigenen Zimmertür. Sie öffnete sie, zwinkerte Alois noch mal verlegen zu und war dann endlich ins richtige Zimmer verschwunden.

„Narrisches Weibsbild!", lächelte Alois und begab sich zurück in sein Zimmer.

Keiner der anderen Patienten der *St. Urbanus Klinik* hatte von dem nächtlichen Intermezzo etwas mitbekommen. Keiner, außer der Patientin von Zimmer 442 auf der gegenüberliegenden Seite des Gangs. Leise schloss Herta Feilenbach wieder ihre Zimmertür. Es war schon erstaunlich, was hier nachts so alles passierte. Morgen würde sie mit einem gewissen Herrn mal ein ernstes Wörtchen reden müssen.

Und wie zur Beendigung des nächtlichen Spektakels hörte man ganz aus der Ferne noch einen letzten rollenden Donner.

Kapitel 15

Am Frühstückstisch herrschte große Aufregung. Alle redeten noch über die Konfrontation des Vorabends. Dabei gingen die Meinungen auseinander. Während die einen dafür waren, dass man Scheidemann sofort nach Hause schicken sollte, empfanden die anderen eine solche Bestrafung als zu hart.

Alois erschien gerade am Tisch, als Heike Rogalla sich über Prof. Berghammer ausließ. „Ich finde es eine Sauerei, wie der uns hier kontrolliert. Auch den Bayern, den hat er gestern ganz schön zur Sau gemacht. Das fand ich doch sehr übertrieben."

Alois rückte seinen Stuhl zurecht und nahm Platz. So schlecht war das Frauenzimmer anscheinend doch nicht, dachte er und grüßte freundlich in die Runde.

Heike Rogalla zuckte zusammen und errötete, als sie feststellte, dass Alois alles mitgehört hatte. „Na ja, ich meine, wir sind ja hier nicht im Gefängnis. Und wegen Ihrem einem Bier so einen Aufstand zu machen ..."

Alois nickte ihr wohlwollend zu. Wenigstens die war auf seiner Seite. Er schielte auf die Teller der anderen und musste entdecken, dass sie alle wieder nur Vogelfutter vor sich hatten. Also Müsli und Körnerbrötchen. Was hätte er jetzt für eine schöne, helle Rosensemmel gegeben.

Alois erhob sich und schlurfte zum Frühstücksbüfett hinüber. *Geflügelwurst* stand auf dem einen, *Corned Beef* auf einem anderen Pappschild. Daneben Käse, der mordsfettarm aussah und mehrere Schalen mit diversen Müslisorten. Das Erste, was er sich nahm, war ein großes Glas, das er mit Orangensaft füllte. Dann lud er sich Rührei auf den Teller und zwei von diesen seltsamen, mit Körnern beklebten Semmeln. Aber so richtig war nichts für ihn dabei. Kein Schinken, keine Leberwurst und kein deftiger Käse. Er konnte der Versuchung, sich stattdessen Obst auf den Teller zu laden, so eben noch widerstehen. Das einzige Obst, was er in der letzten Zeit zu sich genommen hatte, waren Äpfel und Birnen gewesen. Aber die als Obstler auf Flaschen gezogen.

Enttäuscht setzte sich Alois an den Frühstückstisch und griff nach der Thermoskanne. Wenigstens einen ordentlichen Kaffee, den würde er ja hier wohl bekommen. Doch als er die Kanne öffnete und sich eingoss, stutzte er. Was war das denn für eine grüne Weiherbrühe? Ein seltsamer Duft stieg ihm in die Nase.

Pfefferle, der neben ihm saß, sah ihm interessiert zu. „Des ist Brennnesseltee“, klärte er Alois auf, „der entwässert. Sie werden sehen, wie Sie davon zur Toilette gehen können.“

Ob der sich vorstellen kann, wie egal mir das ist, dachte Alois. Nicht einmal einen ordentlichen Kaffee gab es hier. Es war zum Auswachsen. Im Geiste formulierte er bereits den nächsten Brief an die Mama. Bah, und wie dieses Zeug schmeckte. Vergebens sah er sich nach Zucker um. Sollte er diese Brühe etwa auch noch ungesüßt runterwürgen?

Erbost stand Alois auf und wollte gerade lospoltern, als Renate Krummweide im Sportdress völlig atemlos in den Frühstücksraum gestürzt kam. Sie war ausnahmsweise mal verschwitzt. Nach Luft ringend ließ sie sich auf einen Stuhl sinken. Man sah, dass ihr ein Mordsschreck in die Glieder gefahren sein musste. Sie schüttelte den Kopf. „Ihr könnt euch nicht vorstellen, was ich gerade gesehen habe. Ich war joggen und bin durch den Park zurückgelaufen. Hinter den Azaleen ist doch die Treppe, die zu den Moorteichen raufführt. Die sprinte ich immer noch zusätzlich hoch.“

Alle Anwesenden nickten, nur Alois wusste nicht, wovon sie sprach. So weit war er in die Geheimnisse des Kurparks noch nicht vorgedrungen.

„Und was soll ich euch sagen, auch heute Morgen bin ich wie der Blitz die dreizehn Stufen hoch. Oben wollte ich umdrehen, als ich etwas Sonderbares zwischen den beiden ersten Moorteichen bemerkte. Also bin ich da hingegangen und habe es mir angesehen. Und was soll ich euch sagen? Genau in der Mitte zwischen den beiden Teichen lag er!“

„Lag wer?“, fragte Manfred Geiger neugierig. „Lass dir doch nicht jedes Wort einzeln aus der Nase ziehen.“ Alle Anwesenden starrten Renate gebannt an.

„Na, der Scheidemann!“ Bei dieser Aussage suchte sie den Blickkontakt mit Alois. Der saß da wie versteinert. „Und was ist mit dem?“, fragte Heike Rogalla, die sich verängstigt die Hände vor dem Mund hielt.

„Na, der ist tot!“, beantwortete Renate die Frage.

„Hast du ihn untersucht?“, wollte Geiger wissen.

Renate Krummweide schüttelte unwirsch den Kopf. „Da gab es nichts mehr zu untersuchen. Der war mausetot. Ich habe daraufhin sofort an der Rezeption Bescheid gesagt, dass man die Polizei rufen muss!“

In diesem Moment rollte Hugo Brinkschulte mit seinem Rollstuhl in den Speisesaal. „Was ist denn heute Morgen nur los?“, wollte er wissen. „Draußen fuhr gerade ein Polizeiwagen vor, und ihr sitzt hier rum wie bestellt und nicht abgeholt.“ Er wendete und fuhr in Richtung Büfett.

„Der Scheidemann ist tot!“, rief Gesa Behrmann ihm nach, und Brinkschulte bremste seinen Rollstuhl abrupt ab.

Dann wendete er und sah alle anderen erstaunt an. „Wer ist tot?“, fragte er.

„Na, der Scheidemann, der da am Nebentisch gesessen hat.“ Dabei zeigte die Behrmann auf einen Tisch ganz in der Nähe des Hasentisches.

„Ach, der!“ bekannte Brinkschulte, „den habe ich nicht gekannt. Der ist doch auch erst vor Kurzem angereist, oder?“

Renate Krummweide meldete sich zu Wort. „Ja, einen Tag vor Herrn Rosenhöfer!“ Alois war überrascht, als er das erste Mal seinen Namen aus ihrem Mund hörte. „Aber Sie haben sich doch gestern noch mit ihm im Foyer unterhalten“, erinnerte sie Hugo Brinkschulte.

Dieser zuckte ahnungslos mit den Schultern. „Mit wem?“

„Na, mit dem Scheidemann. Ich habe gesehen, wie er sich zu Ihnen herunterbeugte und mit Ihnen sprach.“

Brinkschulte dachte nur eine Sekunde nach, dann drehte er den Rollstuhl an einem der Räder etwas zur Seite. „Genau, jetzt erinnere ich mich wieder. Er hat mich gefragt, ob ich wüsste, wo die Moorteiche sind und ob ich sie ihm zeigen könnte.“ Mit hilflosem Ausdruck breite er die Arme aus. „Wo sie sind, konnte ich ihm sagen, da ich ja mit meinem Wagen hinter dem Moorbadehaus parken darf, aber zeigen?“ Er deutet auf seinen Rollstuhl. „Keine Chance, und außerdem ist das Betreten ja verboten und das Tor immer abgeschlossen.“

„Heute Morgen stand es offen!“, korrigierte Renate Krummweide. „Ich habe es bemerkt, als ich auf dem Hinweg daran vorbeilief. Und jetzt weiß Scheidemann auch, wo die Tümpel sind. Er lag nämlich erschlagen zwischen ihnen. Irgendwer hat ihm den Schädel eingeschlagen. Auf jeden Fall sah man an seinem Hinterkopf ein riesiges Loch.“

Plötzlich fing Heike Rogalla laut an zu würgen. Sie drehte sich um und lief mit der Hand vor dem Mund aus dem Raum. Klaus Hauschild vom Nachbartisch stand auf und eilte ihr hinterher. „Schwacher Magen!“, kommentierte Geiger das Geschehen.

Ja, oder es liegt an dem beschissenen Tee, vermutete Alois. Was hätte er jetzt für eine Tasse Kaffee gegeben. Die Sache mit diesem Scheidemann war schon seltsam. Erst dieses Intermezzo gestern Nacht, und heute lag er tot im Moor. Wer den wohl auf dem Gewissen hatte?

Renate Krummweides nächste Frage holte ihn aus seinen Überlegungen zurück. „Was wollte der denn im Moor?“, fragte sie Brinkschulte.

Der hatte jedoch auch keine Ahnung. „Ich habe mich selber gewundert. Ich dachte, dass der nur neugierig ist.“ Ratlos kratzte er sich am Kinn. „Aber warum fragt er dann gerade mich, der ich doch im Rollstuhl sitze? Ich bin doch wohl der schlechteste Ansprechpartner, was das Gelände hier angeht."

„Daran war ich schuld", bekannte Herbert Pfefferle kleinlaut. „Mich hat er nämlich auch gefragt und ich habe ihm gesagt, dass er Sie fragen soll, Sie wären schon länger hier."

„Das erklärt es natürlich." Brinkschulte schien über die Erklärung erleichtert zu sein.

In diesem Moment kamen Rogalla und Hauschild zurück in den Speisesaal. Die Frau wirkte noch sehr blass um die Nase. Klaus Hauschild hatte fürsorglich den Arm um sie gelegt.

„Heute Morgen fallen alle Anwendungen aus!", erklärte er. „Ich bin gerade von der Polizei gebeten worden, dafür zu sorgen, dass sich alle Anwesenden hier zur Verfügung halten. Die Kriminalpolizei ist im Haus. Man wird sicher mit uns allen sprechen wollen."

„Was sollten sie von uns denn schon erfahren können?", fragte Gesa Behrmann und zupfte nervös an ihrer Strickjacke herum.

Herta Feilenbach trat einen Schritt vor. „Tja, die Herren könnten sich zum Beispiel dafür interessieren, warum eine gewisse Person des Nachts auf dem Flur der vierten Etage herumschleicht. Wo sie da oben doch nichts zu suchen hat."

Alle Anwesenden sahen die rundliche Rentnerin erstaunt an. Nur Alois blickte bei ihrer Aussage in die Gesichter der Anwesenden, und in einem Gesicht bemerkte er eine andere Reaktion. Klaus Hauschild schien Herta Feilenbach mit Blicken töten zu wollen.

„Mit einer Bemerkung von gestern Abend hat Scheidemann allerdings recht behalten", erklärte Renate Krummweide.

„Und was wäre das?", wollte Manfred Geiger wissen.

„Heute Morgen reden wir alle tatsächlich von ihm!"

Kapitel 16

„Warum bekomme nur ich immer wieder solche miesen Tatörtlichkeiten?", wollte Kriminalhauptkommissar Potthast von seinem Assistenten Piet Abel wissen.

Dieser zuckte mit den Schultern und achtete selber darauf, nicht in irgendwelche Pfützen zu treten. Sicherheitshalber trugen die beiden Kriminalbeamten Gummistiefel. Hinter ihnen folgten Gerichtsmediziner Dr. Kronenberg und der Fotograf der Spurensicherung.

Potthast breite die Arme aus. „Stopp!" Wir werden ab hier eine Art Trampelpfad einrichten!" ordnete er an. Dann stakste er soweit wie möglich zur Seite und setzte dort behutsam, die Bodenverhältnisse beobachtend, einen Fuß vor den anderen. „Wir wollen doch keine Spuren zertrampeln, oder?"

Abel seufzte. „Aber Chef, bei dem Regen, der gestern Abend hier runtergekommen ist, werden wir doch sowieso nichts Verwertbares finden."

Potthast sah angestrengt auf den Boden. „Und was ist das da?", wollte er triumphierend wissen. Dabei deutete er auf den Abdruck eines Joggingschuhs im feuchten Boden. Er winkte den Fotografen der Spurensicherung zu sich heran. Der machte jede Menge Fotos von dem Abdruck.

„Der gehört doch sicher zu der Melderin, oder?", gab Abel zu bedenken.

Potthast sah seinen jungen Assistenten vorwurfsvoll an. „Was bringen sie euch auf der Landeskriminalschule eigentlich bei? Nur noch mit dem Handy zu fotografieren, oder was?" blaffte er. „Jede Spur wird zunächst so behandelt, dass sie später gerichtsverwertbar ist. Verwerfen können wir sie immer noch."

Kopfschüttelnd arbeite er sich weiter an die Leiche heran. Ein paar Meter davor blieb er stehen. Wie ein Jagdhund, der Witterung aufnimmt, hob er den Kopf und sah sich aufmerksam um.

Abel, der auf den matschigen Boden geachtet hatte, prallte gegen seinen Chef, was ihm einen erneuten bösen Blick einbrachte. Potthast ging in die Hocke und betrachtete die Leiche. Männlich, um die Vierzig, schätzte er. Sie lag auf dem Bauch, das Gesicht abgewandt. Ihre blauen Jeans und die helle Lederjacke waren völlig durchnässt. Die Arme waren seitwärts ausgebreitet, ein Bein angezogen. Im Hinterkopf der Leiche klaffte ein großes Loch. Potthasts Berufserfahrung sagte ihm bereits jetzt, was er am Kopf der Leiche von vorne zu sehen bekommen würde. Das Einschussloch eines Projektils, welches dann den hinteren Teil des Schädels weggesprengt hatte. So was kannte er, leider.

Rund um die Leiche war der Boden aufgewühlt, aber Fußspuren oder Spuren eines Kampfes waren nicht zu erkennen. Der Regen hatte tatsächlich reinen Tisch gemacht. Und die Fußspur, welche die Joggingschuhe verursacht hatten, endete weit vor der Leiche. Von daher konnte Abel mit seiner Überlegung durchaus recht haben. Von der Schuhgröße her passte der Abdruck auch eher zu einer Frau als zu einem Mann. Maximal Größe 40, schätzte Potthast. Er nahm erneut die Leiche ins Visier. Sie war komplett durchnässt und lag vermutlich schon länger hier. Er musste sich unbedingt die Daten der nächstliegenden Wetterstation besorgen. Heute Morgen regnete es zwar nicht mehr, aber in der Nacht war ein gewaltiger Wolkenbruch niedergegangen.

Potthast winkte erneut den Fotografen zu sich. Dann drehte er sich um und sah Dr. Kronenberg an. „Ich denke, wenn die Herrschaften von der Spurensicherung fertig sind, dürfen Sie ran", teilte er dem Mediziner mit.

Dieser nickte. „Ist doch immer gut, wenn ich mir vorher einen kurzen Blick auf den Tatort genehmigen darf."

Alle Anwesenden machten kehrt und ließen die Männer der Spurensicherung in ihren weißen Overalls an sich vorbei. Potthast war froh, als er wieder festen Boden unter den Füßen spürte. Er zog die Gummistiefel aus und schlüpfte zurück in seine Schuhe. Dem verblüfften Abel, der sich gerade am Wagen festhielt, um sich die Stiefel von den Füßen zu streifen, drückte er seine schmutzigen Treter in die Hand. „Packen Sie die in den Wagen, und dann geht es los, die Zeugin befragen." Als er sah, dass Abel mit Stiefel ausziehen und Stiefel verladen anscheinend vollkommen überfordert war, schüttelte Potthast amüsiert den Kopf. „Ich sage Ihnen, lieber Doktor, die lernen tatsächlich nichts mehr in der Ausbildung."

Dr. Kronenberg schüttelte lächelnd den Kopf. „Und Sie sind immer noch so ein Bollerkopp geblieben, wie Sie schon gleich nach Ihrer Ausbildung einer waren."

Potthast schmunzelte. Der Gerichtsmediziner und er kannten sich tatsächlich schon seit Urzeiten. „Na, dann geben Sie mal wieder her." Er nahm dem verdutzten Abel die Stiefel aus der Hand und warf sie selber in den Kofferraum. „Dann will ich mal heute nicht so sein. Aber jetzt machen Sie mal hin, das Verbrechen wartet nicht!"

Dabei zwinkerte er dem Doktor zu und stieg in den Wagen.

Kapitel 17

Alois saß in einem Büro der Klinikleitung und blätterte gelangweilt durch einige Gesundheitsmagazine. Erstaunlich, dass darin nur junge, schlanke und sportliche Menschen, meist Frauen, abgebildet waren. Warum man die wohl zur Kur geschickt hatte? Die sahen doch alle aus wie das blühende Leben. Nirgends konnte er jemanden mit schmerzvollem Gesichtsausdruck, dicke oder alte Menschen erkennen. Was ein Schmarrn. Er warf gerade die Zeitschrift auf den Tisch, als sich die Tür öffnete.

Ein älterer Mann betrat den Raum. Er war um die Fünfzig und trug eine Brille. Sein volles Haar war grau, und seine blauen Augen sondierten schnell den Raum, bevor sie an Alois hängen blieben. Mit einer einladenden Geste wies der Mann auf den Tisch. „Bitte nehmen Sie doch wieder Platz", bat er Alois, der sich beim Erscheinen des Mannes erhoben hatte. „Mein Name ist Johannes Potthast, Kripo Höxter. Wir sind als Kreispolizeibehörde für zehn Städte zuständig, unter anderem auch für Bad Driburg." Potthast nahm an dem kleinen, runden Besprechungstisch Platz. „Ich hoffe, es ist Ihnen recht, wenn wir uns bei unserem Gespräch einen Kaffee gönnen. Ich habe ihn schon bei der Klinikverwaltung bestellt."

Alois Rosenhöfer richtete sich auf. „Kaffee? Ja, sehr gerne. Ich hab nämlich heute Morgen noch keinen bekommen", gab er zu. Dabei verschwieg er, dass das kein Versehen, sondern pure Absicht war.

„Vermutlich wird es sich schon herumgesprochen haben, warum wir hier sind. Es gab einen Mord, und wir sind nun damit beschäftigt, Beweise zu sammeln und Zeugen zu vernehmen", erklärte Potthast.

Es klopfte an der Tür, und Frau Schmitz trug ein Tablett mit Tassen und einer Kaffeekanne herein. Sie stellte es auf dem Tisch ab und wurde von Potthast entlassen, der das Eingießen übernahm. Alois nahm die gereichte Tasse entgegen und schnupperte den Duft des frischen Kaffees. Dann nahm er vorsichtig einen Schluck. Genießerisch schloss er die Augen. Jetzt noch ein schönes Stück Sachertorte dazu, und er würde im siebten Himmel schweben.

Potthasts nächste Worte holten ihn jedoch sofort wieder aus diesem schönen Wunschtraum heraus. „Sie wohnen ja hier in der Klinik und dazu noch in derselben Etage wie der verstorbene Herr Scheidemann. Daher habe ich Sie zu diesem Gespräch gebeten. Ich denke, wir sollten uns zunächst mal zwanglos unterhalten. Später werde ich dann den Inhalt unseres Gespräches zusammenfassen. Sie haben doch nichts dagegen, oder?“, fragte Potthast, während er ein elektronisches Aufzeichnungsgerät auf den Tisch stellte.

Alois schüttelte den Kopf. „Is scho recht“, willigte er ein. Er hatte ja nichts zu verbergen.

Potthast stellte die Kaffeetasse ab und beugte sich vor. „Sie heißen bitte?“

Alois nannte seinen Vor- und Nachnamen und gab Auskunft zu Wohnort und Geburtsdatum. Potthast nickte zufrieden.

„Also aus dem schönen Bayern sind Sie hierher zur Kur geschickt worden. Ich muss schon sagen, Ihr Arzt hat Geschmack.“

Über den sich bekanntlich trefflich streiten ließ, dachte Alois, nickte aber nur.

„Was haben Sie denn von der ganzen Sache mitbekommen?“, fragte der Kriminalbeamte.

Alois schilderte ihm den Vorfall in der *Linde* und erzählte auch von seinen Erlebnissen mitten in der Nacht.

Interessiert fragte Potthast nach der Uhrzeit.

„Es war gerade mal drei Uhr“, erinnerte Alois sich. „Mich hat halt das brutale Gewitter aus dem Schlaf geholt.“ Er erzählte von dem Vorfall auf dem Flur, und Potthast nickte zustimmend.

„Das deckt sich mit der Aussage von Frau Krummweide“, stellte er fest. „Sie bestätigt sowohl Hergang wie Uhrzeit. Das bringt uns schon ein wenig weiter, wenn uns die Gerichtsmedizin noch den genauen Todeszeitpunkt sagen kann. Ist Ihnen sonst noch was aufgefallen?“

Alois überlegte kurz, dann schüttelte er den Kopf. Er war sich nicht sicher, ob er dem Kommissar noch etwas von seiner Beobachtung nach der Äußerung von Herta Feilenbach sagen sollte. Nein, das wäre nur reine Vermutung. Das gehörte hier nicht her. Er setzte seine Tasse erneut an und nahm einen weiteren Schluck. Potthast hatte sich zusätzlich zur elektronischen Aufzeichnung noch ein paar schriftliche Notizen gemacht. Jetzt nickte er zufrieden, anscheinend waren all seine Fragen ausreichend beantwortet worden.

Alois genoss den heißen Kaffee und sah Potthast fragend an. „Haben Sie denn schon einen Verdacht, wer den Scheidemann umgebracht haben könnte?“, fragte er den Höxteraner Kriminalbeamten.

Potthast schaltete das Aufzeichnungsgerät aus und steckte es ein. „Wir stehen noch ganz am Anfang unserer Ermittlungen und wissen nur, dass das Opfer erschossen wurde. So viel hat mir unserer Gerichtsmediziner bereits sagen können. Und zwar mit einem Kopfschuss. Frau Krummweide hatte ursprünglich angenommen, Scheidemann sei erschlagen worden, aber tatsächlich hat ihm sein Mörder von vorne in den Kopf geschossen.“

Alois’ Kaffeetasse schwebte in der Luft. Der Gedanke an den Anblick war nun rein gar nichts für seinen schwachen und zurzeit arbeitslosen Magen. Er konnte sich die Wunde lebhaft vorstellen. Aber es war schon lange her, dass er sich so was hatte ansehen müssen.

Potthast wollte sich gerade erheben, doch dann fiel ihm noch eine Frage ein, und er ließ sich zurück auf den Stuhl sinken. „Ich habe ganz vergessen, Sie zu fragen, was Sie beruflich machen.“

Alois rutschte etwas verlegen auf seinem Stuhl hin und her. Dann sah er Potthast in die Augen. „Ich bin ein Kollege von Ihnen. Halt nur in Bayern." Alois kramte in der Tasche herum und fischte seinen abgegriffenen Dienstausweis aus dem Geldbeutel.

Potthast blickte ihn einige Sekunden überrascht an, dann begann er zu lächeln. „Das nenne ich Glück. Endlich haben wir mal einen Polizeibeamten vor Ort." Aufmerksam betrachtete er den Ausweis, der zweifellos echt war.

Alois wusste nicht, was daran so gut sein sollte. „Aber helfen werd' ich Ihnen schwerlich können", gab er zu bedenken. „Weil ich ja nichts gesehen habe!"

Potthast winkte ab. „Ist doch auch gar nicht nötig. Aber Sie als erfahrener Kriminalbeamter, Sie können doch gut für uns die Augen aufhalten. Sozusagen als *under cover agent*. Weiß hier sonst noch wer, dass Sie Polizeibeamter sind?"

Alois dachte nach, dann schüttelte er den Kopf.

Potthast strahlte. Er schien, im Gegensatz zu Alois, von seiner Idee begeistert zu sein. „Ich denke mal, wir werden diese Tatsache auch niemandem erzählen. So können Sie unbehelligt Informationen sammeln und an mich weitergeben. Ich werde vorsichtshalber auch meinen Assistenten nicht einweihen. Wir lassen die ganze Sache vollkommen geheim laufen." Verschwörerisch schob er Alois seine Visitenkarte über den Tisch. Geschäftig rieb sich Potthast die Hände. So was war ein Glücksfall allererster Sahne. Ein Beobachter mitten im Geschehen. Besser konnte es gar nicht kommen. Jetzt sah der Fall schon etwas rosiger aus.

Jetzt gab es eine gute Chance, dass man ihn schnell lösen konnte, denn ein ungewisses Gefühl sagte ihm, dass der Mörder von Horst Scheidemann aus der näheren Umgebung des Opfers stammte. Zufrieden erhob er sich und klopfte seinem bayerischen Kollegen auf die Schulter. „Also, Herr Kollege, die Jagd ist eröffnet. Auf eine gute und erfolgreiche ostwestfälisch-bayerische Zusammenarbeit."

Er streckte Alois die Hand hin. Dieser stand auf und ergriff sie, jedoch nicht ohne ein etwas mulmiges Gefühl. Wo war er da nur hineingeraten? Erst dieser Ärger mit dem Kurort und nun auch noch den Spürhund spielen. Das Leben konnte so ungerecht sein.

Kapitel 18

Der unzufriedene Süddeutsche spazierte durch den Gräflichen Park und blickte nachdenklich auf die Visitenkarte, die ihm Johannes Potthast beim Abschied überreicht hatte. Darauf stand mit Kugelschreiber sogar Potthasts private Telefonnummer. Alois steckte sie wieder in die Tasche.

Nachdem er das *Stahlbadehaus* passiert hatte, bog er nach rechts ab und überquerte die Brücke zur *Diotima Insel*. Er passierte die kleine Kapelle und sah gedankenversunken den Enten auf dem Teich zu. Ja, es war eindeutig ein Fehler gewesen, dass er Potthast nicht aufgeklärt hatte.

Er folgte dem Weg und bog nach rechts ab. Auf einer Parkbank ließ er sich nieder und dachte weiter nach. Es war zwar richtig, dass er bei der bayerischen Polizei beschäftigt war, und auf seinem Dienstausweis gab es auch ein Foto, welches ihn in Zivil zeigte, doch er war kein Kriminalbeamter. Als das Foto gemacht wurde, hatte er eigentlich frei gehabt und die Fotografin hatte ihn zufällig erwischt, als er kurz seine Dienstelle aufgesucht hatte. Sie hatte ihn in Zivil fotografiert und dieses Foto befand sich nun in seinem Dienstausweis.

Alois kratzte sich nachdenklich am Kinn. Warum hatte er Potthast nicht aufgeklärt, dass er nicht bei der Kriminal-, sondern bei der Verkehrspolizei war? Genau genommen bei einer Sondereinheit der Verkehrspolizei. Alois Rosenhöfer spielte nämlich seit zwanzig Jahren den Kasperl bei der Verkehrspuppenbühne. Und vom aktiven Polizeidienst war er seit dieser Zeit etwa so weit entfernt wie die Erde vom Mond. Wenn er nicht alljährlich dreimal zwangsweise zum Schießtraining musste, hätte er vermutlich gar nicht mehr gewusst, wo sich seine Dienstwaffe befand.

Und nun hielt ihn der nordrhein-westfälische Kollege Potthast für einen Kriminalbeamten und setzte große Stücke darauf, dass er ihm bei der Lösung dieses Falles behilflich sein konnte. Alois kramte erneut die Visitenkarte aus der

Tasche und starrte sie an. Sollte er Potthast anrufen und ihm die Wahrheit sagen? Nein, das wäre peinlich. War doch auch egal, was konnte er schon herausfinden. Schlimmstenfalls würde er ihm nur nicht weiterhelfen können. Auffallen würde das nicht. Also schön die Klappe halten. Die Karte ließ er wieder in die Hosentasche verschwinden.

Alois faltete die Hände über dem ansehnlichen Bauch und streckte die Beine aus. Er genoss das warme Wetter und dachte daran, dass es ihm eigentlich schlechter gehen könnte. Nicht arbeiten, kein Termindruck.

Doch irgendetwas machte ihm gedanklich zu schaffen. Was war das nur?

Er sah auf seine Armbanduhr. Zwanzig nach zwei. Hatte er um halb drei nicht einen Termin beim Masseur? Oh je, den hatte er ganz vergessen. Jetzt hieß es, die Beine in die Hand nehmen. Wo war noch dieser verflixte Masseur? Er zog seinen Therapieplan heraus und suchte die entsprechende Eintragung. Ach ja, da war sie. 14.30 Uhr, *Neues Badehaus*. Da wurde es aber allerhöchste Zeit.

Alois erhob sich und ging schnellen Schrittes den Weg zurück. Wenn er nicht zu spät kommen wollte, musste er sich beeilen. Und so tat er etwas, was er seit Jahren nicht mehr getan hatte: Er verfiel in einen leichten Trab. Anfangs schnaufte er noch gewaltig, aber nachdem er das Tempo auf kurz über Schlendern heruntergedrosselt hatte, ging es einigermaßen. Er trabte wieder an der Kapelle vorbei und über die Brücke zurück in Richtung *Stahlbadehaus*. Dahinter musste das *Neue Badehaus* liegen. Alois staunte, dass ihm dieser leichte Trab sogar etwas Spaß machte. Nun ja, er tat es ja auch freiwillig. Gezwungenermaßen hätte er sich konsequent geweigert. Als er am *Stahlbadehaus* ankam, lief ihm Prof. Berghammer über den Weg. Der Quacksalber hatte ihm jetzt gerade noch gefehlt.

„Ach Hallo, Herr Rosenhöfer, guten Tag. Wie ich sehe, haben sie bereits mit Sport angefangen. Eigentlich sehr lobenswert, doch bei Ihrem Gewicht ist Joggen tödlich für ihre Gelenke. Da ist Nordic Walking viel besser. Ja, habe ich Ihnen denn das nicht aufgeschrieben?“, überlegte der Mediziner mit nachdenklicher Miene.

Alois war aufgrund seines Langstreckenlaufes von zwei Minuten noch so aus der Puste, dass er nicht antworten konnte. Das jedoch übernahm aber der Professor für ihn. „Ich will Sie mal unterstützen, und werde unserer Frau Jung mitteilen, dass Sie ab morgen zu ihrer Walking-Gruppe stoßen werden.“ Berghammer hob grüßend die Hand. „Ich empfehle mich, Ihnen noch einen schönen Tag und nicht vergessen, ab morgen wird gewalkt.“ Lachend machte er die entsprechenden Armbewegungen und entfernte sich in Richtung *Marcus Klinik*.

Alois beugte den Oberkörper und stützte erschöpft die Hände auf die Oberschenkel. Das hatte ihm gerade noch gefehlt. Da lief er einmal in seinem Leben und schon saß er deswegen in der Falle. Musste der Doktor ihm denn auch ausgerechnet jetzt über den Weg laufen? Walking! Wie oft hatte er sich schon über die Damen seines heimatlichen Sportvereins lustig gemacht, wenn sie mit ihren Walkingstöcken am Biergarten vorbeigestelzt kamen. Als Stockenten hatte er sie verlacht, und nun sollte er selber zum Stockerpel werden. Gott sei Dank würde ihn dabei niemand beobachten, der ihn aus seiner Heimatstadt kannte. Das wäre so auch zu peinlich gewesen.

Er raffte sich auf und ging am *Stahlbadehaus* vorbei zum Eingang des *Neuen Badehauses*. Als er die Tür öffnete, reifte in ihm bereits ein Plan, wie er dieser Lächerlichkeit entgehen könnte. Er musste sich nur recht ungeschickt anstellen, dann würde man ihn schon wieder aus der Gruppe entfernen. Ja, genauso würde er es machen. Zufrieden suchte er den entsprechenden Behandlungsraum des Masseurs.

Kapitel 19

„Eines sage ich Ihnen. Ich werde diese Person aus dem Weg räumen!“ Die Stimme gehörte einer Frau und hatte einen leicht osteuropäischen Akzent. Es klang nach Polnisch.

„Und wie wollen Sie das anstellen?“, fragte eine zweite, männliche Stimme.

„Ich lass mir da schon was einfallen. Nur sie muss weg, sie steht meinen Plänen im Wege. Und wenn es um meine Karriere geht, dann kenne ich kein Pardon, da gehe ich sogar über Leichen. Es wäre nicht das erste Mal. Und Sie müssen mir dabei helfen!“ Mit diesen Worten öffnete die Sprecherin die Tür des Behandlungsraumes in der ersten Etage und trat auf den Flur.

Alois, der alles mit angehört hatte, trat einen Schritt hinter die Mauerecke zurück, sodass man ihn nicht sah. Was war denn hier los? Waren das alles hier nur Mörder?

Er beugte sich leicht vor und schielte um die Ecke. Auf dem Flur stand eine vollbusige Blondine im weißen Kittel, aus deren Tasche ein Stethoskop ragte. Auch noch eine Ärztin, dachte Alois. Sollte die nicht Leben erhalten, statt es zu vernichten?

Die Dame verabschiedete sich und verließ den Gang. Zum Glück in anderer Richtung. Alois zählte bis zehn, dann bog er um die Ecke und suchte den Raum mit dem Namen des Masseurs. Als er auf einem Türschild *Massage – Herr Quandt* las, hatte er sein Ziel gefunden. Aber war das nicht auch der Raum, aus dem die Ärztin gekommen war? Er stutzte kurz, doch dann hob er mutig die Hand und klopfte an die Tür.

„Herein!“, hörte er die Stimme des Mannes, der vorhin mit der Ärztin gesprochen hatte.

Alois streckte die Brust raus und öffnete die Tür. Hinein in die Höhle des Löwen. Potthast wäre stolz auf ihn gewesen.

Im Raum blickte er zuerst auf den Rücken eines bulligen Mannes. Dessen Nacken erinnerte ihn an Freistilringer aus der oberen Gewichtsklasse. Alois war sich sicher, dass der ihm mit einer Hand das Genick würde brechen können.

Der Masseur drehte sich um. „Herr Rosenhöfer?“, fragte er und betrachtete Alois prüfend. „Na, dann machen Sie sich mal frei, und rauf auf den Tisch. Mein Name ist übrigens Harry Quandt.“ Er überprüfte noch einen Eintrag auf seinem Terminplan, dann wandte er sich wieder Alois zu. „Ich muss noch mal kurz raus. Wenn Sie fertig sind, legen Sie sich bitte auf die Liege. Zunächst auf den Bauch!“

Alois schälte sich aus seinen Sachen, und nur mit der Unterhose bekleidet krabbelte er auf die Massageliege. Dort wartete er mehrere Minuten, ohne dass Quandt zurückkehrte. Alois drohten bereits die Augen zuzufallen, als die Tür sich wieder öffnete. Aus den Augenwinkeln sah er, wie Quandt den Raum wieder betrat. Alois drehte den Kopf zur anderen Seite. Quandt trat zu dem Wachbecken und wusch sich die Hände. Dabei färbte sich das Wasser rot. Alois schrak zusammen, an den Händen des Masseurs schien Blut zu sein. Hatte er sich verletzt, oder war es das Blut von jemand anderem?

Quandt drehte den Wasserhahn wieder zu und griff nach einem Handtuch. „So, dann können wir loslegen“, meinte er und trocknete seine Hände ab. „Sie müssen schon entschuldigen. Da brauchte jemand mal kurz meine Hilfe, und ich bin ein Mensch, der schlecht Nein sagen kann.“ Quandt warf das Handtuch in einen Wäschekorb und stand nun mit in die Hüften gestemmten Händen vor Alois. „Was sollte ich noch mal mit Ihnen anstellen?“, überlegte er. „Ach ja, Ganzkörpermassage! Na, dann wollen wir mal.“

Der Masseur begann Alois durchzukneten. „Was haben Sie denn so Schweres machen müssen?“ fragte dieser neugierig. „Was? Ich ... ähhh“, stotterte der Masseur, und der Griff in Alois’ Muskulatur wurde stärker. „Ach, es ging um den Wagen, also das Auto von … also ich sollte helfen etwas in den Kofferraum zu legen!“, stotterte Quandt herum.

Alois blickte zur Seite, konnte aus dieser Position aber nur Quandts weiße Hose sehen. „Und dabei haben Sie sich so schmutzig gemacht?“, fragte er nach.

Quandt schien mit seinen Gedanken ganz woanders zu sein. „Was? Ja ja, muss da wohl irgendwie Öl oder Schmutz an die Finger bekommen haben.“

Dabei lachte er etwas zu gekünstelt, fand Alois. Das war eindeutig Blut gewesen, was sich der Masseur da eben von den Fingern gewaschen hatte. „So so“, kommentierte er die Situation und schwor sich, diesen dubiosen Masseur im Auge zu behalten.

Der konzentrierte sich nun ganz auf seinen Patienten, was Alois deutlich zu spüren bekam.

***

Als die Massage zu Ende war, zog Alois sich an, verabschiedete sich per Handschlag von Quandt und stand Sekunden später wieder auf dem Gang. Er überlegte kurz und begab sich dann zum Ausgang des *Neuen Badehauses*.

Quandt war nur kurz weg gewesen. Wenn er die Wahrheit gesagt hatte und etwas aus oder in einen Wagen verladen hatte, dann hatte der Wagen entweder in der Nähe gestanden, oder er stand noch hier.

Alois durchquerte das *Moorbadehaus* und erreichte kurze Zeit später den Parkplatz hinter dem Gebäude. Langsam schritt er die Reihe der Fahrzeuge ab. Viele davon hatten Kennzeichen, die augenscheinlich nicht aus dem Kreis Höxter stammten. Autos aus Essen, Gelsenkirchen, eines aus einem Kreis namens Lippe, andere aus Dortmund, Münster oder Bochum.

Alois betrachtete aufmerksam die Heckpartien. Ihre Fahrer hatten die Wagen meistens mit der Front zum Wall geparkt. Nur zwei Autos in der Reihe standen andersherum. Und die auch noch direkt nebeneinander.

Alois schlenderte, sich immer wieder aufmerksam umsehend, zwischen den Wagen umher und schaute sich deren Hecks genauer an. War das nicht Blut, dort auf der Stoßstange? Er hatte einen grünen Subaru Kombi vor sich. Die Kofferraumabdeckung war zugezogen, doch irgendetwas drückte von unten gegen den Stoff und beulte ihn aus. Alois versuchte durch einen Schlitz in das Innere zu blicken, doch es gelang ihm nicht.

Der Wagen neben dem Subaru war ein Geländewagen der Marke Nissan. Alois untersuchte auch hier die Stoßstange, und wieder fand er Bluttropfen. Sein Blick fiel auf das Kennzeichen. HX – HQ 546. Wenn das HQ nicht mal für Harry Quandt stand.

Was für ein Kennzeichen hatte der andere Wagen? HX – HW 123. Alois prägte sich gerade das Nummernschild ein, als er Stimmen hörte. Panisch sah er sich um. Keine Deckung.

Gebückt schlich er hinter den beiden Wagen her zum nächsten. Glücklicherweise handelte es sich um einen großen VW Bus. Hinter diesem ging er in die Hocke. Nachdem er den ersten Schock verdaut hatte und wieder zu Atem gekommen war, äugte er vorsichtig durch die Scheiben. Ein Mann in einer grünen Jacke stand mit dem Rücken zu ihm und streckte Harry Quandt die Hand hin. „Na, dann nochmals Danke“, sagte er.

„Denk daran, Haut und Knochen sorgsam zu entsorgen, sonst kann es sein, dass man uns auf die Schliche kommt“, ermahnte ihn Quant. Dabei ließ er verschwörerisch den Blick schweifen und Alois tauchte sofort wieder ab.

Als er erneut auftauchte gingen Quandt und der grün gekleidete Mann bereits zurück in Richtung *Moorbadehaus* und betraten es durch den Hintereingang.

Alois atmete auf. Gut, dass sie ihn nicht bemerkt hatten.

Aber wer lag da im Kofferraum des Nissan? Hatte es hier gestern mehr als nur einen Mord gegeben? Die hatten ja wohl kaum frische Schweinshaxen verladen und taten dann so geheimnisvoll! Alois spürte, wie der lang verschollen geglaubte Instinkt des Polizisten in ihm erwachte. Hier musste umgehend etwas geschehen. Potthast, schoss es ihm durch den Kopf. Der Kriminalbeamte war möglicherweise noch immer hier in der Gegend. Den musste er erreichen. Wo war bloß diese vermaledeite Visitenkarte? Nach einigem Suchen fand er sie in der Tasche seiner Trainingshose. Jetzt musste er nur noch ein Telefon finden und Potthast anrufen. Zum ersten Mal in seinem Leben verfluchte Alois, dass er kein Handy besaß. Bislang hatte er sich standhaft geweigert, sich mit so einem neumodischen Zeug zu belasten. Jetzt hätte er gut eines gebrauchen können. Aber das war nun nicht mehr zu ändern.

Eilig lief er zum rückwärtigen Eingang des Moorbadehauses und musste feststellen, dass die Tür verschlossen war. „Himmisakra!" fluchte er. Bedauernd erinnerte er sich, dass ihn die Frau im *Gäste-Service-Center* gefragt hatte, ob er eine Codekarte für diesen Eingang haben wollte. Alois hatte abgelehnt, denn was sollte er damit? Nun hätte er sie gut gebrauchen können. Warum zum Teufel, kam ausgerechnet jetzt niemand heraus oder wollte hinein. Alois pressierte es sehr. Der Potthast musste angerufen werden, um jeden Preis und schnellstens. Er drehte sich um und machte sich auf den Weg in Richtung Gärtnerei. Von da aus würde er schon den Weg zur Klinik finden. Denn die Gärtnerei konnte er von seinem Zimmer aus sehen. Und in der Klinik, da gab es ein Telefon.

Im flotten Tempo marschierte er los, hatte aber bereits nach einigen Sekunden das Gefühl, dass er nicht von der Stelle kam, und fiel in einen leichten Trab. Schnaufend lief er in Richtung Gärtnerei und bog bei der nächsten Möglichkeit links ab. Er lief durch eine kleine Allee und sah am Ende schon das Gebäude der *St. Urbanus Klinik* aufragen.

Der Schweiß tropfte ihm bereits in die Augen. Erst lief er jahrelang überhaupt nicht, und heute schon zum zweiten Mal. Aber das hier war ja auch ein Notfall.

Er keuchte wie eine alte Dampfmaschine, und der Weg schien kein Ende nehmen zu wollen. Zwei einladend aussehende Parkbänke hatte er bereits schweren Herzens passiert, als das Schicksal brutal zuschlug. Alois wurde schwarz vor Augen, er taumelte nach rechts.

Er schaffte gerade noch ein, zwei Schritte, dann ging er auf dem Rasen neben dem Weg in die Knie und stürzte zu Boden. Er wollte sich noch gegen die drohende Ohnmacht zur Wehr setzen, doch die Welt begann sich um ihn zu drehen – und es wurde Nacht.

Jetzt ist es aus mit mir, war sein letzter Gedanke, bevor er das Bewusstsein verlor.

Kapitel 20

Wach wurde er davon, dass ihn jemand ohrfeigte. Als er die Augen vorsichtig öffnete, hätte er sie am liebsten sofort wieder geschlossen. Über ihn gebeugt stand die Krummweide.

Als sie bemerkte, dass Alois kurz die Augen geöffnet hatte, ließ sie von den Ohrfeigen ab und schüttelte ihn stattdessen. „Los, aufwachen! Nicht wieder einschlafen!“, kommandierte sie.

Mühsam öffnete Alois endgültig die Augen.

„Na also, geht doch“, hörte er sie aufatmen.

„Nix geht, mir ist schlecht“, antwortete er und wunderte sich selbst über den brüchigen Klang seiner Stimme. Mühsam räusperte er sich. Die Frau rüttelte ihn weiterhin an der Jacke. „Los, Sie Klappstuhl, kommen Sie mal auf die Beine. Dort drüben ist eine Bank, bis dahin werden Sie es schon schaffen. Ich helfe Ihnen.“

Alois drehte sich herum, kam mühsam auf die Knie und konnte nur mit Hilfe der Frau aufstehen. Er fasste sich mit der Hand an den Kopf. Alles um ihn herum drehte sich noch. Gestützt auf Renate Krummweide torkelte er zur Bank und fiel mehr darauf, als dass er sich setzte.

Sie öffnete seine Trainingsjacke und fühlte seinen Puls. Ihr professioneller Blick wechselte dabei zwischen ihrer Armbanduhr und Alois hin und her. „Oh je, Ihr Puls ist ziemlich im Keller. Ich glaube, da müssen wir mal einen Krankenwagen rufen. Sie müssen sofort ins Krankenhaus!“

Alois schreckte zusammen. Das Wort Krankenhaus ließ bei ihm alle Alarmglocken schellen. Diese Art von Gebäuden hasste er wie die Pest. Zu deutlich erinnerte er sich noch an seine Besuche beim Vater, als der im Krankenhaus lag und später dort auch starb. Alois war noch recht jung gewesen, aber an den Geruch von Desinfektionsmitteln und Franzbranntwein erinnerte er sich heute noch. Grausig!

Renate Krummweide sah ihn prüfend an. „Mensch, es könnte doch sein, dass Sie einen Herzinfarkt gehabt haben."

Alois winkte ab. „Ich glaub eher, dass es eine Ohnmacht wegen der Überanstrengung war."

„Welche Überanstrengung?"

„Na, die vom Laufen."

Renate Krummweide sah Alois aufmerksam an. „Sie sind gejoggt?"

„Ja! Nein! Ach, is doch eh wurscht. Auf jeden Fall wird mir die Lauferei nicht bekommen sein." So langsam bekam er wieder ausreichend Luft, und die viel zu schnelle Drehung der Erdkugel hörte auch allmählich auf. Er horchte in sich hinein. Er hatte keine Schmerzen in der Brust oder im Arm. Leichte Kopfschmerzen, aber keine Übelkeit. Etwas benommen fühlte er sich noch. Auf keinen Fall würde er ins Krankenhaus gehen. Eher würde er sterben. Aber wenn schon, dann bitte nicht hier auf der Parkbank, sondern im Bett. „Ach, bittschön, können Sie mir helfen, dass ich es bis zur Klinik schaffe? Ich glaub, ich leg mich besser erst mal hin."

Renate Krummweide schüttelte zuerst entschieden den Kopf, dann jedoch half sie ihm beim Aufstehen und legte den Arme um seine Taille. Sie versuchte es zumindest. Dann stolperten die beiden in Richtung *St. Urbanus Klinik*. Alois wollte nur noch ins Bett und schlafen. Ihm war vollkommen egal, ob heute noch was auf seinem Therapieplan stand oder nicht. Auch an Essen musste er seltsamerweise nicht denken. Bloß noch ans Bett.

Nach einigen anstrengenden Minuten erreichten sie das Klinikgebäude und passierten die Anmeldung. Ein schönes, wenn auch etwas ungleiches Paar, dachte Kerstin Schmitz, die wieder an der Rezeption ihren Dienst versah. Wie schnell doch die Leute hier zueinander fanden. Das Läuten des Telefons hielt sie von weiteren kurphilosophischen Betrachtungen ab.

Als Alois und Renate am Fahrstuhl ankamen, öffnete sich gerade die Tür und Hugo Brinkschulte verließ mit seinem Rollstuhl den Aufzug. „Endlich kann er benutzt werden. Er ist vorhin abgenommen worden!“ Freudestrahlend sah er Alois an. „Jetzt kann ich mich wenigstens offiziell im ganzen Haus bewegen.“

Alois schenkte ihm ein derart müdes Lächeln, dass Brinkschulte stutzte. Dann sah er Renate an. „Was ist denn mit unserem Bayern los? Ist ihm der Mord aufs Gemüt geschlagen?“

Renate Krummweide schüttelte den Kopf. „Ich vermute, er hatte einen Schwächeanfall. Er muss sich ausruhen.“

Brinkschulte rollte zurück in den Fahrstuhl und drückte den Knopf für die vierte Etage. Kaum dass Alois und Renate im Fahrstuhl waren, schlossen sich schon die Türen.

„Das sollte sich auf jeden Fall ein Arzt ansehen“, riet der Rollstuhlfahrer.

Renate Krummweide nickte. „Ich habe sogar das Krankenhaus vorgeschlagen, aber der junge Mann hier weigert sich.“ Dabei lächelte sie Alois an.

Dem war immer noch leicht übel, sodass er es vorzog zu schweigen.

Als der Fahrstuhl anhielt und die beiden ihn verließen, blieb Brinkschulte in der Kabine sitzen „Ich werde auf jeden Fall Frau Dr. Trampe informieren. Die soll sich das mal ansehen. Ich komme gleich wieder.“ Die Fahrstuhltür schloss sich bereits wieder.

Renate schleppte Alois so gut es ging zu seiner Zimmertür. Der ließ sich mit hängendem Kopf gegen die Wand sinken.

„Wo ist denn Ihr Zimmerschlüssel?“ wollte Renate wissen. Alois begann in seinen Taschen zu kramen, wurde aber nicht fündig.

„Aber er muss doch irgendwo sein“, murmelte er und ließ die Arme sinken.

Renate begann, seine Taschen zu durchsuchen. Dabei musste sie sich eng an ihn drücken. Als sie den Schlüssel erwischte, zog sie ihn aus der Hose, schloss Alois' Zimmertür auf und schob ihn hinein. Dann schlüpfte sie hinterher, da sie sicher gehen wollte, dass er es auch bis zum Bett schaffte. Leise fiel hinter ihr die Zimmertür ins Schloss.

Herta Feilenbach hatte bemerkt, wie Renate sich an Alois drückte, um ihm den Schlüssel aus der Tasche zu ziehen. Und als sie auch noch sah, wie beide in Alois' Zimmer verschwanden, schüttelte sie empört den Kopf. „Das ist ja hier das reinste Sodom und Gomorrha. *St. Urbanus Puff.* Pfui Deibel!" Wütend schlug sie ihre Zimmertür wieder zu.

Kapitel 21

Diesmal wachte Alois davon auf, dass ihm irgendjemand eine Nadel in den Arm stach. Ja, sapperlot, musste man ihm denn andauernd weh tun? Als er die Augen öffnete, sah er eine blonde, gut aussehende Frau in einem weißen Kittel auf seiner Bettkante sitzen. Er versuchte sich aufzusetzen, aber sie drückte ihn sanft in das Kissen zurück. Er ließ es widerstandslos geschehen, denn sein Schädel dröhnte wie eine Hammerschmiede.

Als er zur Seite blickte, entdeckte er, dass Renate Krummweide auf einem Stuhl neben dem Bett saß und ihn besorgt betrachtete. Alois sah wieder zur Decke und dachte nach. Was war mit ihm geschehen? Er konnte sich daran erinnern, dass er vom *Moorbadehaus* zur Klinik laufen wollte. Aber um was zu tun? Ihm fehlte jegliche Erinnerung. Bleib ganz ruhig, ermahnte er sich. Plötzlich tauchten in seiner Erinnerung Blutflecken auf. Natürlich, er hatte sie auf der Stoßstange von zwei Wagen gesehen, und einen größeren Fleck zwischen den Fahrzeugen. Immer schneller kehrten jetzt die Erinnerungen zurück.

Die Frau an seinem Bett legte ihm eine Blutdruckmanschette um den Arm und pumpte sie auf. Sorgfältig überprüfte sie die Anzeige, schaute auf ihre Uhr und ließ anschließend die Luft wieder ab.

„130 zu 90. Beide Werte sind zwar etwas erhöht, aber das dürfen wir wohl Ihrem Übergewicht zuschreiben. Jetzt geht es Ihnen anscheinend auch wieder ein bisschen besser, oder?“

Alois nickte ergeben.

„War es denn nun ein Herzinfarkt?“, wollte Renate besorgt wissen.

Die Ärztin schüttelte den Kopf. „Ich denke eher, dass es ein Schwächeanfall war, ausgelöst durch Überanstrengung und zu starkes Fasten. Tja, Herr Rosenhöfer, Sie sind nun mal nicht mehr der Jüngste. Es ist gut, dass Sie sich dazu entschlossen haben, etwas gegen ihr Übergewicht zu tun, aber bitte langsam. Sie haben ja noch ganze drei Wochen Zeit.“

„Frau Dr. Trampe, wir sind Ihnen sehr dankbar, dass Sie gekommen sind“, bedankte sich Renate Krummweide bei der Ärztin.

„Keine Ursache, ich habe sowieso die ganze Woche Bereitschaftsdienst.“ Sie wandte sich wieder ihrem Patienten zu. „Ihnen empfehle ich, heute im Bett zu bleiben, viel zu trinken und sich auszuruhen. Dann sollten Sie morgen schon wieder ganz der Alte sein.“ Mit diesen Worten stand sie auf und steckte ihr Stethoskop in die Kitteltasche. Sie reichte Alois die Hand und lächelte ihn an. „Schön wäre auch, wenn jemand ab und zu nach Ihnen sehen würde.“ Dabei zwinkerte sie ihm zu, und machte eine kaum merkliche Kopfbewegung in Renates Richtung.

Alois verdrehte die Augen und wagte nicht, zu Renate zu schauen. Die Ärztin begab sich zur Tür, dort drehte sie sich noch einmal um. „Ich denke, es ist in Ihrem Sinne, wenn wir Ihren kleinen Schwächeanfall für uns behalten. Wer weiß, auf welche Ideen unser Chef sonst noch so kommen würde? Aber lassen Sie es bitte wirklich langsam angehen – und sollte Ihnen noch einmal schwarz vor Augen werden, benachrichtigen Sie mich bitte sofort!“ Sie nickte den beiden noch einmal zu und war kurz darauf verschwunden.

Renate kam um das Bett herum und nahm Dr. Trampes Platz auf der Bettkante ein. Zärtlich strich sie über Alois Unterarm und tätschelte leicht seine Hand. „Wenn Sie wollen, dann bleibe ich noch etwas hier und leiste Ihnen Gesellschaft.“

Alois drückte den Kopf in die Kissen und überlegte. Mittlerweile konnte er sich an alles erinnern, was sich vor seinem Schwächeanfall zugetragen hatte. Er wusste auch wieder, warum er so schnell vom *Moorbadehaus* zur Klinik laufen wollte. Er hatte vorgehabt, seinen vermeintlichen Kollegen Potthast zu informieren. Vorsichtig richtete er sich auf, soweit es sein brummender Schädel zuließ.

„Sagen Sie doch einfach, was Sie wollen!“, forderte Renate ihn auf. „Haben Sie Durst?“

Alois schüttelte den Kopf. Nein, was er brauchte, war ein Telefon. „Ach, bittschön seien Sie doch so nett, mir das Telefon zu reichen.“ Dabei deutete er auf den kleinen Schreibtisch am Fenster, auf dem der Apparat stand.

Renate sah ihn zunächst nachdenklich an, dann jedoch kam sie seinem Wunsch nach und holte ihm den Hörer. „Seien Sie mir nicht böse, auch wenn es mich nichts angeht, aber was kann schon so wichtig sein, dass Sie jetzt unbedingt noch telefonieren müssen?“

Alois kramte bereits in seinen Taschen. „Keine Angst, es ist nur ein kurzer Anruf, dafür aber sehr wichtig.“ Dankbar nahm er das Telefon entgegen und wählte die Nummer des Höxteraner Kriminalkommissars. Sollte er die Krummweide jetzt rausschicken? Noch war Zeit dazu. Aber dann musste er daran denken, wie sie ihm geholfen hatte, und entschloss sich, sie in sein Geheimnis einzuweihen.

In diesem Moment nahm Potthast das Gespräch an. Alois schilderte ihm, was er hinter dem *Moorbadehaus* beobachtet hatte und gab ihm die beiden Kennzeichen durch. Potthast schrieb am anderen Ende eifrig mit. Während er seine Erlebnisse schilderte, beobachtete Alois aufmerksam Renates Gesichtsausdruck. Sie lauschte mit ungläubigem Staunen. Potthast bedankte sich, und versprach, sich sofort wieder zu melden, wenn es Neuigkeiten in diesem Fall gab. Gut, dass Renate nicht hören konnte, wie er die von Alois gewonnenen Erkenntnisse als Resultat seiner vorgeschlagenen Undercover-Aktion lobte.

Nach Ende des Gespräches schüttelte Renate ungläubig den Kopf. „Wieso haben Sie das alles verschwiegen, als ich Sie gefunden habe?“

„Weil es mir da arg dreckig ging und ich anderes zu tun hatte, als mir den Kopf über irgendwelche Leichen zu zerbrechen. Jetzt weiß die Polizei Bescheid und kann entsprechend handeln.“ Alois reichte Renate das Telefon und ließ den Kopf wieder in die Kissen sinken. Seufzend strich er sich mit dem Handrücken über die Stirn. „Ich glaube, ich muss wieder schlafen.“

Renate erhob sich und lächelte ihn an. „Sollte es Schwierigkeiten geben, wählen Sie einfach meine Zimmernummer oder schlagen Sie kräftig gegen die Wand. Ich werde Ihnen dann sofort zu Hilfe eilen.“

Dankbar schüttelte Alois die ihm dargebotene Hand und sah ihr nach, bis sie das Zimmer verlassen hatte. So schlimm wie zunächst befürchtet war das Weib ja doch nicht.

Kapitel 22

Gähnend stand Alfred Bolte am Straßenrand und zog soeben seinen Reißverschluss wieder hoch, als sein Partner ihn rief. Bolte überprüfte den Sitz seiner Hose und ging dann zum Streifenwagen hinüber.

„Alfred, die haben gerade über Funk durchgegeben, dass sie einen Nissan mit dem Kennzeichen HX – HW 123 suchen.“

Alfred Bolte sah seinen jüngeren Kollegen Marius Werner mit hochgezogenen Augenbrauen an. „Unsere liebe Leitstelle. Die suchen doch ständig jemanden. Wonach wir so alles Ausschau halten sollen. Das geht doch auf keine Kuhhaut mehr.“ Er ließ sich auf den Beifahrersitz des Streifenwagens sinken. „Heutzutage wird nach allem und jedem gefahndet. Erst gestern habe ich auf meinem Rechner 43 E-Mails gelöscht. Ich sage dir, Marius, eines Tages, werden wir in der Datenflut ertrinken.“

Sein Kollege beobachtete den Verkehr, der aus Bad Driburg kommend die Pyrmonter Straße befuhr. „Da gebe ich dir recht, wenn in Kirgisien von einem Treckeranhänger eine Radkappe gestohlen wird, bekommen wir hier dazu eine Mail.“ Alfred Bolte musste lachen. „So weit wird es hoffentlich nicht kommen.“

„Aber weit davon entfernt sind wir nicht“, vermutete Marius Werner. „Heutzutage wird alles zur Fahndung ausgeschrieben.“

„Das stimmt schon, Marius. Ich meinte auch eher, dass ich nicht glaube, dass kirgisische Treckeranhänger Radkappen haben.“

Die beiden Polizeibeamten mussten lachen und hätten dabei fast den Nissan Geländewagen übersehen, der an ihnen vorbeifuhr.

„Das war er!“ Marius fummelte am Schlüssel herum, um den Streifenwagen zu starten.

Alfred Bolte drehte sich um und sah dem Wagen nach. „Verdammt, du hast recht, HX – HW 123." Er legte den Sicherheitsgurt an, während Marius den Streifenwagen wendete. Bolte griff zum Funkgerät. „Weißt du, warum sie ihn suchen?" Marius konzentrierte sich auf die Straße, die nun in Kurven über eine Steigung führte. „Irgendetwas will die Kripo aus Höxter von ihm. Mehr weiß ich auch nicht, wir sollen ihn nach Möglichkeit nur anhalten."

Der junge Polizeibeamte trat das Gaspedal durch, und der Streifenwagen schoss die lange Gerade hinunter. Sie konnten sehen, wie der Nissan bereits die Bahnunterführung passierte. Dann bog er nach links ab. Bolte teilte der Leitstelle mit, dass sie sich hinter dem Fahrzeug befanden, und meldete laufend ihren Standort. Zur Antwort erhielt er, dass der Kollege Potthast auf dem Weg zu ihnen sei. Marius durchfuhr die Bahnunterführung und bog ebenfalls nach links ab. Kurz nachdem sie die Ortschaft Reelsen passiert hatten, sahen sie den Nissan wieder vor sich.

Marius fuhr dicht auf den Geländewagen auf. Das Kennzeichen stimmte, es war der gesuchte Wagen. Sein Kollege Bolte versuchte an dem Wagen vorbeizusehen. Vielleicht gab es eine geeignete Stelle, wo man ihn anhalten konnte. Kurze Zeit später drückte er einen Knopf und auf dem Dach des Streifenwagens blinkte der Schriftzug *Stopp Polizei*.

Der Fahrer des Geländewagens schien davon jedoch keine Notiz zu nehmen. Marius lauerte darauf, dass sein Vordermann Gas gab. Doch der fuhr mit gleichbleibender Geschwindigkeit vor ihnen her.

„Mann, das muss er doch sehen!", stöhnte Bolte. Zur Unterstützung des Stoppsignals schaltete er nun die beiden Blaulichter hinzu. Sekunden später sah man, wie der Kopf des Mannes im Geländewagen hochruckte und er in den Spiegel blickte. Es folgten weitere Sekunden der Unsicherheit, dann betätigte er den Blinker nach rechts und hielt sein Fahrzeug an.

Der Streifenwagen blieb mit eingeschalteter Warnblinkanlage hinter ihm stehen. Die beiden Polizisten näherten sich vorsichtig dem Wagen. Zuvor hatte Bolte über Funk ihren aktuellen Standort durchgegeben. Marius forderte den Fahrer auf, das Seitenfenster herunterzulassen.

In diesem Augenblick trat Bolte hinzu. „Mensch Heinrich, du?“

Der Fahrer des Geländewagens stutzte einen kurzen Moment, dann erkannte er Alfred Bolte.

„Also Jungs, wenn ihr auf der Jagd nach einem Schickermann seid, dann muss ich euch enttäuschen. Ich komme gerade aus der Klinik und bin froh, dass ich Feierabend habe.“

Bolte zog seinen jüngeren Kollegen zur Seite. „Das ist Heinrich Winkelmann, der Küchenchef der *St. Urbanus Klinik* und ein Kegelbruder von mir. Was will die Kripo denn von dem?“

Marius Werner zuckte mit den Schultern. „Keine Ahnung. Ich weiß nur, das der Kollege Potthast ihn sprechen will.“

Bolte wollte gerade etwas erwidern, als ein dunkelblauer Opel Vectra hinter dem Streifenwagen anhielt. Fahrer und Beifahrer stiegen aus und kamen zu den Kollegen.

Der ältere von ihnen zückte einen Dienstausweis und stellte sich vor. „Johannes Potthast. Das ist mein Kollege Piet Abel.“

Die vier Polizeibeamten gaben sich gegenseitig die Hände.

„Danke, dass ihr den Wagen angehalten habt.“ Potthast ging zur Fahrerseite. Bolte wollte ihm folgen, doch sein junger Kollege hielt ihn zurück. Potthast zückte erneut seinen Dienstausweis und hielt ihn Winkelmann unter die Nase. Dann bat er ihn auszusteigen.

Abel ließ sich Führerschein und Fahrzeugpapiere geben und sah beides aufmerksam durch. „Sie sind also Herr Winkelmann, richtig?“

Der Befragte nickte. „Darf ich erfahren, warum Sie mich anhalten?“ Etwas verängstigt sah er zu seinem Kegelbruder Bolte hinüber.

Potthast ignorierte die Frage und schlenderte stattdessen um den Wagen von Winkelmann herum. Am Kofferraum blieb er stehen und beugte sich interessiert zur Stoßstange hinunter. „Abel, kommen Sie mal bitte!“

Potthasts Assistent trat zu seinem Chef und betrachtete zwei Flecken, auf die Potthast zeigte. Auch Bolte und Werner kamen hinzu und sahen den beiden Kriminalbeamten über die Schulter. Nur Winkelmann hielt sich dezent im Hintergrund.

Potthast drehte sich um und fixierte Winkelmann eindringlich.

„Würden Sie bitte so freundlich sein und die Heckklappe öffnen?“, fragte der Höxteraner Kriminalbeamte mit einem gefährlichen Unterton in der Stimme.

Alle Anwesenden konnten deutlich sehen, dass Winkelmanns Hand zitterte, als er die Kofferraumklappe öffnete.

Marius Werner zuckte zurück, als das Licht der Innenbeleuchtung das Gesicht des Toten im Kofferraum beleuchtete. Auch für Nichtkriminalisten war deutlich zu erkennen, dass das Opfer durch einen Schuss in den Brustkorb getötet worden war. Der oder die Täter waren sogar so weit gegangen, ihm den Bauch aufzuschneiden und sämtliche Organe zu entfernen.

Potthast ließ seinen Blick noch ein paar Sekunden auf den gebrochenen Augen des Opfers ruhen, dann drehte er sich langsam zu Winkelmann um. Dieser stand mit hängenden Schultern, gesenktem Kopf und kreidebleichem Gesicht neben dem Wagen.

Potthast schüttelte den Kopf und verschränkte die Arme vor der Brust.

„Na, dann versuchen Sie uns mal zu erklären, woher der da stammt“, wollte er von Winkelmann wissen und deutete dabei auf den im Kofferraum liegenden Rehbock.

Kapitel 23

Mittlerweile hatten sie auf ihren Fahrrädern mindestens zehn Kilometer zurückgelegt, doch sie waren keinen Meter vorwärtsgekommen. Was daran lag, dass Herta Feilenbach und Renate Krummweide nebeneinander auf zwei Standfahrrädern saßen. Während der sportlichen Renate das Trainingsprogramm sehr leicht fiel, lief der kleinen, rundlichen Herta der Schweiß in Strömen herunter.

„Wie lange müssen wir diese Schinderei noch über uns ergehen lassen?“, fragte sie und wischte sich mit einem um den Hals hängenden Handtuch den Schweiß vom Gesicht.

Renate drehte sich um und blickte zur Wanduhr hinter ihnen. „Noch fünf Minuten, dann sind Sie erlöst. Die Viertelstunde Aufwärmtraining ist dann vorbei, und wir können an die Geräte gehen.“

Herta Feilenbach konnte zur Antwort lediglich schnaufen, denn im Moment verließ sie die Puste. „Bei aller Liebe, keine Sekunde länger!“ Mit der letzten, ihr noch verbliebenen Atemluft gab sie den Abbruch ihres Trainings bekannt.

Renate Krummweide strampelte unbeeindruckt weiter. „Hören Sie nicht abrupt auf, bewegen Sie einfach noch ein wenig die Beine und rollen Sie quasi aus.“

Doch selbst dieses lockere Ausrollen sah bei Herta aus, als ob sie sich gerade bei einer Bergetappe der Tour de France abmühte.

Erst nach zwei Minuten hatte sich ihr Kreislauf so weit beruhigt, dass sie wieder fähig war, in ganzen Sätzen zu sprechen.

„Es geht mich zwar nichts an, aber sagen Sie mir mal, was Sie an diesem dicken Bayern so begeistert.“

Renate Krummweide stutzte einen Augenblick, trat dann jedoch wieder in die Pedale. Ein wenig irritiert sah sie zu Herta Feilenbach hinüber. „Ich glaube, ich verstehe Ihre Frage nicht ganz“, antwortete sie.

„Nun tun Sie mal nicht so scheinheilig, Sie wissen genau, wovon ich spreche.“ Herta Feilenbach hatte zu Ende gestrampelt und kletterte vom Fahrrad. „Ich habe Sie doch neulich Arm in Arm mit diesem Rosenhöfer in sein Zimmer verschwinden sehen.“

Mit erstauntem Gesichtsausdruck blickte Renate sie an.

„Sie können mir glauben“, versicherte Herta, „ich habe hier schon eine Menge beobachtet. Erst neulich schlich jemand anderes über unseren Flur. Auch einer, der da nichts zu suchen hatte.“ Bestätigend nickte sie dazu heftig mit dem Kopf.

Renate ließ das Fahrrad ausrollen und richtete sich im Sattel auf. „So so, Sie scheinen ja sehr aufmerksam zu sein. Nur sollten Sie vorsichtig sein, dass Sie keine falschen Schlüsse ziehen.“

„Ich weiß doch, was ich gesehen habe“, widersprach Herta ihr vehement. Dabei fuchtelte sie mit dem Handtuch in der Luft herum.

„Ich habe Herrn Rosenhöfer auf sein Zimmer begleitet, weil er im Park einen Schwächeanfall hatte. Hätten Sie sich die Mühe gemacht, danach noch weiter zu beobachten, wäre Ihnen nicht entgangen, dass auch Frau Dr. Trampe in sein Zimmer kam.“

Man konnte deutlich sehen, wie Herta Feilenbach errötete. Und selbst derjenige, der keine Gedanken lesen konnte, hätte in diesem Moment erkannt, was sie zuvor gedacht hatte. „Na ja, mag ja sein. Aber bei der anderen Sache, da bin ich mir absolut sicher. Das merkt doch ein Blinder mit ’nem Krückstock. Und außerdem war da ja noch eine Sache.“

Renate Krummweide sprühte die Handgriffe des Fahrrades mit einem Desinfektionsmittel einen und putzte sie ab. „Und was war das so Geheimnisvolles?“, wollte sie von der Rentnerin wissen.

Diese streckte auffordernd die Hand nach der Flasche mit dem Desinfektionsmittel aus. „Im Moment möchte ich darüber noch nicht so viel sagen. Höchstens so viel, dass ich mich weniger über die Person gewundert habe als über ihr Verhalten. Aber darüber werde ich mit der entsprechenden Person noch selber reden.“ Auch sie begann ihr Trainingsfahrrad zu desinfizieren. „Und ich wette, der besagten Person wird es schwer fallen, mir alles zu erklären.“

Renate Krummweide hielt sich an den Enden ihres um den Hals gelegten Handtuchs fest. „Für mich sprechen Sie zwar in Rätseln, aber ich möchte Ihnen den Spaß nicht verderben.“ Sie bückte sich und nahm ihre Sporttasche auf. „Wie ist es? Wollen wir mit unserem Gerätetraining beginnen?“

Herta Feilenbach winkte energisch ab. „Ich glaube für heute reicht es mir, ich werde duschen gehen. Wir sehen uns dann beim Abendessen.“

Damit rauschte die rundliche Rentnerin von dannen, im Gepäck ihr selbst entdecktes und wohlgehütetes Geheimnis.

Kapitel 24

Liebe Mama!

Es wird wieder Zeit, Dir zu schreiben. Sicherlich hast Du Dir schon Sorgen gemacht, als gestern kein Brief von mir kam. Aber mein Therapieplan ist so vollgestopft, dass ich kaum noch eine freie Minute habe. Hier ist alles in Ordnung. Hier passiert einfach nicht viel. Du brauchst Dir also keine Sorgen um mich zu machen.

Gesundheitlich geht es mir sehr gut, es gibt keine Probleme. Das Einzige, was mich plagt, ist ein gewaltiger Muskelkater. Stell Dir nur vor, als ich gestern von einem Termin zum anderen musste und wenig Zeit hatte, kam mir doch tatsächlich der Oberdoktor in die Quere. Und weil er mich hat laufen sehen, muss ich ab morgen zu den Stockenten.

Du weißt schon, das sind diese narrischen Weiber, die auch bei uns mit diesen Skistöcken umherlaufen. Und weil es aussieht, als ob sie dabei watscheln und ständig schnattern, nenne ich sie immer „Stockenten". Dem Unterlechner seine dicke Barbara ist auch immer dabei. In so einem Haufen soll ich also morgen mitmachen, und das alles mit dem Mordsmuskelkater.

Das Essen hier ist immer noch so grausig wie am ersten Tag, und im Wirtshaus muss man aufpassen, dass einen der Leibhaftige, in Form vom Professor Berghammer, nicht erwischt. Egal ob beim Essen oder beim Trinken. Aber ich habe mir etwas ausgedacht, womit ich zu meinem Weißbier komme, ohne dass er mir etwas anhaben kann. Gleich heute Abend werde ich es ausprobieren. Leider bin ich damit schon wieder am Ende des Briefes angelangt, denn ich muss als Erster im Wirtshaus sein, wenn ich meinen Plan ausführen will. Wenn er funktioniert, werde ich es Dir, liebe Mutter, im nächsten Brief ausführlich schildern.

Bleib nur recht gesund,

Dein Alois

PS Einen neuen Trainingsanzug habe ich mir auch gekauft.

Alois faltete den Briefbogen, steckte ihn ins Kuvert und schrieb sorgsam die Adresse darauf. Nur noch eine Briefmarke, dann würde er ihn heute Abend noch in den Briefkasten werfen können. Entspannt sah er auf die Uhr. Der Brief war länger geworden als beabsichtigt, doch er wusste, dass seine Mutter sich immer für solche Schicksale wie das soeben geschilderte begeistern konnte. Vermutlich würde sie es bereits morgen brühwarm im Dorf herumerzählen.

Jetzt war eigentlich Zeit für das Abendessen, doch wenn er seinen Plan ausführen wollte, dann musste er heute darauf verzichten. Denn es war unumgänglich, dass er als Erster und allein in der *Linde* war und in aller Ruhe mit dem Wirt sprechen konnte.

Alois beeilte sich, den Briefumschlag zuzukleben, und überlegte kurz, ob er seine Tracht anziehen oder sich im bequemen Trainingsanzug auf den Weg machen sollte. In Anbetracht der Tatsache, dass er wenig Zeit hatte, entschied er sich für den Trainingsanzug.

Ungesehen verließ er die Klinik, warf den Brief ein und hastete am Feuerwehrhaus vorbei in Richtung Innenstadt. Kurze Zeit später erreichte er die Gaststätte *Zur Linde* und steuerte dort umgehend die Theke an.

Voller Enthusiasmus erklärte er dem Wirt seinen Plan. Er schlug vor, dass der Gastronom, natürlich gegen ein großzügiges Trinkgeld, einfach die Etiketten auf mehreren Weizenbierflaschen vertauschte. So könnte Alois vollkommen unverdächtig sein geliebtes Weizenbier trinken und jedem neugierigen Beobachter anhand des falschen Etiketts vorgaukeln, dass es alkoholfrei sei. Den Einwand des Wirtes, dass er die Flaschen mit dem alkoholfreien Bier ohne Etikett schlecht verkaufen konnte, wischte Alois mit einer generösen Geste zur Seite. Das wäre es ihm wert. Um sein Bier trinken zu können, würde er gerne doppelt bezahlen.

Der Wirt überlegte einen Moment, dann ergriff er die angebotene Hand und schlug in das Geschäft ein.

„Und jetzt darf es schon mal ein Weißbier sein, damit wir unser Geschäft besiegeln können", bestellte Alois.

Der Wirt nickte zustimmend und spülte ein passendes Glas mit klarem Wasser vor.

In diesem Moment öffnete sich die Gasthaustür, und der Rest der Clique aus der *St. Urbanus Klinik* betrat das Lokal. Alois zwinkerte dem Wirt noch einmal zu und setzte sich dann zu den anderen an den Stammtisch. Die Kellnerin nahm die Getränkebestellung auf, Alois brachte sie bereits sein erstes Weizenbier. Als Klaus Hauschild ihn vor Prof. Dr. Berghammer warnte, winkte Alois lässig ab. Stolz präsentierte er die Flasche mit dem Aufdruck *alkoholfrei*. Vorsichtig und mit genießerischem Gesichtsausdruck füllte er sein Glas und hielt es dann prüfend gegen das Licht.

„Zum Wohle, meine Herrschaften", prostete er den anderen zu und nahm einen genüsslichen, langen Zug. Herrlich, wie das kalte Weißbier durch seine Kehle ran. Er musste zugeben, dass der Geschmack hier in Nordrhein-Westfalen ein wenig anders war als in Bayern, doch das war ein zu vernachlässigender Punkt.

So kam es, dass Alois sich an diesem Abend sogar drei Flaschen Weizenbier gönnte. Ob es nun an der körperlichen Anstrengung oder an seinen geänderten Essgewohnheiten lag, dass er überhaupt nicht rauschig wurde, vermochte er nicht zu sagen.

Vielleicht war das eine der Eigenheiten so einer Kur. Vermutlich lag es auch daran, dass er auf dem Nachhauseweg noch eine Auseinandersetzung zwischen Heike Rogalla und Klaus Hauschild mitbekam. Er hatte sich zwar gerade mit Renate unterhalten, doch was ihn hellhörig machte, war ein Ausspruch Hauschilds.

„Das kannst du mir nicht antun. Wenn das rauskommt, gibt es gewaltigen Ärger. Da kann ich mir gleich einen Strick nehmen, oder noch besser, ich lege uns gleich beide um."

Mehr erfuhr Alois nicht, da die beiden anschließend nur noch tuschelten, und Renate Krummweide sich plötzlich bei ihm einhakte.

„Die Feilenbach hat mir heute etwas ganz Komisches erzählt. Sie will etwas Sonderbares beobachtet haben und jemanden zur Rede stellen. Aber was es ist oder wer, hat sie nicht gesagt."

Alois sah Renate nachdenklich an. „Irgendwie scheinen hier alle ein Geheimnis zu haben."

Er erzählte ihr sowohl von dem soeben mitgehörten Gespräch, als auch von einem Anruf Potthasts, der ihn informiert hatte, woher die Blutflecken in Winkelmanns Kofferraum stammten. Und davon, dass Quant Winkelmann das Reh verkauft hatte. Die ganze Sache war nur deshalb so geheimnisvoll verlaufen, weil Quant – als Mitpächter in einem Jagdrevier – das Reh nicht mehr hätte schießen dürfen und es auf diese Art und Weise loswerden wollte.

Trotz des harmlosen Ausgangs dieser Angelegenheit war Potthast froh gewesen, dass Alois die Augen offen gehalten hatte, und er hatte ihn ermutigt, auch weiterhin aufmerksam zu bleiben.

„Ich glaube, ich werde ihn morgen anrufen und ihm erzählen, was wir noch so alles gehört haben. Vielleicht kann er mit dem einen oder anderen noch etwas anfangen."

Überrascht stellte Alois fest, dass sie bereits die Klinik erreicht hatten. Er hätte sich gerne noch weiter mit Renate über die Sache unterhalten. Etwas unschlüssig standen sie auf dem Flur, reichten sich die Hände, wünschten sich eine gute Nacht und verschwanden jeder in sein Zimmer.

Als beide allein in ihren jeweiligen Betten lagen, hatten sie jedoch etwas gemeinsam. Jeder dachte an den anderen.

Kapitel 25

„Da sind Sie ja!“ Herta Feilenbach saß in ihrem Sessel am Fenster und strickte. Es hatte an der Tür geklopft, und nach ihrer Aufforderung hereinzukommen, war nun die Person im Raum, die sie zur Rede stellen wollte. Herta Feilenbach wies auf den anderen Sessel. Also hatte er ihre kleine, schriftliche Nachricht erhalten.

„Bitte nehmen Sie Platz. Ich denke, wir beide sollten uns mal unterhalten!“

Doch ihr Gesprächspartner dachte gar nicht daran, sich hinzusetzen. Und schon gar nicht war er willens, sich mit ihr zu unterhalten. Mit abfälligem Grinsen betrachtete er die kleine, rundliche Rentnerin und überlegte, woher sie so viel Mut nahm. Sie musste doch wissen, dass sie gegen ihn vollkommen chancenlos war. Der Mann steckte eine Hand in die Jackentasche und lehnte sich lässig an den Kleiderschrank. „Dann mal los. Worüber möchten Sie denn mit mir reden?“

Herta Feilenbach sah nur kurz von ihrem Strickzeug auf, dann konzentrierte sie sich wieder auf die Maschen. „Ich würde gerne wissen, was Sie neulich mitten in der Nacht hier oben in der vierten Etage zu suchen hatten.“

Ein leises, aber boshaftes Lachen war die Antwort. „Ich denke, es wäre besser, Sie würden Ihre Nase nicht in Dinge stecken, die Sie nichts angehen.“ Der Mann verlagerte sein Gewicht auf das andere Bein.

Herta Feilenbach klapperte weiter mit den Nadeln. „Es mag sein, dass es *mich* nichts angeht, aber wie steht es mit der Polizei? Meinen Sie nicht, die würden sich dafür interessieren, wo sie doch noch einen Mordfall zu klären haben. Ich vermute mal, dieser Potthast ist für jeden Hinweis dankbar.“

„Dann seien Sie doch bitte so nett und erklären mir, warum Sie noch nicht zur Polizei gegangen sind.“ Hertas Gesprächspartner schaute sie interessiert an.

„Ach, wissen Sie, ich bin nur eine arme, alte Rentnerin, der man diese Geschichte vermutlich kaum glauben würde, oder?“ Herta Feilenbach stellte das Stricken ein und blickte hoch. Mit einem verschmitzten Lächeln betrachtete sie ihr Gegenüber. Sie fand, dass es langsam Zeit wurde, zum Kern der Sache zu kommen. „Außerdem glaube ich, dass es eine Person gibt, die meine Informationen mehr zu schätzen weiß als die Polizei. Oder sagen wir besser, die es noch mehr schätzen würde, wenn meine Informationen die Polizei nicht erreichen würden.“

„Wie darf ich das verstehen?“, wollte der Mann wissen.

„Auch wenn ich Gefahr laufe, mich zu wiederholen, ich bin nur eine arme, kleine Rentnerin. Wobei ich darauf Wert lege, dass die hauptsächliche Betonung auf *arm* liegt.“ Herta lächelte mit nun im Schoß gefalteten Händen. „Da ist man über jede finanzielle Unterstützung dankbar. Und ich denke, es wäre Ihnen schon etwas wert, wenn die Geschichte unter uns bleiben würde, oder?“

„Dann darf ich mal versuchen, aus Ihren Worten ein Fazit zu ziehen. Ich glaube, ich schaffe es sogar mit einem einzigen Wort: Erpressung!“ Hertas Gesprächspartner schüttelte dabei ungläubig den Kopf. „Was für seltsame Menschen es doch gibt. Da entpuppt sich doch die kleine, rundliche Herta Feilenbach als perfide Erpresserin. Wer hätte das gedacht?“

Herta Feilenbach nahm ihr Strickzeug wieder auf und setzt ihre Arbeit fort. „Jeder so wie er kann, oder wie es ihm nutzt“, lächelte sie. Abgelenkt durch eine fallen gelassene Masche, entging ihr, dass der Mann eine Waffe aus seiner Jackentasche gezogen hatte. Als die Rentnerin aufblickte, war diese Waffe genau auf sie gerichtet.

Herta Feilenbach schüttelte sanft den Kopf. „Haben Sie vor, mich damit zu beeindrucken?“, fragte sie mit spöttischem Gesichtsausdruck. „Den Schuss würde man doch in der ganzen Klinik hören. Wenn Sie Munition sparen wollen, dann rufen Sie besser gleich die Polizei an.“

Einen Moment lang war im Raum nur das Klappern der Stricknadeln zu hören. Dann folgte ein leises Auflachen, und der Mann am Schrank nickte zustimmend.

„Sie sind nicht nur durchtrieben, nein, ich muss zugeben, dass Sie auch intelligent sind. Das beweist sowohl Ihre letzte Schlussfolgerung, als auch die Tatsache, dass Sie bislang geschwiegen haben. Aber bei alledem haben Sie einen Fehler gemacht, der vielen Leuten unterläuft."

„Und der wäre?" wollte Herta wissen, ohne aufzusehen.

„Man sollte niemals seinen Gegner unterschätzen." Der Tonfall war nun deutlich schärfer geworden.

Als Herta wieder aufblickte, musste sie mit Erschrecken feststellen, dass ihr Gesprächspartner soeben einen Schalldämpfer auf die Waffe geschraubt hatte. Jetzt zeigte der verlängerte Lauf auf sie.

Herta Feilenbach stockte der Atem. Ihr wurde bewusst, dass sie einen verhängnisvollen Fehler begangen hatte. Panisch überlegte sie, wie sie die Situation noch retten könnte. Dann kam ihr der rettende Einfall.

„Es nutzt Ihnen gar nichts, wenn Sie mich erschießen. Ich habe meine Informationen nämlich bereits an Frau Krummweide weitergegeben. Die wird sofort wissen, wer mich erschossen hat. Also lassen Sie diesen Quatsch und nehmen Sie die Waffe runter!"

Der Mann zögerte ein Sekunde, dann senkte sich der Lauf der Waffe. Herta Feilenbach nahm es mit Genugtuung zur Kenntnis. Ihr Bluff schien zu wirken.

Bedauernd zuckte ihr Gegenüber mit den Schultern. „Es scheint, Sie haben schon wieder recht. Nur gibt es auch diesmal einen winzigen Punkt, den Sie übersehen haben. Nämlich die Tatsache, dass ich ein Spieler bin. No risk, no fun! Was macht da eine Leiche mehr oder weniger schon aus?"

Herta Feilenbach wusste im ersten Moment nicht, was der Mann meinte. Doch es wurde ihr sofort klar, als er weitersprach. „Sehen Sie, liebe Frau Feilenbach, es war nett von

Ihnen, dass Sie mir erzählt haben, mit wem sie noch über mich gesprochen haben. Das erleichtert es mir, ohne viel zu suchen, auch diese lästige Mitwisserin aus der Welt zu schaffen." Der Lauf der Waffe hob sich wieder ein wenig. „Und sparen Sie uns die Diskussion darüber, warum die Polizei noch nicht hier war, um mich festzunehmen. Ich glaube, Frau Krummweide hätte sofort die Polizei angerufen, wenn sie gewusst hätte, dass ich es bin, von dem Sie gesprochen haben."

Herta Feilenbach wurde in diesem Moment klar, dass sie sich derbe verkalkuliert hatte. Diese Einschätzung wurde noch dadurch bestätigt, dass sie gleichzeitig ein heiseres Plopp hörte und einen stechenden Schmerz in ihrer Brust verspürte. Mit ungläubigem Gesichtsausdruck sah sie auf den rauchenden Lauf der Waffe – und starb. Das Blut aus ihrer Wunde sickerte auf die Strickarbeit und färbte diese rot.

Der Mörder überprüfte kurz, ob sie wirklich tot war, dann ging er auf die Knie und suchte die ausgeworfene Pistolenhülse. Die Polizei würde das Geschoss finden, aber man musste es ihr ja durch die Hülse nicht noch leichter machen. Auch dann nicht, wenn man die nicht registrierte Waffe anonym am Essener Hauptbahnhof gekauft hatte.

Er streifte sich ein Paar Einweghandschuhe über und begann, das Zimmer systematisch zu durchsuchen. Nach mehr als einer halben Stunde war er sicher, dass es keinen direkten Hinweis auf seine Identität gab.

Nun galt es dafür zu sorgen, dass das auch so blieb. Der nächste Name auf seiner persönlichen Liste lautete Renate Krummweide.

Kapitel 26

„Mein lieber Herr Rosenhöfer, das machen Sie ganz ausgezeichnet!" Michaela Jung, ihres Zeichens Sporttherapeutin der *St. Urbanus Klinik*, klatschte vor Begeisterung in die Hände. „Meine Damen und Herren, was Sie hier sehen, ist ein Naturtalent!" Sie trat einen Schritt zur Seite, damit die anderen Mitglieder der Nordic Walking Gruppe besser sehen konnten, wie Alois Rosenhöfer an ihnen vorbeiwalkte.

Alois brummte etwas Unverständliches. Das hatte ihm noch gefehlt, dass er hier den Vorzeigekasper spielen musste. Dabei hatte alles so verheißungsvoll angefangen. Aus reiner Berechnung hatte er sich lange am Ende der Gruppe herumgedrückt. Vielleicht hatte er ja Glück, und es gab keine passenden Stöcke für ihn. Und tatsächlich fehlte im Sportkeller der *St. Urbanus Klinik* ein Paar in seiner Größe. Zufrieden schaute Alois zu, wie seine Mitstreiter mit den Handschlaufen kämpften.

Frau Jung bedauerte, dass es für ihn keine passenden Stöcke gab und entschuldigte sich mehrfach. Jovial winkte Alois ab, musste aber wenige Sekunden später zähneknirschend zur Kenntnis nehmen, dass sein Glück nicht lange gehalten hatte. Markus Haferstroh war im Keller erschienen und bat einen aus der Gruppe zu einem Termin bei Frau Dr. Trampe. Und wie das Schicksal es wollte, hatte dieser Mensch genau das Paar Stöcke bekommen, welches in der Länge für Alois passend war.

So kam es, dass Alois zusammen mit den anderen Stockenten durch den Gräflichen Park walkte. Anscheinend stellte er sich dabei nicht ganz so dumm an, denn er fiel der Sporttherapeutin sofort ins Auge. Sie ließ die Leute sich immer erst ein wenig mit dem neuen Sportgerät anfreunden und einfach drauflosläufen. So hatte sie die Möglichkeit, Geschickte oder Ungeschickte, Passgänger oder Naturtalente sofort zu erkennen. Und als die Gruppe an den Tennisplätzen vorbei nach links in Richtung *Droste-Haus* abbog und auf den freien Platz vor den *Brunnenarkaden* zusteuerte, hatte sie längst bemerkt, dass Nordic Walking eine Sportart war, die Alois Rosenhöfer lag.

Vor den *Brunnenarkaden* ließ sie die Gruppe anhalten und erklärte ihnen die Grundzüge dieser Sportart. Ein paar Bewegungsabläufe machte sie vor, dann bat sie Alois nach vorne und ließ ihn vor der Gruppe auf und ab walken. Als er sich zunächst weigerte, beknieten ihn die anderen so lange, bis er nachgab. So kam es, dass er sehr zur Freude von Renate Krummweide, die ihn mit heimlichen Stolz beobachtete, als gutes Beispiel voranwalkte.

Nachdem Michaela Jung alles Notwendige erläutert hatte, begaben sich die neuen Walkingstars auf den Rundkurs. Am *Stahlbadehaus* machte man einen kurzen Schlenker um die Wiese, passierte *Wildgehege* und Waldbühne und ließ die Marcus Klinik links liegen. Am *Hölderlin-Hain* vorbei strebte man, den Zaun entlang, auf den südlichen Eingang zu.

Der Fahrer einer ankommenden Luxuslimousine musste abbremsen und ließ die Gruppe passieren, bevor er seine Fahrt zum *Gräflichen Parkhotel & Spa* fortsetzte. Die Stockenten, unter Führung von Obererpel Alois, bogen am *Franzosengrab* rechts ab und durchquerten den *Piet-Oudolf-Garten*. Der Weg führte sie dann im weiten Bogen wieder auf den Hauptweg und zwischen *Pferdestall* und *Doktorhaus* zurück zu den *Brunnenarkaden*.

Hier folgte der von Alois befürchtete Linksschwenk und mit strammem Schritt ging es in Richtung Eingang West. Glücklicherweise bog man vorher wieder rechts ab, passierte erneut die Tennisplätze und erreichte durch den *Rosengarten* und über die *Lilienwiese* erneut die *Brunnenarkaden*. Nachdem sie den Heckengarten passiert hatten, entließ sie Michaela Jung mit dem Hinweis darauf, dass es nun noch wichtig sei, sich aus einer der Mineralquellen zu stärken. Damit verabschiedete sie sich von der Gruppe, nicht ohne Alois vorher noch anerkennend auf die Schulter zu klopfen, sowie auf die nächste Stunde hinzuweisen.

Alois hatte sich gerade das dritte Glas Wasser aus der Caspar-Heinrich-Quelle genehmigt, als Renate Krummweide zu ihm trat. „Weißt du, was mich wundert? Dass unser Kugelblitz heute nicht zum Walken erschienen ist."

Als Alois sie verständnislos anblickte, musste sie lachen. „Ich meine unsere Vorzeigerentnerin, Herta. Die ist so Feuer und Flamme für diesen Sport, dass sie noch keine einzige Stunde hat ausfallen lassen. Seltsam, dass sie heute nicht dabei war."

Alois füllte soeben sein viertes Glas und trank es in wenigen Schlucken aus. Einen ganz kurzen Moment lang wurde ihm bewusst, dass er, der geborene Biertrinker, soeben mit großem Genuss Wasser trank. Er schüttelte sich kurz und schob diese neue Erkenntnis zur Seite. Denk an den Etikettenschwindel, ermahnte er sich selbst, und schon erschien eine kalte Flasche Weißbier vor seinem inneren Auge. So weit kam es noch, das ihm das Wassertrinken anfing Spaß zu machen. Nach dieser Marathonrunde durch den Park ging es lediglich darum zu überleben.

„Weißt du, was ich meine?", holten ihn Renates Worte in die Wirklichkeit zurück. „Ich mache mir Sorgen um Herta."

Alois nickte. „Vor allen Dingen, weil sie dir gegenüber so seltsame Anspielung gemacht hat." Je mehr er über Renates Befürchtung nachdachte, umso mehr beschlich auch ihn jetzt ein seltsames Gefühl. Renate hatte ihm vom Inhalt des Gespräches erzählt, welches die beiden Frauen auf den Fahrrädern geführt hatten. „Weißt du was?", sagte er zu Renate. „Wir gehen zur Klinik und sehen nach, ob wir sie finden."

Renate Krummweide stellt ihr Wasserglas auf den Spülwagen und schlüpfte wieder in die Handschlaufen ihrer Stöcke. „Okay, dann lass uns zur Klinik walken, das geht schneller!“

Obwohl Alois fand, dass das für heute ein bisschen viel Sport war, musste er zugeben, dass es so tatsächlich schneller ging. Und so folgte das bayerische Naturtalent einer westfälischen Ente auf dem Fuße.

Kapitel 27

Keine zwei Stunden später saßen Alois und Renate im Restaurant *Pferdestall* Kriminalhauptkommissar Potthast gegenüber. Dieser schlürfte seinen Milchkaffee und warf den beiden Kurgästen über den Rand der Tasse einen fragenden Blick zu.

„Sie machen sich also Sorgen um Frau Feilenbach?" erkundigte sich der Kommissar.

„Wir können uns nicht erklären, wo sie ist. Wir haben bereits überall gesucht, aber sie scheint wie vom Erdboden verschwunden zu sein." Renate Krummweide spielte nervös mit einem Bierdeckel. Sie dachte daran, wie sie mit Alois an Hertas Zimmertür geklopft hatte. Keine Antwort. Auch Ihre Suche in allen anderen Bereichen der Klinik verlief ergebnislos. Die rüstige Rentnerin war nicht aufzufinden. Ebenso unergiebig blieben Befragungen des Klinikpersonals.

Alois hatte sogar das Gebäude umrundet und draußen nachgesehen. „Weg kann sie eigentlich nicht sein, denn heute Morgen stand eine Moorpackung auf ihrem Programm. Allein deswegen hätte sie schon hier oder im *Moorbadehaus* sein müssen. Aber da ist sie nicht aufgetaucht, und niemand hat sie gesehen." Er rieb sich mit Daumen und Zeigefinger die Nasenwurzel. „Es scheint wie verhext zu sein. Und wegen dem, was sie der Renate erzählt hat, könnte es doch sein, dass sie in Gefahr schwebt."

Potthast stellte die Kaffeetasse ab und zückte sein Notizbuch. Sorgfältig notierte er alle Angaben. Dann zog er sein Handy aus der Tasche und wählte eine Nummer. Als sein Assistent Abel sich am anderen Ende meldete, gab ihm Potthast den Auftrag, ein paar Leute zusammenzutrommeln und schnellstmöglich zur *St. Urbanus Klinik* zu kommen.

Dort würde man sich treffen und gemeinsam nach der verschwundenen Herta Feilenbach suchen. Als Potthast das

Gespräch beendete, wollte Renate Krummweide diese Maßnahme kritisieren. Der Kriminalbeamte kam ihr jedoch zuvor und erläuterte, wie wichtig es sei, dass die Polizei selbst noch einmal an Ort und Stelle nach der Verschwundenen suchte. Zum einen hatte man große Erfahrung mit vermissten Personen und zum anderen konnte man sicher sagen, dass kein Ort ausgelassen wurde. Schon oft hatte die Polizei vermisste Kinder auf dem Dachboden oder im Keller der elterlichen Wohnung gefunden, obwohl die Eltern diese Räumlichkeiten selber bereits mehrfach durchsucht hatten.

Potthast winkte der Bedienung und bezahlte die Getränke. Dann erhob er sich und steckte sein Notizbuch ein. „Ich werde jetzt zur Klinik hinübergehen. Wenn Sie wollen, können Sie mich gerne begleiten. Hoffen wir, dass Frau Feilenbach gesund und munter wieder auftaucht."

Die drei verließen den *Pferdestall* und gingen durch den Park in Richtung Klinik. Vor der Tür trafen sie auf Abel und ein halbes Dutzend Beamte. Potthast versammelte alle im Foyer, teilte die Leute auf und ließ sich an der Rezeption den Reserveschlüssel für Herta Feilenbachs Zimmer aushändigen. Zusammen mit Alois, Renate und Abel fuhren sie mit dem Fahrstuhl in die vierte Etage. Vor dem Zimmer von Herta holte Potthast noch einmal tief Luft, dann schloss er auf.

Langsam betrat er den Raum. Vorsichtig setzte er einen Fuß vor den anderen und blickte sich aufmerksam um. Als er vom Flur in den Wohnraum trat, fiel ihm ein Stein vom Herzen. Keine Leiche zu sehen. Der Raum war leer!

Potthast ließ sich auf alle Viere nieder und schaute vorsichtshalber unters Bett. Dort wurde er ebenso wenig fündig wie im Kleiderschrank oder auf dem Balkon. Auch das Bad war leer. Abel und die beiden Kurgäste waren nun ebenfalls ins Zimmer getreten.

Auch Renate merkte man die Erleichterung an, dass es keine Leiche gab. Sie blickte sich im Zimmer um. Alois stand bewegungslos und ließ den Eindruck des leeren Raumes auf sich wirken. Nichts deutete darauf hin, dass hier irgendetwas Außergewöhnliches passiert war. Aber wo steckte Herta Feilenbach?

Renate ging langsam durch den Raum und blieb neben dem Sessel stehen. Hertas Morgenmantel lag über der Rückenlehne. Gedankenverloren strich Renate darüber.

„Mich würde jetzt einmal Ihre Meinung interessieren, werter Herr Kollege.“ Dabei drehte sich Kriminalhauptkommissar Potthast um.

„Ich denke, ähh also…“, begann Abel, wurde jedoch von Potthast mit einer barschen Handbewegung zum Verstummen gebracht.

„Ich meinte diesen Kollegen da!“, sagte Potthast und deutete auf Alois.

Renate Krummweide und Kriminalkommissar Abel blickten Alois überrascht an.

„Herr Kollege? Heißt das…?“, begehrte Abel zu wissen.

„Genau, unser werter Herr Rosenhöfer ist ebenfalls Kriminalbeamter. Nur in Bayern. Ich habe ihn gebeten, sozusagen *under cover* für uns ein wenig die Augen offen zu halten. Und genau das hat er getan, wie die Aktion im Falle Winkelmann und Quandt bewiesen hat. Immerhin haben wir so beweisen können, dass die beiden nichts mit der Sache zu tun haben.“

„Ach, Sie meinen das Reh im Kofferraum“, erinnerte sich Abel.

Renate hatte die ganze Zeit sprachlos und mit offenem Mund danebengestanden. Das war ja interessant. Der dicke Bayer, den jedermann unterschätzt hatte, war also Kriminalbeamter. Na, das waren ja mal Neuigkeiten. Obwohl sie ein bisschen sauer war, dass er es ihr verheimlicht hatte. Die anderen würden vielleicht Augen machen, wenn sie mit dieser Neuigkeit aufwartete.

Alois überlegte, ob nun der richtige Zeitpunkt wäre, dieses Missverständnis endlich einmal aufzuklären. Doch bevor er etwas sagen konnte, kehrte ein Mitarbeiter der Polizei zurück und zuckte bedauernd mit den Schultern. Überall Fehlanzeige.

Als sich alle anschickten, den Raum zu verlassen, griff Renate – vollkommen in Gedanken und gewohnheitsgemäß – nach dem Morgenmantel, um ihn ins Bad zu hängen. Als sie den Mantel von der Lehne nahm, fiel ihr Blick auf die blutverschmierte Polsterung. Erschrocken schrie sie auf, und alle wandten sich zu ihr um.

Potthast fand als Erster seine Fassung wieder. Sanft schob er Renate zur Seite und ging vor dem Sessel in die Knie. Was hier die Polsterung verfärbt hatte, war eindeutig Blut. Mittlerweile eingetrocknet, aber ohne Zweifel Blut. Bei genauerem Hinsehen bemerkte Potthast mitten in dem Fleck ein kleines Loch. Auf allen Vieren kroch er um den Sessel herum und untersuchte die Rückseite.

Wenn das Loch von einer Kugel stammte, dann hatte es die dicke Rückenlehne nicht durchschlagen und steckte noch irgendwo in der Polsterung. Das war eine Sache für die Experten von der Spurensicherung. Potthast richtete sich auf und trat zu Renate. Wortlos nahm er ihr den Morgenmantel aus der Hand und legte ihn auf das Bett. „Wie es aussieht, hat jemand auf eine Person geschossen, die in diesem Sessel gesessen hat. In der Polsterung ist deutlich ein Loch zu erkennen."

Alois sah dem Tun sprachlos zu. Alles deutet darauf hin, dass es hier also doch einen Mord gegeben hatte. Irgendwer hatte die Rentnerin ins Jenseits befördert, da war er sich sicher. In so einem kleinen Raum, bei so geringer Distanz und einem bewegungslos im Sessel sitzenden Opfer konnte man kaum vorbeischießen. Und wer außer Herta Feilenbach sollte in diesem Sessel gesessen haben? Allerdings war die Tür zu Hertas Zimmer verschlossen gewesen. Wie also war der Mörder hinein- und wieder herausgekommen? Alois stand vor einem Rätsel.

Potthast sah sich noch einmal um und schickte dann alle Anwesenden aus dem Raum. Das hier war möglicherweise ein Tatort, und der musste entsprechend gesichert werden.

Als Alois und Renate auf dem Flur standen, zupfte sie ihn am Ärmel. „Na, was für eine tolle Überraschung, du bist Kriminalbeamter und sagst mir nichts davon?"

Alois wurde rot und drehte verlegen den Kopf zur Seite. So ein Schmarrn, das war doch alles nur ein dummes Missverständnis. Seit über zwanzig Jahren hatte er nicht eine Anzeige mehr aufgenommen, geschweige denn etwas aufgeklärt. Und jetzt hielten ihn hier alle für James Bond.

„Es muss ja nicht jeder sofort herausposaunen, was er beruflich macht. Außerdem bin ich als Kurgast hier und nicht als Polizist. In diesen ganzen Schlamassel bin ich nur aus Versehen geraten."

Renate Krummweide schüttelte energisch den Kopf. „Trotzdem hättest du mir was sagen können. Vor allem nach dem Mord an Scheidemann. Und jetzt auch noch dieser grausige Fund hier." Bei der Erinnerung an den blutdurchtränkten Sessel begann sie regelrecht zu zittern.

Missmutig stopfte Alois die Hände in die Hosentaschen und sah Renate grimmig an. „Mädel, jetzt tust du mir aber bitte einen Gefallen und behältst das Ganze schön für dich. Sonst bekomme ich nämlich keine Ruhe mehr, und möglicherweise verscheuchen wir sogar unseren Täter."

„Habe ich richtig gehört? Unseren?" Renate Krummweides Augen leuchteten plötzlich etwas heller. Die Kur in Bad Driburg war bereits ihre vierte, doch mit Abstand die spannendste. Mit treuseligem Blick schmachtete sie Alois an und hob spielerisch die Hand zum Schwur. „Ich verspreche, dass ich es keinem sagen werde. Aber daran knüpfe ich auch eine kleine Bedingung. Ich möchte dir bei der Aufklärung dieses Falles helfen."

Alois verdrehte die Augen. Das hatte ihm gerade noch gefehlt. Erstens hatte er grundsätzlich keine Lust, irgendwelche Mordfälle aufzuklären, und zweitens nicht mit so einem weiblichen Dr. Watson im Schlepptau. Diese Kur artete tatsächlich aus. Es war schon schlimm genug, dass er nach Bad Driburg musste, aber jetzt herrschte das absolute Chaos.

Johannes Potthast hatte soeben die Zimmertür abgeschlossen und versiegelt. Er drehte sich im Flur um und sah in die Runde. „Wenn wir davon ausgehen, dass Frau Feilenbach hier in diesem Zimmer verletzt, wenn nicht sogar getötet worden ist, müssen wir überlegen, wie es der Täter geschafft hat, den Körper unbemerkt verschwinden zu lassen."

„Vielleicht hat er sie im Fahrstuhl transportiert?", vermutete Abel.

Potthast schüttelt energisch den Kopf. „Viel zu auffällig und viel zu gefährlich bei der Menge an Leuten."

„Es könnte doch auch sein, dass er Herta in irgendein Behältnis gesteckt hatte, um sie ungesehen zu transportieren", setzte Abel nach.

Renate Krummweide schüttelte sich bei dem Gedanken daran, wie der Mörder mit einer Leiche im Koffer durchs Gebäude spazierte.

Alois, der keinerlei Theorie hatte, ging ein paar Schritte auf und ab. Dabei blieb er mit dem Ärmel seiner Trainingsjacke an einem Schlüssel hängen. Ärgerlich trat er einen Schritt zurück und befreite sich. Was war das überhaupt für ein Einbauschrank, der sich hier in der Wand befand? Er drehte den Schlüssel um und öffnete die rechte der beiden Türen. Doch dahinter befand sich kein Schrank, sondern ein Schacht.

Alois klappte auch die linke Tür auf und wollte sich gerade hineinbeugen, als er auf dem weißen Rahmen einige dunkelrote Flecken bemerkte. Er trat zurück und beugte sich interessiert vor, um sich die Sache genauer anzusehen. War es möglich, dass es sich hier um Blut handelte?

Potthast war durch Alois' Verhalten aufmerksam geworden und trat neben ihn. Wortlos deutete Alois auf die Flecken und sah Potthast entgeistert an. Dieser ging in die Hocke und untersuchte den Rahmen. Dann stand er wieder auf, drückte mit der Hand seine Krawatte an den Körper und beugte sich vorsichtig in den Schacht.

„Es sieht so aus, als ob das hier der Wäscheschacht ist. Und ich würde mich nicht wundern, wenn eine labortechnische Untersuchung die Erkenntnis bringen würde, dass die Flecken wirklich Blut sind und von Herta Feilenbach stammen."

Alois legte nachdenklich die Stirn in Falten. „Ich glaube, wenn das hier der Wäscheschacht ist, dann müssen wir unsere Suche im Keller fortsetzen."

Potthast nickte zustimmend. „Herr Kollege, es macht immer mehr Freude, mit Ihnen zu arbeiten."

Kapitel 28

Henriette Dorfmann streifte sich ihren geblümten Kittel über und schlang ein Kopftuch um die Haare. Aus ihrem Spind im Keller der Reinigungsfrauen, von den anderen Angestellten der *St. Urbanus Klinik* liebevoll auch »Staubsaugergeschwader« genannt, kramte sie ein paar ausgetretene Latschen hervor und stemmte dann die Hände in die Hüften. Sie überlegte kurz, welche Arbeit vorrangig gemacht werden musste. Zuerst die saubere Wäsche bügeln oder vorher eine Maschine waschen?

Henriette entschied sich für Letzteres. Im Wäscheschacht stand ein großer Rollcontainer aus Aluminium. Der war sicher wieder voller Bettwäsche und Handtücher. Sie schob die Ärmel hoch und wollte gerade den Container aus dem Schacht ziehen, als hinter ihr eine Stimme lautstark „Halt!" brüllte.

Erschrocken fuhr Henriette herum und sah sich plötzlich vier unbekannten Personen gegenüber. Einer der Männer aus der Gruppe zückte einen Ausweis und hielt ihn ihr unter die Nase. Dann bat er sie zurückzutreten, und näherte sich vorsichtig dem Wäschecontainer. Henriette hatte den Eindruck, er schien ein wenig zu zögern, bevor er hineinblickte.

Doch nachdem er hineingeschaut hatte, ließ seine angespannte Körperhaltung augenblicklich nach. Potthast sackte in sich zusammen, drehte sich mit hängenden Schultern um und schaute Abel, Renate, und Alois betroffen an. „Die Suche nach Herta Feilenbach können wir beenden, ich habe sie soeben gefunden!"

***

Beim Abendessen im Speisesaal gab es natürlich nur ein Gesprächsthema. Mittlerweile waren zwei Patienten aus der *St. Urbanus Klinik* ermordet worden. Niemand wusste, wer der oder die Mörder waren. Nach Rücksprache mit der Kriminalpolizei in Höxter hatte die Klinikleitung allen Patienten freigestellt, ihren Kuraufenthalt kostenneutral abzubrechen und nach Hause zu fahren. Doch seltsamerweise hatte niemand von diesem Angebot Gebrauch gemacht.

So etwas wie Sensationslust lag in der Luft.

Die Polizei hatte angekündigt, dass sie ihre Schutzmaßnahmen erhöhen würde. Doch gegen wen?

Die sonst so fröhliche Gruppe von Kurgästen nahm schweigend ihre Mahlzeit ein. Anschließend zog es jeder vor, auf seinem Zimmer den eigenen Gedanken nachzuhängen. Selbstverständlich nur nach zweimaligem Abschließen.

Lediglich Alois und Renate hatten sich dazu entschlossen, einen Spaziergang zu unternehmen. Dabei ließen sie, jeder für sich, die Ereignisse der vergangenen Tage noch einmal Revue passieren. Sie schlenderten durch den Gräflichen Park und setzten sich am Teich auf eine der Bänke. Vielleicht hatten hier, genau an dieser Stelle, im Jahre 1796 Friedrich Hölderlin und seine heimliche Liebe Susette Gontard gesessen. Ihr hatte der Dichter in seinen Werken als *Diotima* ein Denkmal gesetzt. Ihre Büste blickte nun sehnsüchtig über den See hinweg zum *Hölderlin-Hain* – als Zeichen der unerfüllten Liebe zwischen der Bankiersgattin und ihrem Hauslehrer Hölderlin.

Aber die beiden Menschen auf der Bank dachten weniger über diesen geschichtsträchtigen Ort nach als über die Frage, wer der Mörder von Horst Scheidemann und Herta Feilenbach sein könnte.

„Ich vermute, dass Herta sterben musste, weil sie den Mörder kannte. Der Mörder wird Angst gehabt haben, dass sie ihn verraten könnte. Meiner Meinung nach ist das ein plausibles Motiv für den Mord.“ Alois rieb sich nachdenklich das Kinn.

Renate Krummweide kickte mit der Schuhspitze einen Stein in den Teich. „Ja, das könnte sein. Nur weißt du, worüber ich die ganze Zeit schon nachdenke? Wenn sie doch wusste, wer der Mörder ist, warum hat sie es dann nicht der Polizei gesagt?“

Alois faltete die Hände über dem Bauch und blickte ratlos auf den Teich. Das war eine berechtigte Frage. Es musste also einen Grund geben, warum Herta Feilenbach mit ihren Informationen hinter dem Berg gehalten hatte. Er konnte sich nicht vorstellen, dass es eine persönliche Verbindung zwischen Herta und ihrem Mörder gab. Aber was konnte sonst der Grund sein? In Gedanken ließ Alois die gängigsten Mordmotive vor seinem inneren Auge vorbeiziehen. Eifersucht, Neid, Rache, Sex, Geld. Das waren die, die ihm spontan einfielen. Weiterhin konnte es sein, dass der Mord an Herta nur dazu diente, eine andere Straftat zu vertuschen. Zwei Dinge schloss Alois sofort aus. Eifersucht und Sex. Aber auch Neid und Rache schienen nicht infrage zu kommen. Blieb also das liebe Geld. Konnte Geld das Mordmotiv gewesen sein? Herta hatte keinen sonderlich begüterten Eindruck gemacht.

„Weißt du, ob Herta reich war?“, wollte er von Renate wissen.

Die zuckte ahnungslos mit den Schultern. „Also, wenn ich so an ihre Garderobe denke, dann würde ich sagen, sie war eine normale Rentnerin. Gut, man kann einem Menschen nur vor den Kopf gucken, aber den Eindruck, dass sie eine verkappte Millionärin war, hatte ich nicht. Wenn ich mich richtig erinnere, hat sie einmal davon gesprochen, dass ihr Mann Finanzbeamter war. Also wird sie allenfalls über eine kleine Pension verfügt haben.“

Alois nickte zustimmend mit dem Kopf.

„Meinst du denn, es war ein Raubmord?“, fragte Renate erschreckt.

„Nein, nein“, wehrte Alois ab. „Das denke ich nicht, aber stell dir doch mal vor, Herta hätte den Mörder beobachtet und es ihn wissen lassen.“

Seine Banknachbarin sah ihn fragend an. „Aber warum, um alles in der Welt, hätte sie ihm das sagen sollen?“

„Vielleicht wollte sie ja ihre Pension ein wenig aufbessern. Für so ein Geheimnis kann man schon das eine oder andere Scheinchen verlangen.“

„Du meinst, Herta könnte den Mörder erpresst haben?“ Renate schüttelte sich bei dem Gedanken.

„Ja, warum nicht? Das würde einiges erklären.“

Renate Krummweide schlang sich die Arme um den Oberkörper. Ihr lief ein Schauer über den Rücken. Eine unglaubliche Vorstellung, dass die kleine vorwitzige Rentnerin eine Erpresserin gewesen sein sollte. Und noch schauriger die Vorstellung, wie sie dann dem Mörder in die Falle gegangen war. Sie erinnerte sich daran, wie Kriminalhauptkommissar Potthast bei der ersten Leichenschau festgestellt hatte, dass Hertas Brust ein Einschussloch aufwies. Auch Scheidemann war erschossen worden. Potthast hatte eine Wette angeboten, dass beide Projektile aus der gleichen Waffe stammten. Niemand hatte dagegengehalten. Alois räusperte sich.

„Je öfter ich darüber nachdenke, umso wahrscheinlicher kommt es mir vor. Es wird das Beste sein, wenn wir meinen Kollegen Potthast von unserer Theorie in Kenntnis setzen. Ich muss mal schauen, ob ich ihn telefonisch erreiche.“

Renate Krummweide kramte in ihrer Jackentasche und förderte ein Handy zu Tage. Wortlos reichte sie es Alois.

„Ich weiß doch seine Nummer gar nicht“, wies er das Mobiltelefon zurück.

Renate drückte ein paar Tasten und bot es ihm erneut an. „Du brauchst nur noch zu sprechen, gewählt habe ich schon. Ich habe mir bei der Vernehmung vorsorglich seine Visitenkarte geben lassen und die Nummer gespeichert.“

Etwas unwillig, so in die Offensive gedrängt zu werden, nahm Alois das Mobiltelefon und hielt es mit spitzen Fingern ans Ohr. Nach dreimaligem Klingeln meldete sich der Kriminalbeamte.

Alois schilderte Potthast ihre gemeinsamen Überlegungen. Dieser hörte wortlos zu, brummte lediglich an einigen Stellen. Nachdem Alois geendet hatte, schwieg Potthast ein paar Sekunden, und Alois hörte, wie am anderen Ende mit Papier geraschelt wurde.

„Ich habe mir nur schnell ein paar Notizen gemacht", klärte Potthast ihn auf. „Aber ich habe auch eine Neuigkeit für Sie. Sie betrifft unseren ersten Toten, Horst Scheidemann."

Alois nahm das Handy in die andere Hand und hielt es genau zwischen sich und Renate. Dann deutete er auf das Telefon und forderte Renate stumm auf, das Gespräch mitzuhören.

„Wir haben herausgefunden", hörten sie Potthast sagen, „dass der gute Herr Scheidemann gar nicht Horst Scheidemann hieß, sondern Heinz Wurm."

Alois und Renate sahen sich überrascht an. Doch Potthast war mit seinen Neuigkeiten noch nicht am Ende.

„Und besagter Herr Wurm war für uns kein Unbekannter. Man könnte eher sagen, er war sogar ein alter Bekannter. Wir haben ihn in unseren Akten gefunden. Sein letzter Wohnort lag in Bielefeld Brackwede. Und zwar in der dortigen Justizvollzugsanstalt." Potthast ließ diese Neuigkeit eine Sekunde wirken. „Dort hat er eine zehnjährige Haftstrafe verbüßt."

„Und warum hat er gesessen?", wollte Alois wissen.

Wieder hörte er Potthast mit Papieren rascheln. „Unser Freund hat diese Strafe für die Beteiligung an einem Überfall auf einen Geldtransporter bekommen. Den hatte er zusammen mit einem Komplizen ausgeraubt. Bei der Verfolgung wurde er gefasst."

„Und wer war sein Komplize?", fragte Alois neugierig.

Potthast schnaufte.

„Genau das ist das Problem, den haben wir nie gefunden. Genauso wenig wie die Beute. Und Wurm alias Scheidemann hat zehn Jahre lang den Mund gehalten."

Alois blickte Renate an und konnte förmlich sehen, was sie dachte. „Wäre es nicht möglich, dass Wurm wegen des Geldes getötet worden ist?“, fragte er Potthast.

„Genau, es scheint so, als ob Wurm das Geld nie gesehen hat. Daher könnte es natürlich sein, dass er seinen Komplizen nach der Haft gesucht hat, um sich seinen Anteil zu holen.“

„Vermutlich wollte der nicht mehr teilen, und so hat Wurm seinen Komplizen gesucht, aber seinen Mörder gefunden“, beendete Alois die Überlegungen. Renate himmelte ihn bewundernd an.

„Ja, auf diese Idee sind wir auch schon gekommen“, bestätigte Potthast.

„Nur gibt es leider keinen einzigen Hinweis darauf, wer dieser Komplize gewesen ist. Nur eines können wir mit Sicherheit sagen, es handelt sich um einen Mann. Und der hat sich entweder direkt in Bad Driburg oder in der näheren Umgebung aufgehalten, oder er tut es immer noch. Im Moment sind wir dabei, alle Leute zu überprüfen. Klinikpersonal, Therapeuten, Ärzte und Kurgäste.“

„Ich werde auf jeden Fall weiterhin die Augen aufhalten“, versprach Alois.

„*Wir* werden weiterhin die Augen aufhalten“, verbesserte ihn Renate.

Am anderen Ende der Leitung war Potthast hellhörig geworden. „Hat da noch jemand mitgehört?“, wollte er wissen.

Alois beeilte sich, die Vermutung des Kriminalbeamten zu zerstreuen. „Nein, nein, da ist nur grad jemand an mir vorbeigegangen.“

Potthast schien mit dieser Antwort zufrieden zu sein. „Das ist gut, denn wir beide sollten diese Informationen zunächst für uns behalten. Es ist besser, wenn so wenig Leute wie möglich davon wissen. Wir wollen den Mörder doch nicht unnötig aufscheuchen, wenn er sich noch in der Nähe aufhalten sollte.“

Alois versprach, die Erkenntnisse für sich zu behalten und blickte Renate flehend an. Diese machte über ihrem Mund eine Bewegung, als ob sie einen Reißverschluss zuziehen würde.

Alois und Potthast versprachen beide, sich gegenseitig auf dem Laufenden zu halten. Als das Gespräch beendet war, reichte Alois Renate das Handy zurück.

„So langsam kommt sowohl ein wenig Licht wie auch Schwung in die Sache, aber irgendwie habe ich das Gefühl, dass bald noch etwas passieren wird. Wir werden also höllisch aufpassen müssen."

Renate himmelte den Bayern an. „Ich hätte nie vermutet, dass eine Kur so spannend sein könnte. Jetzt jagen wir nicht nur einen zweifachen Mörder, sondern auch noch einen Räuber."

Was Alois lediglich mit einem vorwurfsvollen Blick und einem tiefen Seufzer kommentierte.

Kapitel 29

Kneipp Großbehandlung stand für den nächsten Morgen auf Alois' Therapieplan. Eine Bezeichnung, mit der er überhaupt nichts anfangen konnte. Der Name von Sebastian Kneipp, dem Wasserdoktor aus Bad Wörishofen, war ihm zwar geläufig, doch was man hier in Bad Driburg mit ihm vorhatte, wusste er nicht. Und das war auch besser so. Alois saß auf dem Flur des *Moorbadehauses* und wartete darauf, dass er an die Reihe kam.

Keine Minute später erschien Herbert Pfefferle und ließ sich neben ihm nieder. „Ah, sind Sie also auch hier?", fragte er Alois und kramte dabei in einem Stoffbeutel herum.

Was für eine saudämliche Frage, dachte Alois. „Nein, ich liege noch im Bett und lese."

Pfefferle sah ihn erstaunt an. Einige Sekunden musste er über die Antwort nachdenken, dann lachte er wiehernd los. „Haha, das war ein guter Scherz!" Triumphierend hielt er seinen Therapieplan in die Luft, den er in den Tiefen seines Stoffbeutels gefunden hatte. „Liegt noch im Bett", wiederholte er lachend.

Alois grunzte kopfschüttelnd, während Pfefferle seinen Therapieplan auseinanderfaltete und sich vergewisserte, dass er hier richtig war. „Sind Sie auch zur Kneipp Großbehandlung hier?", fragte er Alois.

„Nein, ich bin zum Ballettunterricht angemeldet", erwiderte der Bayer und schloss genervt die Augen.

Wieder begann der Schwabe sich vor Lachen auszuschütten. „Sie sind ja vielleicht ein Spaßvogel", kicherte er. „Haben Sie sich denn schon eingelebt? Mal ein wenig die Gegend erkundet? Ich hab ja schon eine Menge gesehen. Und den *Sachsenring* bin ich auch schon gelaufen."

Du bist ja ein toller Hecht, dachte Alois, schwieg aber.

Pfefferle schien das nicht zu kümmern. „Aber ich muss zugeben, dass ich mich dabei verschätzt habe. Also zeitlich verschätzt." Verlegen kratzte er sich am Hinterkopf. „Ich hätte nämlich nicht gedacht, dass die Runde so lang ist. Dummerweise bin ich nämlich erst nach dem Abendessen losgegangen, und musste feststellen, dass der *Sachsenring* ganze achtzehn Kilometer lang ist, nicht nur acht Kilometer."

Der Sportstar neben ihm hatte keinerlei Ahnung, wie egal Alois das war. Er hoffte nur, dass alsbald die Therapeutin erschien und ihn von diesem nervigen Schwaben erlöste. Doch noch erfüllte sich dieser fromme Wunsch nicht.

Pfefferle hatte seinen Stoffbeutel neben dem Stuhl abgestellt und hielt den Therapieplan wie ein Gebetbuch in der Hand.

„Wissen Sie, ich bin nämlich den *Sachsenring* rechtsrum gegangen. Also zunächst am *Wildgehege* vorbei und zum *Rosenberg* hinauf. Und dann, wie gesagt, rechtsrum. Auf der Hälfte der Strecke habe ich ja wirklich für einen kurzen Moment überlegt abzubrechen, doch dann hat mich der Ehrgeiz gepackt, und ich wollte ihn ganz schaffen."

Lieber Herrgott, schick mir endlich eine Therapeutin, betete Alois still in sich hin.

„Und so war es schon dunkel, als ich fast gegen Ende der Runde am Obelisk vorbeikam. Sie wissen schon, diese Steinsäule, die in der Nähe des *Mausoleums* steht."

Der muss mich ja wirklich für saudumm halten, kam es Alois in den Sinn. Als ob er nicht wüsste, was ein Obelisk war.

„Und da es schon sehr dämmerig war, hatte die Szene etwas Gespenstisches." Pfefferle schüttelte sich bei der Erinnerung.

„Welche Szene?", fragte Alois barsch.

„Na, die Szene, wo die beiden Männer sich vor dem *Mausoleum* gegenübergestanden haben und der eine den anderen am Kragen hatte. Und angeschrien haben sie sich, die beiden."

Alois drehte sich neugierig zum Schwaben um. „Wer waren denn die beiden?"

Pfefferle zuckte ahnungslos die Achseln. „Das kann ich beim besten Willen nicht sagen, es war schon recht dunkel und da oben am *Mausoleum* auch ein wenig nebelig. An dem Tag war das Wetter nicht so berauschend."

Alois spürte ein Grummeln in der Magengegend. Irgendetwas sagte ihm, dass die Beobachtung des Schwaben nicht unwichtig war. „Konnten Sie denn überhaupt etwas erkennen?", hakte er nach.

Pfefferle schüttelte den Kopf. „Als die beiden zufällig zu mir herübersahen und mich bemerkten, verschwanden sie sofort in die Büsche."

„Und was haben Sie gemacht?"

„Ich bin dann weitergegangen und habe meine Runde zu Ende gebracht. Sie war immerhin achtzehn Kilometer lang", erinnerte Pfefferle ihn.

Alois schnaufte. „Das erwähnten Sie bereits. Also mehr haben Sie nicht gesehen?"

Pfefferle verneinte. „Wenn ich ganz ehrlich bin, dann war's mir auch ein wenig unheimlich. Ich war froh, als ich wieder daheim ankam."

Alois konnte ihn gerade noch fragen, ob er seine Beobachtung auch der Polizei mitgeteilt hatte, und Pfefferle konnte nur noch kurz verneinen, als er auch schon von der Therapeutin zur Behandlung abgeholt wurde.

Mit einladendem Blick und einer großen Wurzelbürste in der Hand stand sie in der Tür. Alois folgte ihr in den Raum, in dem eine große, hellblaue Badewanne stand. Er musste daran denken, dass er als Kind zugesehen hatte, wie die frisch geschlachteten Schweine abgeschrubbt worden waren.

Mit einem etwas mulmigen Gefühl zog er sich aus und kletterte in die Badewanne. Die hatte gegenüber dem Kohlensäurebad einen Vorteil. Sie war groß genug für ihn.

Kapitel 30

Hinter Horn-Bad Meinberg lenkte Renate ihr Mercedes Cabriolet auf die Externsteinestraße und gab Gas. Alois fühlte sich auf dem Beifahrersitz sauwohl. Das Wetter an diesem Samstagnachmittag war auch zu schön, die Sonne brannte vom Himmel, und es wäre einer Sünde gleichgekommen, mit geschlossenem Verdeck zu fahren. Gerade bei so einem schönen Stück wie diesem silbermetallic Mercedes E 220 Coupé. Ein schönes Auto hatte sie, dachte Alois. Hätte er einer Lehrerin gar nicht zugetraut. Mehr etwas Konservatives. Und für Baujahr 1997 war das Fahrzeug noch in außerordentlich gutem Zustand.

Alois rutschte mit seinem Hinterteil ein wenig auf den schwarzen Ledersitzen hin und her, lehnte dann lässig den Arm aus dem Fenster und genoss die Fahrt durch einen Landstrich, den Renate als »Lipperland« bezeichnet hatte. Alois Gedanken schweiften ab …

Die letzten beiden Tage waren sehr ruhig verlaufen. In der Klinik ging das normale Leben weiter, Kriminelles ereignete sich nicht. Er hatte sowohl Potthast wie auch Renate von seinem Gespräch mit Pfefferle in Kenntnis gesetzt. Beide waren, völlig unabhängig voneinander, ebenfalls der Auffassung, dass der Schwabe dort oben am *Mausoleum* eine interessante Beobachtung gemacht hatte. Zu schade nur, dass er keinen der beiden Männer erkannt hatte.

Potthast erinnerte sich, dass man bei der Durchsuchung von Wurms Zimmer einen Plan des Gräflichen Parks gefunden hatte, auf dem das *Mausoleum* besonders gekennzeichnet gewesen war. Ob Wurm selbst das *Mausoleum* gekennzeichnet hatte, war jedoch unklar. Er war sich aufgrund dieses Fundes und Pfefferles Aussage jedoch ziemlich sicher, dass es sich bei einer der Personen am *Mausoleum* um Wurm gehandelt hatte. Wenn der andere nicht mal sein Mörder gewesen war. Zurzeit war Potthast damit beschäftigt, die Akten des

Raubüberfalls, an dem Wurm damals beteiligt gewesen war, noch einmal zu sichten. So hing jeder seinen Gedanken nach und rätselte herum, wer wohl der Mörder sein könnte.

Insgesamt wirkte die Stimmung in der Klinik ziemlich gedrückt, und auch abends, beim geselligen Zusammensein in der *Linde*, wollte eine entspannte Atmosphäre nicht so recht aufkommen. Alle schlichen umeinander herum, wie die Katze um den heißen Brei. Jeder schien jeden zu belauern.

Es gab nur einen humorvollen Zwischenfall, als Prof. Dr. Berghammer eines Abends wieder mal seine Runde drehte. Er blieb mit strengem Blick am Tisch stehen und deutete vorwurfsvoll auf die Flasche Weizenbier, die vor Alois stand. Dieser bekam einen hochroten Kopf, drehte dann die Flasche jedoch so, dass Berghammer das Etikett, mit der Aufschrift *alkoholfrei* lesen konnte. Zufrieden nickend begab sich der Chefarzt noch kurz zur Theke, wechselte mit dem Wirt ein paar Worte und verließ dann stumm grüßend das Lokal. Aber so recht konnte Alois seinen erfolgreichen Trick nicht genießen, denn außer ihm und dem Wirt wusste ja niemand davon. Nicht einmal Renate hatte er diesen Etikettenschwindel gebeichtet. Und er war sich sicher, in der jetzigen Situation, nach zwei Morden, würde seine List auch keinen amüsieren.

In den letzten Tagen hatte er viel mit Hugo Brinkschulte gesprochen, denn sie waren zweimal zur gleichen Zeit mit ihren Anwendungen fertig gewesen und hatten gemeinsam den Rückweg zur Klinik angetreten. Brinkschulte war über die beiden Morde erschüttert.

„Mir geht es ja schon schlecht hier in meinem Rollstuhl, aber ich bin wenigstens noch am Leben“, kommentierte er die Situation. Und fügte hinzu, dass es ein schrecklicher Gedanke sei, mit der Gefahr zu leben, dass der Täter möglicherweise noch unter ihnen weilte. „Sie glauben gar nicht, was ich gerade jetzt darum geben würde, wieder laufen zu können. Ich fühle mich komplett wehrlos in diesem Mistding hier.“ Wütend hieb er mit der Hand auf die Armlehne.

Alois versuchte ihn zu beruhigen. „Sie haben doch gar nichts mit der Sache zu tun. Ich glaube kaum, dass Ihnen Gefahr droht. Da Brinkschulte aber nichts von all dem wusste, was Potthast Alois erzählt hatte, blieb für ihn nur große Ungewissheit. Alois hielt sich strikt an Potthasts Bitte, so wenig Informationen wie möglich weiterzugeben. Nur für die Kriminalpolizei, Renate und Alois lagen alle bislang bekannten Puzzleteile sichtbar auf dem Tisch. Angefangen von den Spuren am Tatort zwischen den Moorteichen bis hin zu verdächtigen Beobachtungen.

Doch es war Brinkschulte, der eine neue Komponente zu dem Fall beisteuerte. Er erzählte Alois, der ihn im Rollstuhl bergan schob, dass er öfter spät abends und teilweise nachts, diesen Klaus Hauschild habe herumschleichen sehen. Hauschild wohne ja mit ihm zusammen im Erdgeschoss, doch sei es auffällig gewesen, dass er ab und zu mit dem Fahrstuhl von oben gekommen sei. Also musste er in einem der drei Obergeschosse gewesen sein.

Brinkschulte hatte ihn nicht gefragt, was er dort gemacht hatte. „So was geht einen ja normalerweise nichts an, oder?" Aber jetzt, nachdem Herta Feilenbach ermordet worden war, kam ihm die Sache doch äußerst verdächtig vor.

Alois hörte sich alles an, zuckte mit den Schultern und enthielt sich jeden Kommentars. Interessant klang es allemal. Ob Hauschild Wurms ehemaliger Komplize war? Auf jeden Fall würde er ihn im Auge behalten. Und was war mit Hertas Behauptung im Speisesaal, an dem Tag, an dem Renate Scheidemanns beziehungsweise Wurms Leiche gefunden hatte? Alois erinnerte sich deutlich an ihre Worte: „Die Herren könnten sich zum Beispiel dafür interessieren, warum eine gewisse Person des Nachts auf dem Flur der vierten Etage herumschleicht." Außerdem musste er auch wieder an Hauschilds Blick denken. Wenn es da nicht mal tatsächlich einen Zusammenhang gab.

Als er sich nach dem Mittagessen, an dessen Kargheit er sich mittlerweile gewöhnt hatte, auf sein Bett legte, dachte er noch einmal über alles nach. Allmählich schoben sich einige Puzzleteilchen zusammen. Über diese anstrengenden Überlegungen war er eingeschlafen.

Erschreckt fuhr Alois zusammen und öffnete die Augen. Wieso saß er jetzt in einem Auto? Ach ja, das hatte er gerade alles im Traum noch mal erlebt. Er musste wohl während der Fahrt eingenickt sein.

„Hallo Schlafmütze. Hier links geht es zu den Externsteinen“, wies ihn Renate auf ein Schild hin. Alois fand den Namen *Felsenwirt* allerdings wesentlich interessanter.

„Wenn’s hier bei euch Externsteine gibt, gibt’s dann auch *Internsteine*?“, fragte er schmunzelnd, erntete aber von Renate für diesen Kalauer nur einen grimmigen Blick.

Der Mercedes schnurrte wie eine Raubkatze, und schon bald hatten sie den Ort Holzhausen passiert. Renate folgte der Straße, und vor ihnen öffnete sich die Landschaft. Weite Felder zu beiden Seiten, junge Alleebäume und Wald so weit das Auge reichte.

Renate deutete nach links. Als Alois dorthin sah, bemerkte er in weiterer Entfernung einen kleinen Gegenstand, der über die Baumwipfel hinausragte. Sofort fiel ihm das Bild mit dem Fliegenschiss in Prof. Berghammers Sprechzimmer wieder ein.

„Ist das dieser Hermann?“, wollte er von Renate wissen.

Sie nickte anerkennend. „Anscheinend hast du im Geschichts- oder Geografieunterricht gut aufgepasst. Ganz genau. Das dort oben ist nicht nur das Hermannsdenkmal, sondern auch das Ziel unseres kleinen Ausfluges.“

Alois kniff die Augen zusammen, um besser sehen zu können. So riesig schien dieses Denkmal ja nicht zu sein, und er wunderte sich, warum hier alle Welt so ein Brimborium darum machte.

Nach einiger Zeit kamen sie in eine Ortschaft namens Heiligenkirchen. Ein Ortsname, der auch gut nach Bayern passen würde, wie Alois fand. Renate bog rechts ab, und Alois merkte, dass es jetzt in Richtung Detmold ging. Von nun an sah er öfter Schilder, die auf das Hermannsdenkmal hinwiesen.

Irgendwo ging es links ab und eine breite Straße hinauf. Wieder waren sie mitten in einem Ortskern und mussten vor einer roten Ampel anhalten. Alois blickte nach links und schaute genau in einen gemütlichen Biergarten, in dem eine junge Kellnerin gerade dabei war, ein Tablett voller Weizenbiergläser zu einem Tisch zu tragen. Alois lief das Wasser im Munde zusammen. „Hier könnten wir doch gut mal eine kurze Pause einlegen, oder?“ Dabei tippte er Renate auf die Schulter und deutete auf den Biergarten.

Renate schüttelte den Kopf. „Erst machen wir mal in Kultur. Hier können wir auf dem Rückweg einkehren“, entschied sie. Brummig musste Alois miterleben, wie sie an dem zum Biergarten gehörenden *Bistro Knispel* links abbog, gerade als ein Mann in weißer Kochkleidung mit mehreren Tellern voller Schnitzel in Richtung Biergarten eilte.

Genau in diesem Moment hätte sich Alois einen Fahrschulwagen mit zweitem Bremspedal gewünscht. Doch seine Chauffeurin war unerbittlich und fuhr weiter in Richtung Hermannsdenkmal. Nach einer scharfen Linkskurve ging es nun stetig bergauf, und nach einigen Minuten erreichten sie den Parkplatz am Denkmal.

Renate parkte den Mercedes im Schatten eines großen Reisebusses, stieg aus und angelte ihren Fotoapparat vom Rücksitz. Dann hakte sie sich bei Alois unter und zog ihn in Richtung Denkmal. Mit sehnsüchtigem Blick betrachtete Alois sowohl den Kiosk als auch die Hinweisschilder der gegenüberliegenden Gaststätte. Doch wieder gab es keine Kalorien, sondern Kultur. Ununterbrochen erzählte Renate alles, was sie über den Bau des Denkmals wusste, erläuterte den Kletterpark und blieb dann an der Stelle stehen, an der man das Denkmal zum ersten Mal in seiner vollen Größe sehen konnte.

Alois staunte nicht schlecht. Von hier aus wirkte es doch recht gewaltig. Der ehemalige Cheruskerfürst zeigte ihnen zwar noch seine Rückseite, doch Alois musste bereits den Kopf in den Nacken legen, um bis zur Schwertspitze hinaufsehen zu können.

Renate zog ihn weiter mit sich, erzählte etwas über die schwarze Holzhütte, die rechts vom Weg lag und die man »Bandelhütte« nannte. Alois erfuhr, dass hier der Erbauer des Denkmals, Erich von Bandel, während der Arbeiten gewohnt hatte.

Immer noch eingehakt spazierte Alois neben Renate auf das Denkmal zu. Die beiden umrundeten es, und Renate bestand darauf, Alois am Fuße des Denkmals zu fotografieren. So könnte er zu Hause beweisen, dass er hier gewesen war. Einen anderen Besucher bat Renate, mit ihrer Kamera Bilder von ihnen beiden zu machen.

Alois graute es schon bei dem Gedanken, was seine Mama wohl zu diesen Bildern sagen würde. Aber die war ja zum Glück weit weg. Alois beschloss, sich davon nicht die gute Laune verderben zu lassen.

Er setzte sich auf eine der steinernen Bänke, streckte die Beine von sich, faltete die Hände hinter dem Kopf und genoss die warme Sonne. Mit geschlossenen Augen lauschte er den Gesprächen der anderen Besucher und öffnete die Augen erst wieder, als ihm Renate mit zwei Eintrittskarten vor der Nase herumwedelte.

Noch vor einer Woche hätte Alois sich strikt geweigert, auch nur die paar Stufen bis zum Denkmalseingang hinaufzusteigen, heute war er sogar bereit, die vielen Stufen bis zur Besucherplattform in Angriff zu nehmen. War das schon ein Erfolg der Kur?

Er konnte sich auch des Eindruckes nicht erwehren, dass seine neue Hose schon ein wenig rutschte. Als er sie Anfang der Woche mit Renate in Bad Driburg gekauft hatte, hatte sie noch gesessen wie angegossen. Jetzt musste er sie des Öfteren schon mal wieder hochziehen.

Als die beiden Kurgäste auf die Besucherplattform hinaustraten, öffnete sich vor ihnen ein fantastischer Ausblick auf das Land des Hermann.

Kapitel 31

Eine halbe Stunde später und um einige wunderschöne Erinnerungen reicher, traten Alois und Renate den Heimweg an. Es dauerte einen Augenblick, bis sie Renates Mercedes wiederfanden, denn der Reisebus, an dem sie sich orientierten, hatte den Parkplatz bereits verlassen.

Am Wagen angekommen ließ Renate ihren Schlüsselbund am Zeigefinger schaukeln. „Wie wäre es? Möchtest du nicht mal fahren?“ Auffordernd sah sie Alois an.

Dieser war von dem Angebot völlig überrascht, doch er nahm dankend an. Wann hatte man schon mal die Gelegenheit, in so schöner Landschaft einen so schönen Wagen zu fahren?

Alois klemmte sich hinter das Lenkrad und rangierte vorsichtig rückwärts. Als sich Renate auf dem Beifahrersitz niedergelassen hatte, fuhr er Richtung Ausfahrt und bog dann links ab, denn das war auch der Weg zu dem netten, kleinen Biergarten, den er auf dem Hinweg gesehen hatte.

Alois ließ den Mercedes den Berg hinabrollen. Der Fahrtwind wehte ihm um die Nase, und er freute sich bereits auf die schöne, kurvenreiche Strecke. Doch seine Freude verflog schnell, als er auf das Bremspedal trat. Es ließ sich ohne Wirkung und Widerstand bis zum Bodenblech durchtreten. Wieso ging denn plötzlich die Bremse nicht?

Auch Renate bemerkte, dass mit dem Wagen irgendetwas nicht in Ordnung war. Hektisch trat Alois immer wieder das Bremspedal durch, doch ebenso gut hätte er versuchen können, den Wagen mit reiner Willenskraft anzuhalten.

Der Mercedes wurde immer schneller. Alois überlegte fieberhaft, wie er den Wagen stoppen konnte. Vielleicht würde es ja gehen, wenn er einen kleineren Gang einlegte, doch Alois war sich nicht sicher, was passieren würde, wenn er auskuppelte. Würde er überhaupt einen kleineren Gang einlegen können? Im selben Moment fiel ihm die Feststellbremse ein. Vielleicht konnte er damit die Geschwindigkeit des Fahrzeuges etwas abbremsen. Beherzt trat Alois auf das Pedal der Festellbremse. Doch die erwünschte Wirkung blieb aus, der Wagen wurde nur ein wenig langsamer und driftete mit quietschenden Reifen durch die Kurven. Alois blieb fast das Herz stehen, als sie einige besonders dicke Bäume extrem eng passierten.

„Ach du lieber Himmel, ich habe ganz vergessen, dass die Feststellbremse unbedingt eingestellt werden müsste“, erinnerte sich Renate erschrocken, nachdem sie Alois Bremsmanöver bemerkt hatte.

Dieser schnaufte verächtlich. Er musste sich jetzt vor allem darauf konzentrieren, den Wagen auf der Straße zu halten. Aber auf Dauer war das nicht zu schaffen, irgendwann würden sie so schnell sein, dass es sie aus einer Kurve trug. Alois verfluchte die kurvenreiche Strecke.

Als sie mit viel Glück die nächste Kurve hinter sich gebracht hatten, tauchte vor ihnen der Reisebus auf, neben dem sie am Denkmal geparkt hatten. Alois überlegte nicht lange, sondern hielt auf das Heck des Busses zu. Er wies Renate an, das Lenkrad mit festzuhalten, während er die Feststellbremse noch mal löste und sie dann mit aller Kraft bis zum Bodenblech durchtrat. Der Wagen wurde ein klein wenig mehr abgebremst, näherte sich aber immer schneller dem Heck des Busses. Alois konzentrierte sich wieder auf das Lenkrad.

Durch die Feststellbremse verringerte sich die Geschwindigkeit des Mercedes immerhin so weit, dass der Wagen nicht mit voller Wucht auf das Heck des Busses auffuhr. Kaum war es zum Aufprall gekommen, drückte Alois anhaltend auf die Hupe.

Der Fahrer des Reisebusses und die Insassen mussten den Anstoß durch den Mercedes mitbekommen haben, außerdem verfolgte sie ein dauerhaftes Hupen. Im Heckfenster des Busses waren die verängstigten Gesichter einiger Senioren zu erkennen. Der Busfahrer blickte in den Rückspiegel und bemerkte den Wagen, der etwas seitlich versetzt dicht hinter ihm folgte. Da war ihm dieser Trottel doch tatsächlich ins Heck gerauscht und klebte jetzt an seinem Bus. Warum bremste dieser Trottel nicht?

Wütend schaltete der Fahrer die Warnblinkanlage ein und bremste den Bus ab. Dabei ließ er den Mercedes hinter sich nicht aus den Augen.

Nach endlos erscheinenden Sekunden kam der Bus endlich auf einer langen, relativ geraden Strecke zum Stehen. Alois atmete erleichtert aus und blickte dann zu Renate hinüber, die kreidebleich und zitternd auf dem Beifahrersitz kauerte.

Zischend öffnete sich die Tür des Busses, und der Fahrer sprang heraus. Mit energischen Schritten kam er zum Wagen und wollte sofort anfangen zu schimpfen. Doch Alois, der bereits erstaunlich behände ausgestiegen war, kam auf ihn zu und umarmte ihn wortlos. Verdutzt ließ es der Fahrer geschehen.

„Guter Mann, vermutlich haben Sie uns soeben das Leben gerettet!" Mit verblüffter Miene lauschte der Busfahrer den Schilderungen über die versagende Bremse. Auch Renate war ausgestiegen und stand nun mit weichen Knien neben ihrem Wagen. Mittlerweile waren sie von den Insassen des Busses umringt, die alle wissen wollten, was denn nun eigentlich los war.

„Ich habe mich auch schon gewundert, was der Mann an Ihrem Wagen gemacht hat."

Als Alois den Busfahrer fragend ansah, erklärte dieser, dass er einen Mann beobachtet habe, der neben dem Mercedes in die Hocke gegangen war. Der Busfahrer hatte vermutet, dass der Mann etwas verloren hatte und unter dem Wagen danach suchte. Als sich der Mann kurze Zeit später wieder aufrichtete und wegging, hatte er den Eindruck, dass der Mann fündig geworden war.

Ein jüngerer Insasse des Busses, der die ganze Geschichte mit angehört hatte, ging neben dem Wagen auf die Knie und schaute darunter. Kurze Zeit später richtete er sich wieder auf und hielt Alois und dem Busfahrer seine Finger unter die Nase. Diese glänzten feucht. „Das ist Bremsflüssigkeit", erklärte er. „Mit so was kenne ich mich aus, ich habe gerade meine Lehre als Kfz-Mechaniker abgeschlossen."

Wieder ging er auf Tauchstation, diesmal kroch er fast komplett unter den Wagen. Anscheinend war er voll in seinem Element. Als er sich diesmal erhob, wirkte er aber geschockt. „Ich vermute mal, es gibt Menschen, die Sie nicht leiden können. Man hat Ihnen nämlich die Bremsleitung durchgeschnitten."

Alois musste Renate festhalten, die nach dieser Eröffnung fast ohnmächtig wurde. Was für eine Sauerei! Alois' Gehirn begann fieberhaft zu arbeiten. Wer wusste, dass sie zum Hermannsdenkmal fahren wollten? Eigentlich jeder, denn Renate hatte beim Frühstück in der Klinik davon erzählt.

War ihnen also tatsächlich jemand gefolgt und hatte versucht, sie aus dem Weg zu räumen? Die Aktion musste relativ spontan erfolgt sein. Hätte Renate den Wagen nicht etwas abseits und neben dem Bus geparkt, wäre die Manipulation wohl kaum möglich gewesen. Wer also war ihnen gefolgt?

„Können Sie den Mann beschreiben, den Sie am Wagen gesehen haben?", fragte Alois den Busfahrer.

Dieser schüttelte den Kopf. „Ich habe nur flüchtig hingesehen, ein ganz normaler Mann, komplett hell gekleidet. Und dunkle Haare hatte er." Bedauernd, nicht mehr sagen zu können, zuckte der Busfahrer mit den Schultern.

Diese Beschreibung konnte auf jeden passen, dachte Alois. So würden sie nicht weiterkommen. Doch jetzt galt es zunächst, den Wagen wieder flott zu bekommen.

Nach kurzer Beratung einigte man sich darauf, den Bus weiterhin als Bremse zu benutzen und den Mercedes so am

Wegrollen zu hindern. An eine Weiterfahrt war nicht zu denken. Kurze Zeit später traf die angerufene Polizei ein und begann den Vorfall zu Protokoll zu nehmen. Die Beamten staunten nicht schlecht, als sie erfuhren, dass es sich hier vermutlich nicht um einen Verkehrsunfall, sondern um einen Mordanschlag gehandelt hatte.

Sorgsam nahmen sie alle Personalien auf und erklärten, dass der Mercedes sichergestellt werden müsste.

Zur Klärung des Sachverhaltes wäre eine technische Untersuchung dringend notwendig. Über Funk forderten sie ein Sicherstellungsunternehmen an, welches den Mercedes abtransportieren sollte.

Als Renate fragte, wie sie denn nun zurück nach Bad Driburg kommen sollten, unterbrach der Beamte für einen kurzen Moment das Gespräch. „Sind Sie Mitglied in irgendeinem Automobilclub?“, wollte er wissen.

Renate kramte in ihrer Handtasche und hielt ihm eine Mitgliedskarte hin.

„Prima“, erklärte der Beamte, „unser Sichersteller arbeitet auch für diesen Verein, der kann Ihnen gleich einen Leihwagen mitbringen.“

Als der Beamte der Leitstelle erklären wollte, wo sie sich befanden, winkte Alois hektisch ab. „Sagen Sie denen, dass wir uns im Biergarten von diesem kleinen Bistro befinden. Dort sollen sie uns abholen. Ich muss auf den Schreck erst mal was trinken.“ Zusammen schob man den Mercedes an den Straßenrand. Die Beamten versprachen, auf den Sichersteller zu warten.

Nachdem alle Formalitäten geklärt waren, stiegen Alois und Renate mit in den Bus und ließen sich am *Bistro Knispel* absetzen. Alois steuerte schnurstracks auf den Biergarten zu und ließ sich erschöpft an einem freien Tisch nieder.

Kaum dass Renate neben ihm Platz genommen hatte, stand der Wirt neben ihnen und fragte nach ihren Getränkewünschen.

Renate bestellte ein Wasser, doch Alois orderte sofort ein großes Weizenbier und zwei Schnäpse.

„Was gibt es denn hier in der Region für einen Schnaps?“, fragte er den Wirt neugierig.

„Ich vermute, dass Sie das erste Mal bei uns in Lippe sind, oder?“ Der Wirt lächelte ihn an. „Sonst wüssten Sie, dass hier Wacholder das Lebenselixier ist.“

Alois nickte zustimmend. „Dann also ein Weißbier, ein Wasser und zweimal Lebenselixier.“

Als sich der Wirt in Richtung Theke entfernt hatte, tätschelte Alois Renates Arm. Die war immer noch kreidebleich.

„Jetzt gibt es erst mal einen Schnaps, damit die Lebensgeister wieder in Schwung kommen“, ordnete Alois an. Renate nickte schweigend.

Als der Wirt mit den Getränken am Tisch erschien, schob Alois ihr ein Glas zu, und sie stießen an.

„Heute haben wir einen besonderen Grund zu trinken. Herzlichen Glückwunsch zum zweiten Geburtstag.“

Einen Moment lang blickte Renate zögerlich auf das kleine Glas in ihrer Hand, doch dann schüttete sie den Wacholder in einem Zug hinunter.

„Happy Birthday!“ Aber schon in derselben Sekunde trieb ihr der »Sennewhiskey« die Tränen in die Augen.

Kapitel 32

Bei der Rückfahrt im Leihwagen saß Renate wieder am Steuer. Alois hatte ihr versichert, dass sie nach einem Schnaps und zwei Wassern durchaus noch in der Lage war, Auto zu fahren. Nach drei Wacholder und zwei Weißbieren sah es bei ihm schon anders aus. Alois glaubte sogar, einen kleinen Rausch bei sich festzustellen. Vermutlich war er durch die Kur schon zu entwöhnt. Er hatte auch den Eindruck, dass das Weizenbier hier anders schmeckte als in Bad Driburg, obwohl es aus derselben Brauerei stammte. Möglicherweise lag es daran, dass er so unter Stress stand.

Die beiden sprachen nur wenig über den Vorfall. Renate war immer noch sichtlich mitgenommen. Beide konnten sich nicht erklären, warum man ihnen nach dem Leben trachtete. Während Renate sich auf das Autofahren konzentrierte, sah Alois aus dem Fenster und dachte nach.

Sollte es der Mörder Wurms und Feilenbachs gewesen sein, der hinter diesem Anschlag steckte? Aber warum hatte er es dann auf ihn oder auf Renate abgesehen? Oder vielleicht auf beide?

Alois wusste keinen Grund, warum der Mörder ihn aus dem Weg schaffen sollte. Der einzige Grund, der ihm einfiel, saß neben ihm und lenkte den Leihwagen. Der Mörder hatte vermutlich Renate auf dem Kieker. Möglicherweise hatte er mitbekommen, wie Herta Feilenbach mit ihr gesprochen hatte und vermutete nun, dass sie Renate etwas erzählt haben könnte.

Wäre dabei ein Name gefallen, hätte sich Renate sofort an die Polizei gewandt. In diesem Falle hätte der Täter auch panikartig die Biege machen müssen. Doch niemand war abgereist oder fehlte. Also mussten es irgendwelche Informationen sein, die früher oder später dafür sorgen würden, dass man ihm auf die Schliche kam. Also wollte er Renate als potentielle Gefahr ausschalten. Und er, Alois, hatte unglücklicherweise mit im Wagen gesessen. Wären sie tödlich verunglückt, hätte es vermutlich wie ein normaler Autounfall ausgesehen. Alois zermarterte sich das Hirn über den Täter.

Alois war immer noch in seine Überlegungen vertieft, als sie die *St. Urbanus Klinik* erreichten. Renate verabschiedete sich schnell, sie wollte nur noch ins Bett.

Alois wurde ganz warm ums Herz, als sie ihre Arme um ihn schlang und ihn fest an sich drückte. „Vielen Dank, dass du mir das Leben gerettet hast!"

Er errötete und schüttelte abwehrend den Kopf. „Ist schon recht, ich hab ja selber mit im Wagen gesessen", versuchte er die Sache herunterzuspielen. „Jetzt geh halt ins Bett und versuche ein wenig zu schlafen."

Renate stieg gerade in den Richtung Fahrstuhl, als Hugo Brinkschulte mit seinem Rollstuhl aus dem Speisesaal kam. „Na, und wie war's beim ollen Hermann?", wollte er von Alois wissen.

„Von dem habe ich die Nase gestrichen voll", versicherte Alois und machte eine wegwerfende Handbewegung.

„Na na, so schlimm ist es drüben in Lippe ja nun doch nicht, oder?", beschwichtigte Brinkschulte.

Alois wies auf die Sitzgruppe im Foyer. Dort ließ er sich in einen weichen Sessel fallen und schilderte Brinkschulte die Vorfälle. Dieser hörte Alois erschreckt zu.

„Mein Gott, was hätte da alles passieren können?", kommentierte er die Erlebnisse der beiden.

Alois nickte zustimmend. „Hat sich denn hier in der Zwischenzeit irgendetwas ereignet?"

Brinkschulte dachte kurz nach. „Nein, es war sehr ruhig, aber …"

Alois horchte auf. „Was, aber?"

Der Rollstuhlfahrer kratzte sich am Kinn. „Dieser Hauschild, der kam hier, kurz bevor ihr zurückgekommen seid, vollkommen aufgeregt reingelaufen."

„Und weiter?“, wollte Alois wissen.

Brinkschulte überlegte eine Sekunde. „Ich habe mich noch gewundert, denn als er an mir vorbeikam, murmelte er vor sich hin. Er sagte etwas in der Art, dass diese Sache ein für alle Mal erledigt sei und er jetzt Ruhe habe.“

Als Alois das hörte, kam ihm die Beschreibung des Busfahrers wieder in den Sinn. „Wissen Sie noch, was er angehabt hat?“ wollte er von Brinkschulte wissen.

„Warten Sie mal, eine helle Hose und ein weißes Hemd. Er läuft doch meistens so hell gekleidet herum.“

Ha! Das war’s! Genauso hatte der Busfahrer den verdächtigen Mann beschrieben. Von dunklen Haaren hatte er gesprochen, da war sich Alois sicher. Und der Hauschild, der hatte dunkle Haare. Empört sprang Alois auf. Brinkschulte sah erstaunt zu ihm hoch.

„Na warte, Bürschchen! Jetzt werde ich dir mal die Leviten lesen!“ Ohne Brinkschulte weiter zu beachten, stürmte Alois zur Tür. Er verschwendete keinen Gedanken daran, dass er besser die Polizei rufen sollte. Für ihn war Hauschild plötzlich ein rotes Tuch – und er der Stier.

„Wo wollen Sie denn hin?“, rief ihm Brinkschulte noch nach, doch da schloss sich bereits die Flurtür hinter dem aufgebrachten Bayern.

Wutentbrannt stürmte Alois den Flur entlang. Im selben Moment fiel ihm ein, dass er gar nicht wusste, in welchem Zimmer Hauschild eigentlich wohnte. Verflixt und zugenäht! Er wollte gerade zurück ins Foyer, um sich nach der Zimmernummer zu erkundigen, als er plötzlich stutzte. Waren das nicht Schreie gewesen? Alois blieb stehen und lauschte. Da, wieder!

Das waren eindeutig die spitzen und hellen Schreie einer Frau. Sollte dieser Verbrecher etwa schon wieder ...?

Alois lauschte in die Runde. Wieder diese Schreie, und sie kamen eindeutig aus Zimmer 146. Der aufgebrachte Bayer zögerte kurz. Wie sollte er weiter vorgehen?

Es blieb keine Zeit, Hilfe zu holen. Die Schreie klangen immer schrecklicher. Hier musste sofort gehandelt werden.

Alois war sich bewusst, dass er unbewaffnet war, doch er wähnte den Überraschungseffekt auf seiner Seite. Dieser Hauschild wusste nicht, dass er ihm dicht auf den Fersen war. Mit großer Mühe unterdrückte Alois das Zittern seiner Hände und drückte vorsichtig die Klinke herunter, um zu überprüfen, ob die Zimmertür verschlossen war.

Verdammt, sie war abgeschlossen! So ein Saukerl, fluchte Alois. Dann jedoch trat er bis an die gegenüberliegende Wand zurück, nahm all seinen Mut zusammen und rammte wie ein Stier die Tür.

Mit einem lauten Krachen flog sie auf, und Alois stolperte ins Zimmer. Nur mit Mühe konnte er einen Sturz verhindern und sah sich augenblicklich Täter und Opfer gegenüber. Das Opfer lag splitterfasernackt rücklings auf dem Bett, der Täter ebenso unbekleidet auf ihm.

Was die beiden hier trieben, war kein Kampf auf Leben und Tod, sondern eher das Gegenteil, das konnte selbst Alois unschwer erkennen.

„Kruzifix!“, fluchte er. „Und ich Depp habe gedacht, er legt sie um. Dabei legt er sie nur flach!“

Kapitel 33

Nachdem sich alle vom ersten Schreck erholt hatten, erklärte Alois den beiden Turteltauben, Klaus Hauschild und Heike Rogalla, warum er sie so überfallen hatte. Beide lauschten geschockt Alois' Erklärungen. Als er erzählte, warum er Hauschild für den Täter gehalten hatte, musste dieser trotz aller Anspannung lachen. „Oh je, das haben Sie in den falschen Hals bekommen. Ich meinte, dass ich privat *klar Schiff* gemacht hatte. Meine Frau kam heute auf Besuch und ich habe ihr gestanden, dass ich mit Heike fremdgegangen bin.“ Bestätigend nickte seine neue Herzensdame.

„Als meine Frau das erfuhr, ist sie wutentbrannt abgerauscht. Aber ich war froh, dass es nun endlich raus war. Ich werde mich scheiden lassen, das meinte ich damit.“

Auch Alois musste lachen, als er Hauschilds Erklärungen hörte. Dann fiel ihm etwas ein. „Also, es geht mich ja nichts an, aber wie lange geht die Sache zwischen euch beiden denn schon?“

Heike Rogalla kicherte. „Es war Liebe auf den ersten Blick. Wir haben uns bereits am ersten Tag ineinander verknallt.“ Zärtlich blickt sie ihren Galan an.

Dieser erwiderte ihren Blick ebenso verliebt. „Stimmt, wir haben uns abwechselnd in ihrem oder hier in meinem Zimmer getroffen.“

Alois legte den Kopf schief und blickte Heike Rogalla nachdenklich an. „Sag mal, Madl, wohnst du nicht auch in der vierten Etage?“

„Ja genau, auf 434, zwei Zimmer neben Ihnen. Und schräg gegenüber von der neugierigen Alten.“

Alois schaute sie fragend an. „Welche neugierige Alte?“, wollte er wissen.

„Oh Verzeihung, man soll ja von Toten nicht schlecht sprechen. Ich meinte die Feilenbach. Die hat was spitzgekriegt und uns immer hinterherspioniert.“

Hauschild spielte verlegen mit seinen Fingern. „Ich konnte sie noch nie leiden und sie mich vermutlich auch nicht. Aber sie war letztendlich der Grund, warum ich es meiner Frau gebeichtet habe. Es wäre sowieso irgendwann rausgekommen und da war es besser, dass ich es ihr gesagt habe. Die Feilenbach hat ja die ganze Zeit schon so komische Anspielungen gemacht."

Genau, Alois erinnerte sich wieder an ihren Ausspruch im Speisesaal. Dort hatte sie davon gesprochen, dass es die Polizei interessieren könnte, dass nachts jemand in der vierten Etage herumgeschlichen war, der dort nichts zu suchen hatte.

Damit war also Hauschild gemeint gewesen, und Alois erinnerte sich auch noch genau an den bösen Blick, den er ihr daraufhin zugeworfen hatte. So also klärte sich diese Sache auf. Was aber bedeutete, dass er bei der Suche nach dem Mörder wieder von vorne anfangen musste.

Hertas Beobachtungen gingen ihm noch einmal durch den Kopf. Also musste die kleine Rentnerin zwei Personen beobachtet haben. Hauschild und den Mörder. Grübelnd stand Alois auf und verließ das Zimmer. Die Frage Hauschilds, was sie denn nun mit der aufgebrochenen Tür machen sollten, hörte Alois bereits nicht mehr. Tief in Gedanken versunken trottete er den Flur entlang.

***

Heute war wirklich nicht sein Tag. Erst der Anschlag bei der Rückfahrt vom Hermannsdenkmal, dann dieser peinliche Zwischenfall mit Hauschild und Rogalla. Wenn er nicht noch mehr Schaden anrichten wollte, wäre es wohl besser, ins Bett zu gehen, vermutete Alois.

In seinem Zimmer angekommen, legte er sich angezogen hin und war kurze Zeit später eingeschlafen. Als er wieder aufwachte, quälten ihn starke Kopfschmerzen. Wie lange er geschlafen hatte, konnte er nicht sagen. Er war noch recht benommen, als er die Beine aus dem Bett schwang, sich die müden Augen rieb und nach dem Schalter der Nachttischlampe tastete.

Irgendetwas hatte ihn geweckt, er wusste bloß nicht was. Er musste gerade an die Schreie von Heike Rogalla denken, als ihn das Gefühl überkam, er würde sie wieder hören. Waren seine Nerven schon so überreizt? Alois stand auf und wollte sich ein Glas Wasser holen, als er plötzlich stutzte.

Sapperlot, da schrie ja wirklich jemand. Und da er seit heute um eine akustische Erfahrung reicher war, wusste er, dass es diesmal nicht um Sex ging. Da schrie jemand in größter Not. Im selben Moment wurde ihm klar, dass die Schreie aus Renates Zimmer kamen.

Wie von der Tarantel gestochen raste er zur Tür, riss sie auf und hämmerte Sekunden später gegen Renates geschlossene Zimmertür. Im selben Moment hörten die Schreie und ein sie begleitendes Poltern auf.

Bin ich blöd? Wieso klopfe ich hier noch gegen die Tür?, fragte er sich und drückte die Klinke herunter. Erstaunlicherweise war die Tür nicht abgeschlossen und schwang auf.

Mit einer Sauwut im Bauch stürmte Alois in den Raum. Sofort erkannte er, dass hier ein Kampf stattgefunden hatte. Hinter dem Bett sah er Renates Beine hervorragen. Alois machte zwei Schritte nach vorne und musste wortwörtlich mit einem Schlag zur Kenntnis nehmen, dass sich der Angreifer noch im Zimmer befand.

Dieser hieb dem Bayern eine gläserne Wasserflasche über den Kopf. Der Schlag hätte so manch anderen Schädel zertrümmert, doch der Angreifer hatte nicht mit Alois süddeutschen Dickschädel gerechnet. Um so einen Holzkopf einzuschlagen, brauchte man schon mehr als eine lächerliche Flasche.

Nach dem Schlag taumelte Alois zwei Schritte nach vorn und schüttelte sich wie ein angezählter Boxer. Dann fuhr er herum und sah gerade noch, wie eine maskierte Person aus dem Raum stürmte. Im gleichen Moment richtete sich Renate hinter dem Bett auf. Ihre Unterlippe blutete und ihr linkes Auge war geschwollen.

Gott sei Dank, dachte Alois, sie lebt.

Renate stöhnte kurz auf und sah Alois dankbar an. Doch dann begann sie auch schon zu schreien. „Los, mach schon, hinterher! Lass diesen Verbrecher nicht entkommen!"

Alois erwachte aus seiner Starre und machte auf dem Absatz kehrt. Recht hatte sie!

Auf dem Flur sah Alois gerade noch, wie die Person ins Treppenhaus verschwand. Wie ein wilder Stier stürmte Alois den Flur entlang. Er riss die Tür zum Treppenhaus auf und hörte wie sein Widersacher hinunter polterte.

Zwei Stufen auf einmal nehmend sauste Alois hinterher. Dritte Etage und weiter runter. Immer noch hörte er Geräusche auf der Treppe. Er passierte die zweite Etage und warf einen hastigen Blick über das Geländer. Der Bursche war immer noch vor ihm. Als Alois das erste Stockwerk erreichte, wusste er, wohin sein Gegenspieler verschwunden war. Gerade sah er noch die zufallende Erdgeschosstür. Schnaufend erreichte er sie und riss sie auf. Einen Schritt später stand er im Flur und blickte nach rechts und links. Wo war der Kerl hin? Die Beleuchtung war ausgeschaltet, man konnte kaum etwas erkennen.

Plötzlich vernahm er links ein leises Geräusch. Das musste er sein! Voller Tatendrang warf sich Alois herum und spurtete den Gang entlang.

Am Ende konnte er eine Glastür erkennen, über der sich ein beleuchtetes, grünes Schild befand, welches sie als Notausgang kennzeichnete. Garantiert hatte dieser Saubär das Gebäude durch diese Tür verlassen.

Ganz auf die Glastür konzentriert, übersah Alois, dass mitten im Flur etwas auf dem Boden lag. Mit voller Wucht rammte er dagegen, schlug sich sein Schienbein auf und lag einen Augenblick später auch schon auf dem Boden. Er stürzte auf etwas Weiches, das aufstöhnte.

Alois erkannte, dass er auf einem menschlichen Körper lag. Sollte das der Täter sein? Oder war der über den gleichen Gegenstand gestolpert wie er? Mühsam kam er auf die Knie, tastete herum und bekam einen Arm zu fassen. Doch dieser lag schlapp auf dem Boden.

Alois blickte nach oben und bemerkte einen Lichtschalter. Mit der freien Hand hieb er darauf, und augenblicklich sprangen die Neonröhren an. Nach einem kurzen Flackern war der gesamte Klinikflur taghell erleuchtet.

Das Erste, was Alois sah, war ein umgestürzter Rollstuhl. Daneben lag sein Eigentümer, Hugo Brinkschulte. Es war dessen Arm gewesen, den Alois zu fassen bekommen hatte.

In diesem Moment stöhnte Brinkschulte und schlug die Augen auf. „Oh Mann, was ist denn hier passiert?“ fragte er noch vollkommen benommen.

Alois erhob sich schnaufend und antwortete mit einer Gegenfrage. „Was machen Sie denn hier auf dem Fußboden?“

Brinkschulte tastete seinen Kopf ab und stöhnte. „Ich habe lange ferngesehen und mir dann überlegt, dass ich mir noch ein paar Zeitschriften aus dem Foyer holen könnte. Ich fuhr gerade in den Flur und wollte das Licht einschalten, als ich auch schon umgerannt wurde. Irgendjemand ist mit mir zusammengeprallt. Dabei bin ich umgekippt und muss aus dem Rollstuhl gefallen sein.“

Alois stützte sich schnaufend an der Wand ab. „Haben Sie denn wenigstens gesehen, wer Sie umgerannt hat?“

Brinkschulte schüttelte den Kopf. „Nein, es war ja noch dunkel auf dem Flur. Und bei dem Sturz muss ich wohl mit den Kopf gegen die Wand geknallt sein, denn ich war für einen Moment völlig weg.“

„So ein verdammtes Pech!“ fluchte Alois und schlug mit der Faust in die Hand. „Ich war so nah dran.“

Brinkschulte hatte sich mühsam auf den Rücken gedreht. „Ach, seien Sie doch bitte so gut, mir wieder in den Rollstuhl zu helfen."

„Entschuldigen Sie." Alois eilte hinzu und stellte den umgestürzten Rollstuhl wieder auf die Räder. Dann ergriff er Brinkschulte unter den Achseln, hob ihn hoch und setzte ihn wieder in sein Gefährt.

„Haben Sie vielen Dank, aber sagen Sie mir, wen haben Sie denn da eigentlich verfolgt?"

Alois lehnte sich gegen die Wand. „Irgendwer hat Renate überfallen. Ich bin dazwischengekommen, hab eins über den Schädel bekommen und ihn dann verfolgt."

Brinkschulte überprüfte, ob sich die Räder seines Rollstuhls noch drehten.

„Nach dem Zusammenprall hörte ich nur noch, wie eine Tür ins Schloss fiel. Ich vermute, es war diese da." Dabei deutete er auf die Tür am Ende des Gangs.

Alois begab sich zur Tür und drückte die Klinke hinunter. „Sie ist tatsächlich offen", verkündete er.

„Muss sie doch auch sein, schließlich ist es ja ein Notausgang", gab Brinkschulte zu bedenken.

Alois trat nach draußen, drückte dabei die Tür auf, bis sie von alleine stehen blieb und sah sich um. Aber es war weder etwas zu hören noch zu sehen – und der Täter garantiert schon längst über alle Berge. Enttäuscht kehrte er ins Haus zurück.

Als die Tür wieder zufiel, nickte Brinkschulte. „Das war genau das Geräusch, das ich gehört habe."

Alois biss sich auf die Lippen. „Sie haben tatsächlich nichts erkennen können?"

Brinkschulte zuckte bedauernd mit den Achseln. „Nein, ich kann nur sagen, dass es eine dunkel gekleidete Person war." Langsam kam er mit dem Rollstuhl auf Alois zu.

„Ist denn bei Ihnen alles in Ordnung? Ich meine, Sie sind ja auch gestürzt."

„Aber zum Glück bin ich ja weich gefallen. Tut mir übrigens leid, dass ich da gerade auf Ihnen gelegen habe."

Brinkschulte wehrte ab. „Schon okay, nur weil ich im Rollstuhl sitze, bin ich ja nicht aus Glas."

Beide Männer mussten lachen.

„Die ganze Sache wird immer unheimlicher", stellte Alois anschließend fest. „Erst dieser Anschlag mit dem Auto und dann der Angriff auf Renate."

Brinkschulte sah ihn an und nickte zustimmend. „Ich kann mir vorstellen, dass der Mörder so langsam aber sicher nervös wird. Aber warum hätte er Frau Krummweide angreifen oder töten sollen?"

Alois trat ratlos von einem Bein aufs andere. „Keine Ahnung."

Brinkschulte rollte zu seiner Zimmertür und drehte den Rollstuhl davor noch einmal um. „Mein lieber Herr Rosenhöfer, Sie sollten jetzt zwei Dinge tun. Erstens sehr gut auf sich und Frau Krummweide aufpassen, und zweitens auf jeden Fall die Polizei informieren. Ich stehe Ihnen dabei natürlich als Zeuge zur Verfügung."

Alois blickte Brinkschulte mit gerunzelter Stirn an. „Ich denke, ich sollte sogar vier Dinge tun."

„Und die wären?", fragte Brinkschulte interessiert.

„Drittens nach Renate sehen und viertens auf diesen Schreck einen Schnaps trinken."

Brinkschulte musste lachen. „Na dann bringen Sie Ihr *Drittens* mit zu mir runter, und ich schütte uns in der Zwischenzeit schon mal drei *Viertens* ein."

Kapitel 34

Am nächsten Morgen wimmelte es in der *St. Urbanus Klinik* nur so vor Polizei. Kriminalkommissar Potthast übernahm die Vernehmungen und beauftragte Abel, sich um die Spurensicherung zu kümmern.

Etliche Polizeibeamte kämmten sorgfältig die Umgebung der Klinik durch und zwei Leute in weißen Overalls nahmen sich Renates Zimmer vor.

Natürlich hatte sich die ganze Sache bereits am Morgen herumgesprochen, weil einige Leute neugierig nachfragten, was da nachts auf dem Flur für ein Lärm gewesen sei. Und da Brinkschulte es Frau Weskämper erzählt hatte, war kurze Zeit später bereits die gesamte Klinik informiert gewesen.

Das wiederum hatte zur Folge, dass Alois der Held des Tages war. Immer wieder wurde er darauf angesprochen und musste erzählen, wie er den großen Unbekannten verfolgt hatte. Wobei er zur Person des Angreifers nicht viel sagen konnte. Auch Potthast wäre es lieber gewesen, wenn Alois ihn erkannt hätte. So blieb er immer noch der große Unbekannte.

Der bayerische Verkehrspolizist und der westfälische Kriminalbeamte saßen eine geraume Zeit zusammen und berieten das weitere Vorgehen. Das Gespräch ging hin und her und Potthast schüttelte mehrfach vehement den Kopf. Nach einiger Zeit erhoben sich die beiden Männer und gingen getrennter Wege.

Potthast suchte seinen Assistenten Abel, und Alois begab sich in die vierte Etage, wo man Renate ein anderes Zimmer zur Verfügung gestellt hatte.

Als er nach dem Anklopfen den Raum betrat, fand er sie auf dem Bett liegend vor. Ihr linkes Auge erinnerte an ein blauviolettes Veilchen, und ihre geschwollene Unterlippe ähnelte der von Louis Armstrong. Trotzdem lächelte sie, als Alois an ihr Bett trat und sich vorsichtig darauf niederließ.

„Und wie schaut es aus?“, wollte er in mitfühlendem Tonfall wissen.

„Es tut nur weh, wenn ich lache!“ Wie zur Bestätigung verzog Renate schmerzhaft ihr Gesicht, als sie versuchte zu lächeln.

„Dann lach halt nicht!“, schlug Alois grinsend vor.

Einen Moment lang sahen sich die beiden schweigend an. „Gestern hast du mir vermutlich sogar zweimal das Leben gerettet, du bist ein richtiger Held.“

Alois wurde rot und senkte verlegen den Blick. „Ach was, das war doch nichts Besonderes.“ Komplimente und Danksagungen waren ihm schon immer peinlich gewesen.

„Wenn bloß der Brinkschulte nicht genau in diesem Moment in den Flur gefahren wäre. Ich war so nah dran, garantiert hätte ich ihn erwischt“, war Alois sich sicher.

„Ich darf gar nicht daran denken, was dann passiert wäre.“ Renate schüttelte sich. „Sie nur an, was er mit mir gemacht hat.“

„Ja, aber du bist ja auch eine Frau, ich hätte dem Kerl schon ordentlich den Marsch geblasen.“ Alois hob drohend die Faust. „Aber so ein feiges Schwein wie der, traut sich sicher nur an Frauen heran. Na warte, wenn ich den in die Finger kriege.“

Renate erfasste den aufgebrachten Bayern am Arm. „Alois, sei bloß vorsichtig. Denk dran, dass der Kerl eine Schusswaffe hat.“

Alois wischte ihre Warnungen mit einer Handbewegung zur Seite. „Es wäre besser, der Kerl würde sich eine Artilleriekanone besorgen“, begehrte Alois auf.

Beide mussten lachen. Renate verzog dabei schmerzhaft das Gesicht.

„Sag mal“, fragte er Renate, „weiß man schon, was der Kerl in deinem Zimmer wollte?“

Renate Krummweide schloss die Augen. Bei der Erinnerung an die letzte Nacht lief ein Schauder durch ihren Körper. „Ich habe absolut keine Ahnung. Das Licht war aus, ich lag im Bett und habe geschlafen. Dann bin ich davon wach geworden, dass meine Schranktür klapperte. Ich habe mich im Bett aufgerichtet und im selben Moment schlug mir jemand ins Gesicht. Der zweite Schlag hat mich dann wohl aus dem Bett befördert."

Alois musste daran denken, wie er ihre Beine hinter dem Bett hatte hervorragen sehen.

„Wenn du mich fragst, dann war der Typ in meinem Zimmer, um es zu durchsuchen. Und ich zerbreche mir schon geraume Zeit den Kopf, was er da bloß gesucht hat." Renate starrte grübelnd an die Zimmerdecke.

„Wenn wir davon ausgehen, dass es kein Einbrecher und kein Räuber war, kann es ja nur der Mörder gewesen sein. Damit ist deine Frage vollkommen berechtigt. Was hat er gesucht?" Aufmerksam sah Alois sich um, bis ihm einfiel, dass dies ja das neue Zimmer war.

Renate richtete sich auf und stützte sich auf die Ellbogen. „Ich habe gestern Abend noch einmal alles durchgesehen, es fehlt nichts. Das einzig Wertvolle, was ich besitze, ist meine Digitalkamera." Sie deutete auf den Fotoapparat, der auf dem Tisch lag.

„Ab jetzt heißt es, höllisch aufpassen!", warnte Alois. „Irgendwie müssen wir dem Täter auf die Füße getreten sein, dass er plötzlich so aktiv wird."

Renate sah ihn fragend an. „Und wie geht's nun weiter?"

„Potthast hat angeboten, alle Patienten in anderen Klinken unterzubringen. Aber ich habe abgelehnt, denn mittlerweile ist es eine persönliche Angelegenheit zwischen mir und diesem Verbrecher geworden. Ich bleibe auf jeden Fall!" Zur Bekräftigung schlug sich Alois mit der flachen Hand auf den Oberschenkel, dass es nur so klatschte.

„Aber wäre das nicht eine günstige Gelegenheit für unseren Mörder, auf diese Art und Weise zu verschwinden?" Renate ließ sich zurück in die Kissen sinken.

Alois ergriff ihre Hand und tätschelte sie. „Nein, ich glaube, dass er auch hierbleibt. Erstens würde jeder, der abreist ganz genau unter die Lupe genommen werden, und zweitens glaube ich, dass der Mörder hierbleibt, weil er noch nicht das gefunden hat, wonach er sucht."

„Und was sollte das sein?", fragte Renate, der es gefiel, dass Alois ihre Hand hielt.

„Etwas, das verrät, wer der Mörder ist", behauptete Alois im Brustton der Überzeugung.

„Und was bedeutet das für uns?", wollte Renate wissen.

Alois lächelte sie an. „Das bedeutet, dass wir jetzt erst recht Jagd auf ihn machen werden."

„Na dann, Weidmannsheil!", seufzte Renate und ließ sich in die Kissen zurücksinken.

Kapitel 35

Wieder blieb es ein paar Tage vollkommen ruhig. Die Polizei war abgerückt, verwertbare Spuren hatte man nicht gefunden. Aber auch der Mörder war nicht erneut in Erscheinung getreten.

Ganz langsam kehrte das normale Leben in den Klinikalltag zurück. Natürlich belauerte jeder jeden noch mehr, und abends schlossen sich alle in ihren Zimmern ein. Die entspannte und ausgeglichene Stimmung der ersten Tage war komplett dahin. Alois hatte sich mittlerweile an das karge Essen gewöhnt, walkte immer noch mit Frau Jung und den anderen durch den Gräflichen Park und arbeitete seinen Therapieplan sorgfältig ab. Abends schummelte er weiter beim Biertrinken in der *Linde* und hatte auch Zeit gefunden, einen weiteren Brief an Mama zu schreiben.

Allerdings hatte er darin nur von seinen Anwendungen erzählt und sich ein wenig über das Essen beschwert. Auf gar keinen Fall wollte er, dass sie sich zu Hause Sorgen machte, weil ihr Sohn in Bad Driburg einen Mörder jagte. Noch während er den Brief schrieb, wurde Alois bewusst, dass ihm dieses Katz-und-Maus-Spiel mit dem Mörder eigentlich recht gut gefiel. Und noch besser würde es ihm gefallen, wenn es ihm gelänge, diesen Lumpenhund zu erwischen.

Aber noch etwas war ihm aufgefallen. Bei der Verfolgungsjagd war er gar nicht mehr so schnell außer Puste geraten. Und gestern, als sie beim Walking sogar einen Teil des *Sachsenrings* unter die Stöcke genommen hatten, war es ihm ebenfalls nicht schwer gefallen. Er musste sogar zugeben, dass es begann, ihm Spaß zu machen. Einziger Nachteil; er hatte sich beim Schuster in der Stadt ein paar neue Löcher in seinen Gürtel machen lassen müssen. Ganz erstaunt war er, als er seine alte, ballonseidene Trainingsjacke hervorgekramt und festgestellt hatte, dass sie sich nun problemlos wieder schließen ließ.

Widerwillig musste er zugeben, dass ihm die Kur anscheinend gut tat. Sollte dieser verdammte Doktor doch recht gehabt haben? Er unterließ es jedoch tunlichst, das der Mama zu schreiben. Denn sie würde sich garantiert wieder Sorgen machen, weil der arme Junge offenbar nicht genug zu essen bekam.

So plätscherten die nächsten Tage dahin, und Alois wechselte vom Moor- ins Kohlensäurebad, vom Massagetisch an die Walkingstöcke und vom Salatbüfett in die große, blaue Kneipp-Badewanne.

Dann kam etwas Abwechslung in den Therapieplan. Beim Frühstück fand er einen Zettel vor, der ihn aufforderte, sich an diesem Tag gegen elf Uhr bei Frau Dr. Trampe einzufinden. Eine Zwischenuntersuchung stand an.

Eine Viertelstunde vor der Zeit ist des Beamten Pünktlichkeit!

Daher nahm Alois bereits fünfzehn Minuten früher als bestellt auf dem Stuhl vor dem Behandlungszimmer von Frau Dr. Trampe Platz. Er fischte aus einem Stapel Zeitschriften ein älteres Automagazin heraus und blätterte lustlos darin herum. Es war die einzig halbwegs ansprechende Lektüre für ihn, denn der Rest bestand aus Frauenzeitschriften und Modemagazinen.

Gerade war er in einen Artikel über neue Zündkerzen vertieft, als eine stabil gebaute Dame in einem weißen Kittel an ihm vorbeirauschte. Vor der Tür von Frau Dr. Trampe machte sie halt, und begehrte energisch klopfend Einlass. Ohne eine Antwort abzuwarten marschierte sie ins Zimmer und warf die Tür hinter sich zu. Diese fiel zwar zunächst ins Schloss, sprang dann jedoch wieder auf.

Auf seinem Stuhl im Flur hörte Alois, wie im Behandlungszimmer ein lautstarkes Streitgespräch begann. Oh weh, dachte er, das klang eindeutig nach Zickenkrieg. Eine Kriegsteilnehmerin schien Dr. Trampe zu sein, die er ja bereits kannte. Ihre Gegnerin kannte Alois auch, es war die vollbusige

Blondine mit dem osteuropäischen Akzent, die sich mit dem Masseur Quandt unterhalten hatte. Hatte die nicht davon gesprochen, jemanden aus dem Weg zu räumen und dabei über Leichen zu gehen? Neugierig lehnte Alois sich etwas zur Seite, um mehr von dem Gespräch mitzubekommen. Die Tür stand zwar einen Spalt offen, doch die Stimmen waren nur relativ gedämpft zu hören. Alois konnte nur einzelne Gesprächsfetzen aufschnappen. Dabei fielen Worte wie Konkurrentin, Rücksichtslosigkeit und Neid. Eindeutig am lautesten klang die Stimme mit dem osteuropäischen Akzent.

Alois fasste die Lehnen seines Stuhls, sah sich vorsichtig auf dem Flur um und rückte dann unauffällig noch ein wenig näher an die Tür heran. Schon besser, jetzt waren immerhin Satzfetzen zu verstehen.

Frau Dr. Trampe verbat sich soeben von ihrer Kollegin Frau Dr. Konopka böswillige Unterstellungen. Anscheinend drehte sich das Gespräch um eine Stelle hier in der Klinik. Alois konnte hören, wie Frau Dr. Konopka anzweifelte, dass ihre Rivalin in der Lage sei, diese Stelle auszufüllen. Während des Gesprächs schien sie im Zimmer auf und ab zu gehen, denn mal konnte Alois sie besser, mal schlechter verstehen. Er ließ eine ältere Dame an sich vorbeigehen, dann rückte er mit dem Stuhl noch ein wenig näher an die Tür.

Jetzt konnte er deutlich hören, wie die Damen sich gegenseitig berufliche Unfähigkeit und Intrigen vorwarfen. Konnte die Trampe nicht ein bisschen lauter sprechen?

Alois beugte sich über die Seitenlehne des Stuhls in Richtung Tür. Bereits halb über dem Stuhl hängend bekam er nun endlich den Grund für das Gespräch mit. Beide Damen machten sich also Hoffnungen auf die Nachfolge von Prof. Dr. Berghammer. Dieser würde in zwei Jahren in den Ruhestand gehen, und jede der Damen war der Meinung, dass sie die geeignete Nachfolgerin sei.

Jetzt klärte sich auch, wen Frau Dr. Konopka im Zimmer des Masseurs damit gemeint hatte, als sie davon sprach, die Person aus dem Wege zu räumen.

Alois fand das Gehörte zwar recht unterhaltsam, doch augenscheinlich hatte es mit den Morden nichts zu tun. Er wollte sich soeben wieder gerade hinsetzen, als die Tür zum Behandlungszimmer ruckartig aufgerissen wurde und Frau Dr. Konopka wie ein D-Zug herausgerauscht kam. Alois erschrak dermaßen, dass er das Gleichgewicht verlor und eine Sekunde später samt Stuhl auf dem Boden lag.

Die aufgebrachte Ärztin mit dem osteuropäischen Akzent schien ihn zunächst gar nicht wahrzunehmen. Sie drehte sich im Laufen noch einmal zur Tür und schleuderte ihrer Rivalin ein „Wir werden ja sehen, wer hier Chefin wird!“ entgegen. Dabei wäre sie fast über den auf dem Boden liegenden Bayer gestolpert. Wutentbrannt sah sie auf ihn herab. „Und Sie“, schimpfte sie, „Sie gehen mir sofort aus dem Weg!“ Als Alois sich nicht augenblicklich rührte, stieg sie einfach über ihn hinweg. Es schien sie nicht sonderlich zu überraschen, dass im Flur der *St. Urbanus Klinik* ein Patient auf dem Boden herumlag.

Mühsam rappelte Alois sich auf und stellte den Stuhl wieder hin. Als er zu Tür sah, bemerkte er, dass Frau Dr. Trampe ihn dabei lächelnd beobachtet hatte.

„Herr Rosenhöfer, es ist ja äußerst erfreulich, dass Sie so enthusiastisch an unserem Sportprogramm teilnehmen, aber hier auf dem Flur finde ich es dann doch ein wenig übertrieben.“ Immer noch lächelnd bat sie Alois in das Behandlungszimmer.

Der ertappte Lauscher schlich mit hochrotem Kopf an ihr vorbei.

Kapitel 36

Während einer etwas längeren Pause zwischen zwei Anwendungen setzte sich Alois mit einem Glas Heilwasser auf eine der halbrunden Holzbänke in den *Brunnenarkaden*. Das Wasser in kleinen Schlucken trinkend blickte er aus dem Fenster, als sich eine Person neben ihm niederließ. Alois wandte den Kopf und sah direkt in das Gesicht von Gesa Behrmann.

Auch sie hatte ein Glas Heilwasser in der Hand und lächelte Alois leutselig an. „Ich freue mich, dass ich Sie mal alleine erwische. Also ohne Renate."

Gesa Behrmann trank einen weiteren Schluck Wasser, während Alois nachdachte, was sie wohl von ihm wollte. War die jetzt arg bremsig? Möglicherweise so ein mannstolles Luder? Aufmerksam betrachtete Alois sie. Wenn ja, dann war ihm das die ganze Zeit über nicht aufgefallen.

„Ich finde es richtig schön, dass ich mich mal in Ruhe mit Ihnen alleine unterhalten kann. Immer nur mit den Weibern quatschen wird allmählich langweilig." Gesa Behrmann leerte ihr Glas und stellte es auf die Bank. „Mein Gott, wenn ich so überlege, was Sie so alles erlebt haben. Sie sind ja ein richtiger Held. Solche Männer gefallen mir!", schmachtete sie Alois an.

Das fehlte ihm gerade noch, eine Heldenverehrerin! In einem einzigen Schluck schüttete er den Rest des Mineralwassers in sich hinein und stand auf. Mit wenigen Schritten war er an den Wasserhähnen und zapfte sich sein Glas wieder voll. Was die Behrmann aber nicht daran hinderte, ihm auf dem Fuße zu folgen.

Als Alois sich umdrehte, stieß er mit ihr zusammen. „Entschuldigung", stammelte er und versuchte um sie herumzulaufen. Doch sie wich jeweils so aus, dass sie nicht aneinander vorbeikamen. Erst im dritten Versuch schaffte es Alois, sich aus ihrer Nähe zu befreien. Er überlegte kurz, wie er eine

Fortsetzung des Gesprächs würde verhindern können. Sein erneut gefülltes Glas hinderte ihn jedoch daran, fluchtartig die *Brunnenarkaden* zu verlassen. Also begab er sich ergeben wieder zur Bank und ließ sich seufzend darauf nieder.

Prompt saß Gesa Behrmann neben ihm und tätschelte ihm die Hand. „Wie wäre es, wenn Sie mich heute Abend mal auf meinem Zimmer besuchen und mir all die spannenden Sachen erzählen?“ Schmachtend sah sie Alois an und klimperte dabei mit den Wimpern.

Alois schüttelte es innerlich. Wenn es eine Sache gab, auf die er überhaupt keine Lust hatte, dann war es, den Abend mit dieser Dame zu verbringen. Im Laufe der letzten Tage war deutlich geworden, dass sie ein nicht unerhebliches Alkoholproblem hatte. Ihm waren nicht nur ihre leicht gelblichen Augäpfel, ihre fleckige und offenporige Haut, sondern auch ihre ständig gerötete Nase aufgefallen. Des Öfteren meinte er eine deutliche Alkoholfahne bei ihr gerochen zu haben. Und auch beim Essen brachte sie kaum etwas herunter.

Instinktiv rutschte Alois ein wenig zur Seite, doch seine Verehrerin machte diese Bewegung augenblicklich mit.

„Ja, wie ich schon sagte, Sie sind wenigstens ein richtiger Mann, nicht so ein seltsamer Spinner wie dieser Geiger. Der redet ja nur ununterbrochen davon, wie viel Geld er hat. Dabei ist er vollkommen pleite.“

Alois wurde hellhörig. „Woher wissen Sie das denn?“, fragte er neugierig.

Gesa Behrmann legte ihre Hand auf seinen Unterarm. „Aber, aber, Sie dürfen mich natürlich gerne duzen, ich heiße Gesa.“

Alois schluckte. „Also Gesa, woher weißt du das denn?“

Die Behrmann lehnte sich zurück und streckte die Beine aus. „Ach weißt du, Alois, wenn jemand beim Telefonieren so schreit wie dieser Geiger, dann muss man ja wohl oder übel mitbekommen, worüber er redet, oder?“

Gesa Behrmann schlug die Beine übereinander. „Er hat mit irgendeinem Rechtsanwalt telefoniert und ihm erklärt, dass er zurzeit nicht liquide sei. Es würde noch ein paar Tage dauern, bis er wieder zu Geld käme. Er sei ganz dicht davor, den großen Riss, ja so hat er sich ausgedrückt, zu machen. Solange sollte der Rechtsanwalt versuchen, ihm noch die Gläubiger vom Hals zu halten."

Mit sichtlich zufriedener Miene posaunte Gesa Behrmann diese vertraulichen Informationen aus dem Leben von Manfred Geiger aus.

„Wissen Sie, oh pardon, weißt du, womit der sein Geld verdient?" Alois hoffte, dass Gesa Behrmann noch mehr erlauscht hatte. Konnte es sein, dass auch dieser dubiose Geiger mit in die Sache verwickelt war? Gab es damals bei dem Raubüberfall vielleicht noch einen weiteren Komplizen? Alois brummte vor lauter Nachdenken der Schädel.

Die Stimme von Gesa Behrmann holte ihn aus seinen Überlegungen zurück. „Mir hat er nur erzählt, dass er eine Zeit lang in Bielefeld gelebt hat, was er dort gemacht hat, hat er mir nicht gesagt. Außerdem scheint er auch nicht ganz richtig im Kopf zu sein."

Überrascht blickte Alois seine Gesprächspartnerin an.

„Ja, denk nur, die ganze Zeit hat er mir etwas von einem *Mausoleum* erzählt. Als wenn mich so ein Blödsinn interessieren würde", empörte sich Gesa Behrmann.

Ihr wäre es sicher lieber gewesen, wenn Geiger von einer Cocktailbar gesprochen hätte, vermutete Alois. Doch der Hinweis auf das *Mausoleum* hatte ihn aufhorchen lassen. „In welchem Zusammenhang hat er denn von dem *Mausoleum* gesprochen?", erkundigte er sich vorsichtig.

„Angeblich hat er ein Faible für solche Dinge, hat er jedenfalls behauptet. Wenn du mich fragst, dann ist der Typ einfach nekrophil. So einer, dem einer abgeht, wenn er auf Friedhöfen rumrennen kann."

Gesa Behrmann schüttelte sich bei diesem Gedanken.

„Und weißt du, was dieser Spinner mich gestern gefragt hat?"

Bei dieser Frage blickte sie Alois erwartungsvoll an. Der jedoch war vollkommen ahnungslos und zuckte mit den Schultern.

„Er hat mich doch tatsächlich gefragt, ob ich ihn heute Nacht nicht zu diesem *Mausoleum* begleiten wollte." Gesa Behrmann schnaufte verächtlich. „Ich sage dir, der Kerl hat nicht alle Tassen im Schrank."

Alois hörte ihr gar nicht mehr richtig zu. Was wollte Geiger am *Mausoleum*? Warum war es auf dem Plan in Wurms Zimmer markiert gewesen? Was verbarg sich im *Mausoleum*? Handelte es sich möglicherweise um das Versteck für das Geld aus dem Raubüberfall?

„Sag mal, hat er dir gesagt, wann er sich heute Abend mit dir treffen wollte?", bohrte Alois nach.

„Das ist ja überhaupt das Allergrößte. Der wollte doch tatsächlich, dass ich um Mitternacht mit ihm da hinaufgehe. Ich bin doch nicht bescheuert, oder? Was soll ich denn um Mitternacht am *Mausoleum*?"

Die gleiche Frage stellte sich Alois auch. Aber im Gegensatz zu Gesa Behrmann würde er sich darum bemühen, eine Antwort darauf zu erhalten. Warte nur, mein Freund, du wirst heute Abend nicht alleine da oben herumspuken, sagte er sich.

„Und wie ist es nun mit meinem Angebot?", hakte Gesa Behrmann nach.

Alois blickte sie überrascht an.

„Kommst du mich nun heute Abend besuchen und erzählst mir etwas von deinen Abenteuern?"

Jetzt wusste Alois wieder, wovon sie sprach. „Nein, tut mir leid. Ausgerechnet heute Abend geht es nicht. Ich habe mich als Zuhörer für den Vortrag von Prof. Dr. Berghammer eingetragen", log er.

Gesa Behrmann schaute Alois an. „Welcher Vortrag?"

Alois grinste. „Schäden und Spätfolgen durch übermäßigen Alkoholkonsum und seine Auswirkungen auf den Organismus! Na, wie wäre es? Hättest du nicht Lust, mich zu begleiten?“

Gesa Behrmann wurde rot und hob abwehrend die Hände. „Ach, weißt du, das ist ein Thema, das mich überhaupt nicht interessiert.“ Mit einer fahrigen Geste stellte sie ihr Wasserglas auf die Bank und verließ ohne ein weiteres Wort die *Brunnenarkaden*.

Erleichtert lehnte sich Alois an die Rückenlehne und seufzte. Aus dieser Nummer war er so eben noch mal rausgekommen. Gott sei Dank!

Kapitel 37

Der Ruf eines Waldkauzes hallte unheimlich durch den nächtlichen Driburger Wald. Alois, der mit einer Taschenlampe und einem Knüppel bewaffnet durch die Dunkelheit schlich, fühlte sich an die alten Edgar-Wallace-Filme erinnert. In Schwarz-Weiß und oft genug mit Klaus Kinski als irrem Bösewicht.

Während er sich bemühte, nicht zu stolpern oder Geräusche zu verursachen, dachte er darüber nach, ob es so klug gewesen war, Kriminalhauptkommissar Potthast von seinen Plänen nichts zu verraten. Aber irgendwie hatte Alois es sich mittlerweile in den Kopf gesetzt, diesen Fall alleine zu lösen. Die Detektivarbeit machte ihm immer mehr Spaß, vor allem weil er hier privat und nicht dienstlich tätig werden konnte. Das hatte den großen Vorteil, dass er sich jegliche Form von verhasster Schreibarbeit sparen konnte.

Wieder ließ das Käuzchen seinen unheimlichen Ruf erschallen.

Alois stolperte den Weg zum *Mausoleum* hinauf, wagte aber nicht, die Taschenlampe einzuschalten. Keinesfalls durfte er Geiger verschrecken.

Nach einigen Minuten blieb er stehen und lauschte in die Nacht. Da er davon ausging, dass Geiger vermutlich den direkten Weg von der Klinik hinauf zum *Mausoleum* nehmen würde, hatte sich Alois für einen Umweg entschieden. Er war an der *Waldbühne* vorbeigekommen, hatte den Gräflichen Park durch den Ausgang Ost verlassen und war dann hinter dem Wildgehege in Richtung *Mausoleum* marschiert.

Als vor ihm der Obelisk auftauchte, der an den Gründer des Bades, Caspar Heinrich Graf von Sierstorpff, erinnerte, schlug er sich in die Büsche. Dort blieb er eine Weile stehen und lauschte auf verdächtige Geräusche.

Alois bemerkte, dass sein jetziger Standort taktisch nicht besonders günstig war. Trockene Zweige und altes Laub raschelten bei jeder seiner Bewegungen. Da er sicher war, hier oben noch allein zu sein, schlich er hinüber zum Obelisken und ging in einem Gebüsch hinter der Steinsäule in Deckung.

Dort legte er den mitgebrachten Knüppel neben sich auf den Boden. Da er mit einer längeren Wartezeit rechnete, setzte er sich. Zum Glück war es in den letzten Tagen trocken geblieben, und die Sonne hatte den Boden rund um den Obelisken aufgewärmt.

Während er dort so auf der Lauer lag, überkam ihn allmählich die Müdigkeit, und er musste dagegen ankämpfen. Zuerst gelang es noch, doch dann fielen Alois die Augen zu, und ihm sank der Kopf auf die Brust.

Als ihn ein paar Minuten später ein erneuter Ruf des Kauzes aus dem Schlaf riss, wusste er zunächst nicht, wo er war. Anscheinend hatte er richtig tief geschlafen. Vorsichtig spähte er um die Steinsäule, doch noch war er hier oben alleine.

Kurze Zeit später begann der Kampf gegen den Schlaf aufs Neue. Wieder nickte Alois ein und fiel in minutenlangen Schlaf.

Das nächste Erwachen verdankte er nicht dem Ruf des Kauzes, sondern seinem siebten Sinn. Im Unterbewusstsein hatte er gespürt, dass sich irgendjemand seinem Standort näherte. Alois hielt den Atem an, legte die Hände hinter die Ohrmuscheln und lauschte. Den Trick, bei dem man mit den Händen die Ohrmuschel vergrößerte, um besser zu hören, hatte ihm sein Großvater beigebracht. Viele Nächte hatten sie gemeinsam auf dem Hochsitz zugebracht. Die Jagd war die große Leidenschaft seines Großvaters gewesen.

Da, waren das nicht Schritte? Vorsichtig und leise, aber eindeutig Schritte. Alois' Herz begann schneller zu schlagen, und er fürchtete, dass man es in der Stille der Nacht hören konnte. Wie erstarrt hockte er im Gebüsch und wagte nicht, sich zu bewegen.

Die Schritte kamen immer näher. Alois glaubte zu erkennen, dass es sich dabei nur um eine Person handelte. Diese schien jetzt den Obelisken zu passieren. Alois hielt die Luft an, um bloß kein Geräusch zu machen. Noch tiefer duckte er sich in das Gebüsch.

Als sich die Schritte in Richtung *Mausoleum* entfernten, wagte er es, vorsichtig hinterherzuspähen. Doch das Einzige, was er erkennen konnte, war eine Gestalt, die anscheinend in einen weiten, schwarzen Umhang gekleidet war. Dieser wehte bei jedem Schritt wie zwei große, herabhängende Flügel hinter ihm her. Unwillkürlich musste Alois an diesen komischen Fledermausmann aus dem Kino denken.

Die Person marschierte den Weg zum *Mausoleum* hinauf und machte sich an der eisernen Pforte im Zaun zu schaffen. Eine Sekunde später verschwand sie auf den Familienfriedhof der Grafen von Oeynhausen-Sierstorpff.

Alois fluchte stumm, da ihm nun das Strauchwerk den Blick versperrte. Was machte die Person auf dem Friedhof, und wer war das überhaupt? Er beschloss der Sache auf den Grund zu gehen. Als er gerade nach seinem Knüppel greifen und sich aufrichten wollte, vernahm er wieder Schritte. Aber sie kamen nicht aus Richtung des *Mausoleums*, sondern näherten sich aus der anderen Richtung.

Sofort tauchte Alois wieder im Gebüsch unter und wartete. Wer zum Teufel kam denn jetzt? Mit Geiger hatte er gerechnet, aber wer war diese zweite Person? Konnte es sich dabei um den Mörder handeln? Dann musste er irgendwie mit Geiger in Verbindung stehen. Alois vermutete, dass man sich zu einem Treffen auf dem Friedhof verabredet hatte. Nicht ungeschickt, denn um diese Uhrzeit blieb man hier oben ganz sicher ungestört. Doch die weite Person machte all seinen Überlegungen einen Strich durch die Rechnung. Anstatt sich ebenfalls auf den Friedhof der Grafen von Oeynhausen-Sierstorpff zu begeben, kam sie auf den Obelisken zu und überkletterte das eiserne Geländer, welches den Stein umgab.

Alois brach der Schweiß aus. Verdammt nah kam ihm dieser Typ. Er fasste den Knüppel mit der rechten Hand und nahm die Taschenlampe in die linke.

Noch während der Unbekannte das Geländer überkletterte, richtete Alois sich auf und nahm Angriffsposition ein. Er erkannte, dass der Überraschungseffekt mal wieder sein größter Vorteil war. Wenn er hier Sieger bleiben wollte musste er sich einen Vorteil verschaffen. Notfalls eben mit einem Knüppel.

Sein Vorhaben ging zu hundert Prozent auf. Kaum hatte der Unbekannte den Obelisk umrundet, traf ihn Alois' Knüppel auch schon von hinten auf den Kopf und schickte ihn in das Reich der Träume. Mit einem leisen Stöhnen sank die Person vor Alois zusammen.

„Das hast du nun davon, dass du hier nachts so herumschleichst, du Bazi!", flüsterte Alois, erleichtert darüber, dass sein Schlag erfolgreich gewesen war. Er kletterte nun selber mühsam über das Geländer, beugte sich hinunter, fasste die leblose Person an der Schulter und drehte sie herum. Dann legte er den Knüppel aus der Hand und dunkelte mit ihr das Licht der Taschenlampe so weit ab, dass nur noch ein winziger Schein das Gesicht des Angreifers beleuchtete.

„Ja, da leckst mi am Oarsch!" entfuhr es ihm. Er hatte niemand anderem als Piet Abel, Potthasts Assistenten derbe eins über den Schädel gehauen. Jetzt verstand Alois die Welt nicht mehr. Steckte der mit dem ganzen anderen Verbrecherpack unter einer Decke?

Ein Stöhnen verkündete, dass Potthasts Mitarbeiter langsam wieder zu sich kam. Sofort griff er sich an den Kopf und schlug dann die Augen auf. Als er in das Licht der Taschenlampe blickte, erschrak er und blinzelte. „Wer sind Sie?", fragte er erschrocken.

Alois legte ihm beruhigend eine Hand auf die Schulter und gab sich zu erkennen.

„Na Gott sei Dank, dass ich Sie nicht verloren habe. Ich habe mir schon große Sorgen um Sie gemacht. Wäre ja auch zu peinlich gewesen, wenn ich meinen Personenschutzauftrag vermasselt hätte."

Alois verdrehte die Augen. Der Typ sollte dafür sorgen, dass ihm nichts geschah, und er schlug ihm fast den Schädel ein. Schöne Form von Dankbarkeit.

„Verdammt, mir brummt der Schädel“, beklagte sich Abel. „Ich muss mir irgendwo hier am Denkmal ganz erbärmlich die Rübe eingehauen haben.“

Alois erkannte die Gunst der Stunde und ließ den Knüppel unauffällig hinter sich verschwinden.

„Da können Sie aber froh sein, dass ich Sie hier gefunden habe.“ Er war erstaunt, wie leicht ihm dieser Schwindel über die Lippen kam. „Stellen Sie sich nur vor, der andere hätte Sie gefunden.“

Abel setzte sich auf und sah Alois voller Unverständnis an. „Welcher andere?“

„Na, der Bursche, der kurz vor Ihnen hier vorbeigekommen und dann auf den Friedhof verschwunden ist.“ Mit dem Kopf deutete Alois in Richtung des *Mausoleums*.

Abel war sofort hellwach. „Mein Chef vermutet, dass man noch einmal versuchen würde, Sie aus dem Weg zu räumen. Daher habe ich den Auftrag bekommen, Sie zu observieren. Wir gehen davon aus, dass der Mörder auch Ihnen den Garaus machen will.“

Alois legte den Zeigefinger an die Lippen und bedeutete Abel, leiser zu sprechen.

„Was glauben Sie, wer ist das dort auf dem Friedhof?“, wollte er flüsternd von Alois wissen.

Der konnte nur mit den Achseln zucken. „Keine Ahnung. Aber wenn Sie mir Schützenhilfe leisten, dann würde ich versuchen es herauszufinden.“

Abel kam auf die Füße und nickte zustimmend. „Es wird höchste Zeit, dass wir dem ganzen Spuk hier ein Ende bereiten.“ Er nestelte an seiner Windjacke herum und hatte Augenblicke später seine Dienstwaffe in der Hand. Alois schob sie vorsichtig zur Seite, da der Lauf der Waffe direkt auf seinen Bauch zeigte.

„Ich würde vorschlagen, Sie gehen vor und ich folge Ihnen!“ Alois fand, dass heute Abend der sicherste Platz hinter Abel war.

„Na, dann mal los!“, machte sich Abel selber Mut und schlich mit vorsichtigen Schritten in Richtung *Mausoleum*. Alois folgte ihm mit der Taschenlampe in der Hand. Sie erreichten das Gittertor und versuchten, das Dunkel mit den Augen zu durchdringen.

Als sie von rechts ein metallisches Klirren hörten, zuckten beide Männer gleichzeitig zusammen. Abel fuhr mit der Waffe in der Hand herum, und Alois schaltete seine Taschenlampe ein.

Der Lichtstrahl fiel auf eine ganz in Schwarz gekleidete Person. Über ihren Schultern hing der schwarze Umhang, der Alois bereits aufgefallen war. Das Gesicht war bleich, die dunklen Augen wirkten übergroß. In der einen Hand hielt sie ein Fellbündel, in der anderen einen langen Dolch.

Abel richtete die Waffe auf die Person im Lichtkegel und rief: „Hände hoch, Polizei! Lassen Sie die Waffe fallen!“

Alois konnte sehen, wie dieses seltsame Geschöpf der Nacht zitternd den Dolch fallen ließ. War er hier auf einen Maskenball geraten? Als er die Taschenlampe ein wenig schwenkte, erkannte er, dass es sich bei dem Fellbündel in der Hand des Unbekannten um eine tote Katze handelte. In diesem Moment wurde Alois klar, was sich hier oben abspielte. Oder besser noch abspielen sollte.

Abel und er waren mitten in eine schwarze Messe geplatzt. Alois trat einen Schritt vor und leuchtete der Person wieder ins Gesicht. Das Bleiche stammte von weißer Schminke, und schwarze Schminke ließ die Augen riesig erscheinen. Doch den dämlichen Gesichtsausdruck, den erkannte Alois auch unter diesem absonderlichen Make-up.

„Geiger, bist du jetzt komplett narrisch g'worn? Was rennst du denn hier nachts auf dem Friedhof umeinand und spielst den Dracula?“

Mit einer verlegenen Geste zog sich Geiger die Kapuze des Umhangs vom Kopf und ließ nun auch die tote Katze fallen.

Abel war immer noch vollkommen fassungslos. Er hatte mit allem Möglichen gerechnet, aber mit so was? „Ich nehme Sie hiermit fest", erklärte er Geiger, der vollkommen fassungslos dastand. Sein Blick wechselte zwischen Alois und Abel hin und her.

„Ich will ja nicht vorlaut sein", flüsterte Alois Abel zu, „aber weswegen wollen Sie ihn denn festnehmen? Nur weil er, als Nachtgespenst verkleidet, hier auf dem Friedhof rumläuft?"

Abel sah Alois erschrocken an.

„Ich weiß zwar nicht, wie es bei euch in Nordrhein-Westfalen ist, bei uns in Bayern ist das nicht verboten."

„Ich könnte ihn doch wegen Hausfriedensbruch festnehmen", überlegte Abel.

„Damit kämen Sie aber nicht durch." Alois schüttelte bedauernd den Kopf. „Es ist zwar verboten, nachts den Friedhof zu betreten, aber das Tor war offen. Aus welchen Gründen auch immer."

Resigniert ließ Abel die Waffe sinken. Dann hatte er einen neuerlichen Geistesblitz. „Jetzt habe ich es" Ich nehme ihn wegen Tierquälerei fest." Dabei zeigte er mit der Waffe auf die tote Katze.

Verlegen trat Geiger einen Schritt vor. „Ähem, die habe ich vorgestern an der Schnellstraße gefunden. Irgendwer hat sie überfahren." Zur Bestätigung bückte er sich und hielt Abel den Tierkadaver hin.

„Mann, bleiben Sie mir bloß mit dem Vieh vom Hals!", schnauzte Abel. Dann wandte er sich wieder Alois zu. „Verdammt, was machen wir denn jetzt?"

Alois kratzt sich nachdenklich am Kinn. „Sie könnten natürlich einen ellenlangen Bericht schreiben. Darin könnten Sie Geiger bloßstellen, die tote Katze sicherstellen und wegen Ihrer Beule am Kopf einen Dienstunfall melden."

Abel schüttelte sich, und Geiger sank noch mehr in sich zusammen.

„Wir könnten aber alle gemeinsam einfach nur den Mund halten und über die ganze Sache schweigen", schlug Alois vor.

Die beiden anderen überlegten nur kurz, dann stimmte Abel dem Vorschlag zu und auch Geiger nickte erleichtert.

„Und werfen Sie, in Gottes Namen, die Katze über den Zaun. In das Gebüsch dort drüben. Da kann sie sich der Fuchs holen", riet Alois. Geiger kam dieser Aufforderung umgehend nach.

Dann drehte sich Alois zu Abel um und schob erneut die Waffe zur Seite, die wieder auf seinen Bauch zeigte. „Ihnen rate ich, die Kanone wegzustecken. Sie haben ihre Aufgabe doch vorzüglich erledigt." Als Abel den Bayern ein wenig verständnislos anblickte, musste dieser grinsen. „Sie wollten doch dem ganzen Spuk hier ein Ende bereiten, oder? Das ist Ihnen gelungen, und jetzt nehmen wir Graf Dracula in die Mitte und gehen nach Hause!"

Kapitel 38

Renate Krummweide wollte sich vor Lachen gar nicht mehr einkriegen, als Alois ihr am nächsten Tag von seinem nächtlichen Abenteuer erzählte. Was sie besonders amüsierte, war Geigers Antwort auf Alois' Frage, was diese schwarze Messe überhaupt sollte. Seine Geschäfte gingen sehr schlecht und er wollte als letzten Ausweg einen Pakt mit dem Teufel eingehen.

„Ich bezweifele, dass der noch alle Nadeln an der Tanne hat", vermutete Alois.

„Da wäre ich zu gerne dabei gewesen", gestand Renate lachend.

Alois saß neben ihr auf dem Balkon ihres neuen Zimmers, hatte die Beine von sich gestreckt und die Hände über dem Bauch gefaltet. Jetzt im hellen Licht des Tages konnte auch er über diese skurrile Situation nur noch lachen. „Aber schade war's schon, ich habe mir so gewünscht, dass ich dort oben den Mörder treffe." Er seufzte bei dem Gedanken an die verpasste Gelegenheit.

„Also ich muss sagen, ich bin froh, dass es da oben nur ein bisschen Kasperl-Theater gegeben hat. Wer weiß, was dir sonst alles hätte passieren können."

Amüsiert sah Alois sie an. „Hast du dir am Ende sogar noch Sorgen um mich gemacht?"

Renate errötete leicht und blickte verlegen in eine andere Richtung.

Seltsam, aber ihm gefiel der Gedanke, dass sie Angst um ihn gehabt hatte, ausnehmend gut. Alois musste schmunzeln. Es war schon sonderbar, was in dieser Kur so passierte.

Renate hatte sich wieder gefasst und versuchte, vom Thema abzulenken. „Ich habe mir schon stundenlang den Kopf zerbrochen, was der Mörder wohl in meinem Zimmer gesucht haben könnte. Bei mir gibt es doch absolut nichts zu holen."

„Ich denke auch nicht, dass es der Mörder auf irgendwelche Reichtümer abgesehen hat“, vermutete Alois. „Ich glaube eher, dass er irgendetwas gesucht hat, was ihn belastet.“

Renate zog die Beine an und setzte sich im Schneidersitz in den Sessel. „Aber was könnte das bloß sein?“

Alois brummte kurz vor sich hin. „Papiere, ein Schmuckstück aus dem Besitz des Opfers, die Bandaufzeichnung von einem Telefongespräch oder Fotos. Es kann alles Mögliche sein.“

Renate massierte eine ihrer Fußsohlen. „Kannst mir glauben, nichts von alledem befindet sich in meinem Zimmer.“

Eine Zeitlang saßen beide schweigend auf dem Balkon. Irgendwann erschien ein großer, bunter Schmetterling, der taumelnd über den Pflanzen im Balkonkasten hin und her flog. Er ließ sich auf einer Blüte nieder. Renate stand vorsichtig auf und huschte ins Zimmer. Als sie wieder auf dem Balkon trat, hielt sie ihre Kamera in der Hand. Vorsichtig näherte sie sich dem Schmetterling und machte eine Aufnahme. Eine zweite ließ das Tier nicht mehr zu und flatterte davon.

Renate setzte sich in ihren Sessel und betrachtete das Display ihrer Kamera.

„Sieh nur, wie schön ich ihn getroffen habe!“, forderte sie Alois auf und hielt ihm die Kamera hin.

Alois beugte sich interessiert vor und blickte auf den kleinen Monitor in der Rückwand der Kamera.

„Ach, das ist so ein neumodisches Ding, bei dem man sich die Bilder sofort ansehen kann. Der Sepp von der Zeitung daheim, der hat auch so ein Teil. Damit knipst er, schaut auf den kleinen Bildschirm, knipst und schaut und knipst und schaut.“

Renate musste über Alois’ fachmännischen Kommentar zum Thema Digitalfotografie herzhaft lachen. „Aber ganz ehrlich, es hat schon Vorteile, wenn man sich die Bilder zwischendurch ansehen kann.“ Zur Bestätigung öffnete sie das Menü und ließ die Bilder, die sie bei ihrem Ausflug zum Hermannsdenkmal gemacht hatte, noch einmal auf dem Monitor erscheinen.

Alois beugte sich interessiert zu ihr hinüber und betrachtete die Aufnahmen. Er war erstaunt, wie scharf die Fotos waren, auch wenn die Menschen, die Renate vom Denkmal herunter fotografiert hatte, sehr klein wirkten.

„Irgendwann werden sie sicher auch mal etwas erfinden, womit man die Bilder sofort vergrößern kann."

Renate lächelte ihn an, nahm dann einige Einstellungen an der Kamera vor und Alois konnte beobachten, wie sich das Bild ständig vergrößerte. Und er war noch erstaunter, als er sah, dass Renate dabei noch über das Bild hinweg schwenken konnte. Oh Wunder der Technik!

Renate wollte das Bild gerade wieder auf Originalgröße schalten, als Alois sie plötzlich am Arm ergriff. „Halt! Finger weg!"

Renate war sichtlich erschrocken. „Was ist denn mit dir los?"

„Schalte das Bild noch mal groß und schwenk noch mal darüber!", verlangte Alois aufgeregt. Renate nahm die nötigen Einstellungen vor und reichte Alois die Kamera.

Dieser betrachtete das Bild ganz genau. Dann bat er Renate erneut anzuhalten und fragte sie, ob sie den aktuellen Ausschnitt noch ein wenig vergrößern konnte.

Renate tat ihm den Gefallen. Dadurch füllte nun das Gesicht einer einzigen, ihnen beiden bekannten Person das gesamte Display der Kamera aus. Diese Person hatte von unten zur Besucherplattform des Denkmals hinaufgesehen und dabei genau in das Objektiv von Renates Kamera geblickt.

Triumphierend sah Alois Renate an, und es dauerte bloß eine Sekunde, bis auch sie begriff, wer auf dem Display zu sehen war. Erschrocken hielt sie sich die Hand vor den Mund.

Fast schon unheimlich, wie die Person ihnen vom Display aus entgegenstarrte. Man konnte förmlich erkennen, dass sie im Moment der Aufnahme bemerkt hatte, dass sie fotografiert wurde.

„Siehst du, jetzt hältst du genau das in der Hand, was der Mörder gesucht hat. So etwas nennt man einen hieb- und stichfesten Beweis.“

Renate blickte Alois entgeistert an. Mit einem Schlag klärte sich alles auf. „Und was machen wir jetzt?“, wollte sie von Alois wissen.

Der grinste amüsiert. „Jetzt machen wir das, was mein Großvater am liebsten getan hat. Wir gehen auf die Pirsch!“

Kapitel 39

Kriminalhauptkommissar Potthast blickte mit großem Erstaunen auf das Bild, das Alois ihm über den Tisch schob. Kopfschüttelnd zog er es zu sich heran. Renate hatte es vor wenigen Minuten an einem Fotoautomaten im Supermarkt ausgedruckt. Johannes Potthast legte es vor sich auf den Tisch und lehnte sich zurück.

„Außerordentlich interessant. Ich glaube ich kann Ihnen beiden dazu gratulieren, dass Sie diesen Fall gelöst haben. Ich bin ebenso sicher wie Sie, dass die Person auf dem Bild äußerst tatverdächtig ist. Ich werde das Bild mitnehmen und überprüfen lassen, wer diese Person in Wirklichkeit ist, denn wir sind uns sicher einig, dass sie uns hier mit einer falschen Identität täuscht.“ Potthast verschränkte die Arme vor der Brust und leckte sich die Lippen. „Nur leider gibt es keinen einzigen Beweis dafür, dass diese Person all die Straftaten begangen hat. Lediglich ihr Verhalten lässt diesen Schluss zu. Ich befürchte, dass wir ihr auf diesem Wege nichts nachweisen können.“

Alois stimmte dem Kriminalbeamten zu. Bis jetzt gab es keinen hieb- und stichfesten Beweis für eine Täterschaft. Ihm war klar, was das bedeutete. „Mir scheint, uns bleibt nichts anderes übrig, als unsere verdächtige Person dazu zu bringen, dass sie einen Fehler macht. Erst dann können wir etwas nachweisen.“

„Und wie stellt ihr euch das vor?“, wollte Renate wissen.

Potthast schürzte die Lippen. „Tja, entweder so, wie Herr Rosenhöfer bereits sagte, durch eine Falle, oder man bringt den Täter dazu, ein Geständnis abzulegen.“

Renate schüttelte unwillig den Kopf. „Ihr Männer seid doch alle gleich. So eine Sache ist doch äußerst gefährlich. Was kann da nicht alles passieren?“

„Aber leider sind der Polizei in diesem Falle die Hände gebunden“, musste Kriminalhauptkommissar Potthast bedauernd zugeben. Der Polizei blieben nur die legalen Möglichkeiten. Man konnte die Person observieren, ihr Telefon anzapfen, versuchen, an ihre Fingerabdrücke zu gelangen und diese abzugleichen. Vielleicht würde man so herausfinden, mit wem man es tatsächlich zu tun hatte. Immer vorausgesetzt, dass diese Person überhaupt schon mal polizeilich in Erscheinung getreten war.

Alois stand auf und tigerte im Raum auf und ab. „Man müsste die Person in die Enge treiben und sie dadurch zum Sprechen bewegen.“ Alois war kurz stehen geblieben, nahm seine Wanderung durch den Raum aber sofort wieder auf. Es musste doch irgendeinen Weg geben, die Person aus der Reserve zu locken.

Plötzlich hatte er einen Geistesblitz.

„Passt einmal auf, wie wäre es, wenn wir es so machen würden ...?“

Die beiden anderen lauschten zunächst andächtig seinem Plan, überlegten dann eine Weile und mussten zugeben, dass Alois’ Vorhaben gute Chancen bot, den Täter zu überführen.

***

Alois saß gerade mit einer Tasse Kaffee im Foyer der *St. Urbanus Klinik*, als Küchenchef Winkelmann direkt auf ihn zusteuerte. Alois blickte dem wohlbeleibten Mann in seiner weißen Kochjacke und der schwarz-weiß karierten Hose entgegen. Ein rotes Halstuch und eine blaue Schürze komplettierten dessen Aussehen.

Winkelmann blieb vor Alois’ Sessel stehen, stemmte die Hände in die Hüften und blickte auf den Bayern hinunter. Augenscheinlich kostete es ihn Überwindung, Alois anzusprechen.

„Sie sind doch Herr Rosenhöfer, nicht wahr? Und Sie kommen aus Bayern, oder?“

Alois blickte den Küchenchef interessiert an und nickte dann. „In beiden Fällen ist die Antwort ja. Was kann ich für Sie tun?“

Winkelmann trat von einem Bein auf das andere. „Also, es geht darum ... wie soll ich sagen?“

„Wie wäre es mit geradeheraus?“, schlug Alois vor.

„Also gut, die Sache ist die: Unser Chef, der Prof. Dr. Berghammer, möchte, dass ich für unsere ersten Gäste, die uns nun bald verlassen werden, ein Festessen zubereite. Und da seine Gattin ihn überredet hat, den nächsten Urlaub in Bayern zu verbringen, soll es bayerisch sein.“

Alois’ Augen blitzten erwartungsvoll auf. „So richtig mit Haxe, Weißwürsten, Kraut und Knödeln?“

Bedauernd nickte Winkelmann mit dem Kopf. „Genau, aber sehen Sie, da haben wir das Problem schon. Zurzeit sind wir nur zu zweit in der Küche, da das Haus ja nur knapp zur Hälfte belegt ist. Weiteres Küchenpersonal kommt erst, wenn alles fertig ist und der volle Klinikbetrieb läuft.“

Alois trank einen Schluck von seinem Kaffee und schaute Winkelmann interessiert über den Rand der Tasse hinweg an. Ihm war immer noch nicht klar, welche Sorge den Küchenchef plagte.

Winkelmann spielte nervös mit seinen Fingern. „Ich denke, dass ich ein ganz guter Koch bin, aber es gibt eine Sache, die geht mir regelmäßig in die Hose. Bei dieser Sache handelte sich um Knödel. Genauer gesagt möchte unser Chef Semmelknödel haben. Und da dachte ich …“

Alois vollendete den Satz. „Und da dachten Sie, der dicke Bayer sieht so aus, als ob er nicht nur gerne Knödel isst, sondern auch welche kochen kann.“

Winkelmann nickte heftig mit dem Kopf und schaute Alois bittend an. „Sehen Sie, meinem Kollegen geht es so wie mir, und wir wären Ihnen sehr dankbar, wenn Sie uns helfen würden.“

Alois war nun nicht gerade der Typ Hausmann, der den lieben langen Tag freudig in der Küche herumwerkelt, aber Winkelmann hatte Glück. Wenn er schon der Mama in der Küche zur Hand ging, dann war Knödelzubereitung wahrhaft seine Domäne. Und mit Stolz konnte er sagen, dass es dabei vollkommen gleichgültig war, um welche Sorte von Knödel es sich handelte. Mit einem Schmunzeln im Gesicht sah er Winkelmann an und streckte ihm dann die Hand entgegen.

„Sie haben mich überredet, ich werde Ihnen helfen."

Winkelmann atmete deutlich hörbar auf, bedankte sich ü berschwänglich und versprach, dass er für Alois die schönste aller Haxen heraussuchen würde. Dann verschwand er beschwingter in die Küche, als er aus ihr herausgekommen war.

Schmunzelnd griff Alois nach seiner Kaffeetasse. Wenn er zu Hause von dieser Kur erzählte, würden alle annehmen, dass er vollkommen übergeschnappt sei.

„Na, Sie alter Bayer, warum lächeln Sie denn so verschmitzt in sich hinein?" Ohne große Geräusche war Hugo Brinkschulte mit seinem Rollstuhl an den Tisch gerollt.

„Ich bin gerade zum zweiten Küchenchef befördert worden", verkündete Alois und erzählte von Winkelmanns Bitte.

„Dann dürfen wir uns ja auf original bayerische Knödel Marke Rosenhöfer freuen, oder?"

Alois antwortete mit einem weiteren Lächeln. „Ob es tatsächlich eine Freude wird, werden wir sehen."

Brinkschulte griff nach einer Zeitschrift, die auf dem Tisch lag. „Und was macht die Verbrecherjagd? Ich hoffe ja, dass Sie diesen Typen bald erwischen. Ich hätte dann auch noch ein Hühnchen mit ihm zu rupfen, wegen des Unfalles neulich nachts."

„Da sieht es leider nicht so rosig aus, der Polizei fehlt jede Spur, und alles tappt im Dunkeln. Wenn ich diesen Kommissar Potthast richtig verstanden habe, so vermutet man, dass es jemand vom Personal sein könnte." Alois legte die Hände in den Schoß. „Aber auch dabei ist er sich nicht sicher."

Brinkschulte hatte die Zeitschrift aufgeklappt, sah aber nicht hinein. „Das ist schade, für die Klinik. Was hier geschehen ist, ist leider keine gute Werbung.“ Er klappte die Zeitschrift wieder zu, ließ sie jedoch auf den Oberschenkeln liegen.

„Obwohl …?“ Gedehnt ließ Alois das Wort im Raume stehen.

„Obwohl, was?“, hakte Brinkschulte nach.

„Ich habe da so eine ganz vage Vermutung, wer der Täter sein könnte. Und ich muss zugeben, dass ich der Polizei nicht alles gesagt habe, was ich weiß.“

Aufmerksam hörte Brinkschulte ihm zu.

„Es ist nämlich so, dass jemand an mich herangetreten ist, der eine wichtige Information für mich hat. Er behauptet, dass ich damit den Täter überführen könnte.“

„Und wer soll diese Person sein?“, wollte Brinkschulte wissen.

„Er behauptet, aus der Vergangenheit des Täters zu stammen. Mir wird wohl nichts anderes übrig bleiben, als mich mit ihm zu treffen.“

Brinkschulte blickte Alois mit besorgtem Gesichtsausdruck an. „Mensch, Herr Rosenhöfer, meinen Sie nicht, dass das zu gefährlich werden könnte? Wäre es nicht besser, Sie würden die Sache der Polizei übergeben?“ Brinkschulte schüttelte besorgt den Kopf. „Stellen Sie sich mal vor, der Täter bekommt mit, dass Sie sich mit Ihrem Informanten treffen. Das wäre eine gute Gelegenheit für ihn zuzuschlagen.“

Verschwörerisch beugte sich Alois ein wenig zu Brinkschulte hinüber. „Ich glaube, ich muss Ihnen ein Geständnis machen. So ganz unbedarft gehe ich an diese Sache nicht heran. Sie müssen nämlich wissen, dass auch ich Polizeibeamter bin. Aber in diesem Fall agiere ich vollkommen als Privatmann, denn als Bayer bin ich hier ja sachlich nicht zuständig.“

Brinkschulte schaute Alois ungläubig an. „Bitte verzeihen Sie mir, eine etwas unverschämte Bemerkung. Mal ganz ehrlich, wie ein Kriminalbeamter sehen Sie für mich nicht aus."

Alois lachte. „Da haben Sie gar nicht mal unrecht. Denn ehrlich gesagt, besteht meine Aufgabe bei der Polizei darin, bei der Verkehrspuppenbühne den Kasperl zu spielen."

Nun musste Brinkschulte lachen. „Herr Rosenhöfer, Sie sind ein echtes Original. Ich freue mich, dass ich Sie kennen gelernt habe." Er blickte auf seine Armbanduhr. „Verdammt, jetzt habe ich mich doch tatsächlich verquatscht. Ich muss doch in ein paar Minuten zu meiner nächsten Anwendung." Er wendete den Rollstuhl und sah Alois dabei an. „Sicherlich freuen Sie sich auch schon auf das große Abschiedsfest. Aber Sie müssen mir versprechen, auf sich aufzupassen, damit wir am Ende den Erfolg unserer Kur gemeinsam feiern können."

Alois stand auf und ging neben Brinkschultes Rollstuhl her zur Fahrstuhltür. „Machen Sie sich keine Sorgen, ich verspreche Ihnen, wir werden noch ausgiebig Gelegenheit haben, uns zu unterhalten." Mit diesen Worten betätigte er den Rufknopf für den Fahrstuhl.

„Dann wünsche ich Ihnen noch einen schönen Tag", meinte Brinkschulte und rollte in den soeben angekommenen Aufzug. Als sich die Türen wieder geschlossen hatten, drehte Alois sich um und blieb einen Moment lang stehen.

„Eigentlich ein ganz netter Kerl", sagte er zu sich und steuerte auf die Ausgangstür zu.

Kapitel 40

Jeder Garten ist anders. Der Gartenteil im südwestlichen Abschnitt des Parks, den der renommierte Gartenkünstler Piet Oudolf in den historischen Landschaftsgarten des Gräflichen Parks eingebettet hat, ist jedoch etwas ganz Besonderes. Auf mehr als 6.000 Quadratmetern wurden 16.000 aufeinander abgestimmte Pflanzen gesetzt. In den Garten schmiegen sich kleine Grashügel ein, von denen die Betrachter immer wieder andere Perspektiven bekamen.

Alois und Renate waren umhergeschlendert und hatten sich auf einer Bank in diesem außergewöhnlichen Teil des Parks niedergelassen. Bienen summten um sie herum, ein bunter Falter taumelte über die verschiedenen Stauden und Gräser hinweg, und in einem der beiden Auffangbecken für das Grundwasser plantschten zwei Drosseln um die Wette.

Einerseits genoss das ungleiche Pärchen diese friedliche Idylle, weilte in Gedanken aber in der dunklen Welt des Verbrechens. Alois hatte Renate von seinem Gespräch mit Brinkschulte erzählt, auch von dessen Befürchtungen.

Die fielen bei Renate auf fruchtbaren Boden. „Mein lieber Alois, ich bin weiß Gott keine besonders ängstliche Frau. Nicht umsonst bin ich seit Jahren im Schuldienst tätig. Ich kann dir sagen, heutzutage erfordert das jede Menge Mut."

Alois sah die kleine Höxteranerin erstaunt an. „Was machst du denn in der Schule? Also ich meine, welche Aufgabe hast du da? Bist du etwa Schulsekretärin?"

Renate musste herzhaft lachen und hielt sich die Hand vor den Mund.

„Schulsekretärin ist gut. Nein, ich bin keine Sekretärin. Ich bin Lehrerin und zwar für Deutsch und Latein. Und wenn du jetzt noch wissen willst an welcher Schule, ich lehre an einem Gymnasium."

Einen Moment lang blickte Alois still vor sich hin, dann drehte er sich um und schaute Renate aufmerksam an. „Also wenn du Lehrerin an einem Gymnasium bist, dann bist du doch eine … Dings, eine ...?“

„Meinst du Studienrätin?“, kam Renate ihm zu Hilfe. Als Alois nickte, fuhr sie fort: „Ich bin sogar Oberstudienrätin.“

„Oh je“, entfuhr es Alois, „da habe ich mir ja ganz was Gescheites angelacht.“ Grinsend sah er Renate an, die ihn freundschaftlich gegen den Oberarm boxte.

„Nun stell mal dein Licht nicht unter den Scheffel. Und überhaupt, wir Pädagogen kochen auch nur mit Wasser.“

Alois druckste ein wenig herum, bevor er sich traute, die nächste Frage zu stellen. Dann nahm er all seinen Mut zusammen. „Ach, jetzt ist es sowieso egal. Sag einmal, gibt es eigentlich auch einen Herrn Krummweide?“

Renate stutzte, blickte auf die beiden plantschenden Drosseln und errötete leicht. „Es hat einmal einen gegeben, doch das ist lange her. Vor etlichen Jahren war ich eine Zeitlang mit einem Kollegen verheiratet. Aber das hat nicht lange gehalten. Er war Naturwissenschaftler. Chemie und Physik. Das konnte nicht gut gehen.“

Alois sah auf seine Schuhspitzen. Diese Antwort schien ihn äußerst zufriedenzustellen.

„Und um deine nächste Frage vorwegzunehmen. Ich bin zurzeit Single.“ Renate drehte sich auf der Bank um und sah Alois nun von der Seite an. „Aber ich denke, hier gilt gleiches Recht für alle, oder? Wie sieht es denn bei dir aus?“

Alois räusperte sich, legt seine Hände auf die Knie und schüttelte den Kopf. „Ich bin auch solo. Mit jemand zusammen war ich auch schon mal. Hat dann aber irgendwie nicht gepasst.“

Dass die Mama seine ehemalige Flamme weggeekelt hatte, verschwieg er lieber. Im Moment war die Mama für ihn so weit weg wie Bayern von Westfalen. Schüchtern legte Alois einen Arm auf die Rückenlehne der Bank und rutschte ein paar Zentimeter näher an Renate heran. Komisch, wie ihm dieses Weibsbild in der letzten Zeit ans Herz gewachsen war.

Aber sie hatten ja auch gemeinsam genug erlebt. So etwas schweißt eben zusammen. Zufrieden registrierte er, dass Renate ebenfalls näher rückte und sich bei ihm anlehnte.

Eine Zeitlang sprach keiner der beiden ein Wort. Schweigend genossen sie das schöne Wetter und die wunderbare Umgebung.

Es war dann Alois, der das Schweigen brach. „Ich habe dir ja von meinem Plan erzählt. Aber du weißt auch, dass ich ihn nicht alleine ausführen kann. Mit Potthast habe ich bereits gesprochen. Er schwankt hin und her. Einerseits findet er es gut, dass durch meine Aktivität Bewegung in den Fall kommt. Andererseits hält er die Sache tatsächlich nicht für ungefährlich."

Renate legte ihren Kopf auf Alois' Arm und sah zu ihm auf. „Und jetzt hoffst du Verrückter, dass du noch eine Verrückte findest, die dich bei deinem Vorhaben unterstützt."

„Intelligente Frauen habe ich schon immer gemocht", feixte Alois.

„Dann kann ich dir die befriedigende Antwort geben, dass du diese Verrückte soeben gefunden hast."

Alois drückte sie an sich und küsste sie schüchtern aufs Haar. „Wieso habe ich so etwas schon geahnt?"

Kapitel 41

Liebe Mama!

Ich komme erst heute wieder dazu, Dir zu schreiben. Meine Kur hier in Bad Driburg geht ja nun bald zu Ende, und ich komme nach Hause. Ich muss zugeben, dass ich Dir in der letzten Zeit wenig geschrieben habe, aber das lag daran, dass ich hier sehr stark eingespannt war. Die vielen Anwendungen, die ich jeden Tag hatte, haben mir da wenig Zeit gelassen. Und du kannst Dir vorstellen, dass man nach einem Kohlensäurebad oder einer Moorpackung rechtschaffen müde ist. So kam es, dass mir abends oft die Augen zufielen und ich sogar zu müde war, noch einen Spaziergang in die Stadt zu machen.

Ansonsten muss ich sagen, dass die sich hier sehr viel Mühe geben, und ich muss gestehen, dass ich in der letzten Zeit wenig Grund zur Klage hatte.

Ich freue mich schon wieder auf zu Hause, denn hier war es recht langweilig. Was soll in so einem Kurort auch schon Aufregendes passieren?

In den nächsten Tagen muss ich zu meiner Abschlussuntersuchung, dann wird sich herausstellen, ob die Kur bei mir Wirkung gezeigt hat. Mir kommt es so vor, als ob ich ein klein wenig abgenommen hätte. Aber das lag sicherlich daran, dass man hier von einem Termin zum anderen gescheucht wurde und es wenig zu essen gab.

Bitte erschrick nicht, wenn morgen der Postbote kommt und ein sonderbares, längliches Paket abgibt. Darin sind nur ein paar Walkingstöcke, die ich mir hier gekauft habe und die ich auf der Rückreise nicht die ganze Zeit mit mir rumschleppen möchte. Zuhause werde ich sie wohl nicht mehr brauchen, aber zum Wegwerfen waren sie zu schade.

So, liebe Mama, jetzt gehe ich zum Abendessen hinunter, danach werde ich noch ein wenig lesen und dann schlafen gehen.

Alles Weitere erzähle ich Dir, wenn ich wieder daheim bin.

Dein Dich liebender Sohn Alois

Alois steckte den Brief in einen Umschlag und klebte eine Marke darauf. Er gestand sich ein, dass er der Mama nicht die ganze Wahrheit geschrieben hatte. Aber sollte er ihr erzählen, dass er hier auf Verbrecherjagd war? Das würde sie nicht verstehen, und es würde sie auch nur unnötig aufregen. Wenn die ganze Sache ausgestanden war, dann war es immer noch früh genug, ihr davon zu berichten. Auch die Walkingstöcke würde er, entgegen seiner brieflichen Aussage, wohl zu Hause weiterbenutzen, denn mittlerweile machte ihm diese Sportart richtig Spaß. Was vermutlich daher kam, dass sie ihm lag.

Der vorletzte Satz des Briefes war sogar regelrecht gelogen. Er hatte nämlich keinesfalls die Absicht, nach dem Abendessen zu lesen und dann zu schlafen. Vielmehr war heute noch ein gemeinsamer Abend mit den anderen Kurgästen angesagt.

***

Die Leitung der *St. Urbanus Klinik* ließ es sich nicht nehmen, für die ersten Besucher ihres Hauses eine Abschiedsparty zu organisieren. Chefkoch Winkelmann hatte die Order bekommen, ausnahmsweise jegliche Kalorienzählerei zu vergessen und ein Büfett zu zaubern, das alle Entbehrungen der letzten Wochen vergessen machen sollte.

Pünktlich um 18:30 Uhr trudelten die ersten Gäste im Speisesaal ein. Das Büfett wurde allgemein bewundert und für die Angehörigen zu Hause vielfach fotografiert. Sicher würde der eine oder andere behaupten, so habe das Essen jeden Tag ausgesehen.

Kurz darauf erschienen auch Prof. Dr. Berghammer und sein Ärztestab. Der Chefarzt hielt eine kurze Ansprache und dankte Winkelmann und seinem Küchenpersonal, dann eröffnete er das Büfett.

Kaum hatte Berghammer Platz genommen, stürmten auch schon die ersten Kurgäste wie hungrige Wölfe an den reich gedeckten Tisch. Was konnte es nach wochenlanger Abstinenz schöneres geben als ein bayerisches Büfett?

Winkelmann wurde besonders für seine Knödel gelobt. Dieser errötete verlegen und schaute dann zu Alois hinüber, der die Begeisterung der Gäste lediglich mit einem Augenzwinkern kommentierte.

Bald waren alle Teller gefüllt, und es entstand ein gefräßiges Schweigen. Alois bemühte sich, äußerlich vollkommen ruhig zu erscheinen, doch im Inneren war er total aufgewühlt. Jedes Mal, wenn er zu Renate hinübersah, trafen sich ihre Blicke, und Alois konnte erkennen, dass es ihr nicht viel anders erging.

Nachdem auch der letzte Nachschlag vertilgt worden war, setzte eine lebhafte Unterhaltung ein. Jeder hatte etwas zu erzählen, kleine Anekdoten und Erlebnisse, die sich während dieser Kur ereignet hatten.

Seltsamerweise versuchte dabei jeder, die unliebsamen Erlebnisse auszuklammern. Alois nahm es aufmerksam zur Kenntnis, hatte er doch beschlossen, heute noch ein kleines Feuerchen zu legen. Er wollte gerade dazu ansetzen, als Prof. Berghammer mit Frau Dr. Konopka und Frau Dr. Trampe von Tisch zu Tisch ging und alle Patienten persönlich begrüßte.

An Alois' Tisch blieb er stehen und schaute jovial auf die Anwesenden. Als sein Blick an dem Bayern hängen blieb, musste er schmunzeln. „Na, mein lieber Rosenhöfer, haben

Sie in Bayern jemals schon so gute Knödel zu essen bekommen, wie hier bei uns in Bad Driburg?"

Alois verschluckte sich an seinem letzten Bissen und musste fürchterlich husten, sonst hätte er mit Sicherheit lauthals losgelacht. „Nein, Herr Professor, ich muss zugeben, die Knödel schmecken so, als wenn ich sie selbst gemacht hätte."

Winkelmann, der hinter der Gruppe stand und alles mit anhörte, bekam eine Gesichtsfarbe, die jedem Feuerlöscher Konkurrenz gemacht hätte. Betreten blickte er zu Boden.

Alois lehnte sich zurück, blickte an der Gruppe vorbei und streckte anerkennend den Daumen nach oben. „Mein Kompliment, Herr Winkelmann, ich vermute, nur Wildgerichte können Sie noch besser."

Winkelmanns Gesichtsfarbe wechselte nun verdächtig von Dunkelrot in Richtung Violett. Alois musste sich zusammenreißen, um nicht noch einen draufzusetzen, da er befürchtete, dass Winkelmann sonst der Kopf platzen würde.

Prof. Dr. Berghammer rieb sich zufrieden die Hände. „So muss ein Klinikbetrieb laufen. Zufriedene Kurgäste, gute Zusammenarbeit und ein daraus resultierender Kurerfolg."

Frau Dr. Konopka klatschte ihrem Chef dezent Beifall. „Herr Professor, Sie waren uns allen ein großes Vorbild. Wir werden versuchen, die *St. Urbanus Klinik* in Ihrem Sinne weiterzuführen, und ich werde persönlich alles daran setzen, dass unser guter Ruf nicht nur bestehen bleibt, sondern sogar noch verbessert wird."

Alois konnte erkennen, wie Frau Dr. Trampe bei dieser Schleimerei ihrer Rivalin erblasste. Nur wer die Hintergründe kannte, konnte so manches Mienenspiel richtig deuten, dachte Alois. Und die Konopka haute hier wirklich ordentlich auf die Pauke.

Prof. Berghammer drehte sich zu seiner Ärztin um und reichte ihr die Hand. „Werte Frau Kollegin, ich muss mich für Ihre anerkennenden Worte herzlich bedanken. Sie glauben gar nicht, wie sie mich nachträglich in meiner Entscheidung bestärken."

Die Augen der Ärztin weiteten sich freudig. „Sie wollen also wirklich schon ein halbes Jahr früher in Pension gehen?"

Berghammer sah lächelnd in die Runde. „Nein, im Gegenteil. Im Einvernehmen mit meiner Gattin habe ich das Angebot der Klinikleitung angenommen, meinen Vertrag als Chefarzt um weitere fünf Jahre zu verlängern."

Bei dieser Eröffnung schien es so, als würde Frau Dr. Konopka der Schlag treffen.

Im Hintergrund hörte man Frau Dr. Trampe prustend lachen. Etwas verwirrt drehte sich Prof. Berghammer um, konnte aber die Verursacherin des Geräusches nicht identifizieren. Dazu fand er auch keine Zeit mehr, da sofort ein all-gemeines Gratulieren und Händeschütteln einsetzte.

Berghammer bedankte sich. Er bedauerte die Vorfälle und die Tatsache, dass doch noch einige Kurgäste vorher abgereist waren. Dann lobte er die Polizei, die durch ihre Präsenz im Gräflichen Park für eine subjektive Sicherheit sorgte. Den noch anwesenden Kurgästen wünschte er noch schöne letzte Tage und wandte sich dann noch einmal an Alois. „Wir beide werden uns ja noch zur Abschlussuntersuchung sehen, dann kann ich mich von Ihnen noch persönlich verabschieden." Er klopfte Alois auf die Schulter und marschierte, seinen Tross im Schlepp, weiter zum nächsten Tisch.

„Ich finde es gut, dass er noch weiter macht", meldete sich Pfefferle zu Wort. „Ich hoffe ja, dass ich in drei Jahren wiederkommen darf."

Klaus Hauschild und Heike Rogalla saßen Händchen haltend am anderen Ende des Tisches. „Wir werden diese Kur hier immer in sehr guter Erinnerung behalten. Schließlich ist sie ja die Geburtsstätte unserer Liebe", schmachtete Heike ihren Klaus an. Der richtete sich voller Stolz auf und warf sich in die Brust. „Man kommt tatsächlich als ganz neuer Mensch nach Hause", verkündete er.

Alois erinnerte er an einen Gockel. Na, mein Lieber, wenn dich deine neue Henne zu Hause mal nicht in die Pfanne haut, dachte er amüsiert.

Manfred Geiger war seit der Entdeckung seiner nächtlichen Exkursionen äußerst schweigsam geworden. Und so hielt er sich auch in diesem Gespräch dezent zurück.

Gesa Behrmann stocherte lustlos in ihrem Essen herum. „Schade, dass diese schöne Zeit hier schon wieder vorbei ist. Zu Hause erwartet einen doch nur wieder der gleiche Trott."

Alois musterte sie nachdenklich. Er konnte sich gut vorstellen, welch schöne Abwechslung die Tage hier in Gesa Behrmanns tristem Leben gewesen waren. Vermutlich würde sie wieder in ihr graues Leben zurückkehren, ein Leben, in dem ihr einziger Trost in Flaschen abgefüllt war. Alois tat sie ein bisschen leid.

„Ich muss zugeben, trotz all der widrigen Umstände waren es auch für mich schöne Tage, und ich muss auch gestehen, ein paar äußerst spannende Stunden." Bei diesen Worten nickte Hugo Brinkschulte Alois lächelnd zu. „Wann ist man schon mal so nah bei einer Verbrecherjagd dabei wie hier?"

Er ergriff sein Glas und erhob es. „Lassen Sie mich einen Toast ausbringen! Trinken Sie mit mir auf unsere schöne Kur und ihren glücklichen Ausgang. Und ebenfalls darauf, dass der Schuldige seiner gerechten Strafe zugeführt wird."

Alle Gäste am Tisch erhoben ihre Gläser und stießen miteinander an.

Es war Alois, der die danach eintretende Stille unterbrach. „Lieber Herr Brinkschulte, ich hätte es nicht besser sagen können. Und ich denke, Ihr Wunsch wird bald in Erfüllung gehen. Es ist möglich, dass ich schon morgen Abend einige Informationen bekomme, die mich in die Lage versetzen, der Polizei zu sagen, wer der Täter ist."

Alle Anwesenden am Tisch starrten Alois ungläubig an. Brinkschulte nickte. „Dann möchte ich wiederholen, was ich

Ihnen neulich in unserem privaten Gespräch schon gewünscht habe. Viel Erfolg, und passen Sie auf sich auf!“

Aufmerksam betrachtete Alois alle Anwesenden am Tisch und ganz besonders die Mimik des Mörders. Aber es gab noch jemand, der ein besorgtes Gesicht machte – und das war Renate. Sie hatte zwar zugestimmt, Alois in diesem letzten Akt zur Seite zu stehen, aber wenn er sie jetzt noch einmal fragen würde, hätte sie ihre Entscheidung vermutlich revidiert.

Alois hingegen fieberte dieser letzten Auseinandersetzung regelrecht entgegen.

Kapitel 42

Am vorletzten Morgen seines Kuraufenthaltes in Bad Driburg hätte Alois seinen Wecker zum Fenster hinauswerfen können. Gerade heute wäre er gern noch eine Viertelstunde im Bett geblieben.

Doch heute lag ein arbeitsreicher Tag vor ihm, und so gönnte er es sich lediglich, noch fünf Minuten liegen zu bleiben und dabei seine Pläne zu überdenken.

Was stand heute noch auf dem Programm? Eine letzte Anwendung im Kohlensäurebad. Aufräumen und Kofferpacken. Die Abschlussuntersuchung bei Prof. Dr. Berghammer, und heute Nachmittag ein letzter Rundgang durch den Gräflichen Park, der ihm in seiner Zeit hier richtig ans Herz gewachsen war.

Abends dann hatte er Renate zu einem Abschiedsessen in den *Pferdestall* eingeladen.

Alois musste sich eingestehen, dass ihm die kleine Oberstudienrätin mittlerweile doch sehr viel bedeutete. Von ihr trennte er sich noch widerwilliger als von seinem Kurort. Konnte es sein, dass er sich auf seine alten Tage tatsächlich noch einmal verliebt hatte? Er kuschelte sich in sein Oberbett und genoss diesen schönen Gedanken.

Das Nächste, was ihm in den Sinn kam, war sein Plan zur Überführung des Mörders. Diese Aktion sollte die letzte des Tages und die letzte seiner Kur sein. Alois hoffte inbrünstig, dass alles so klappen würde, wie er es sich vorgestellt hatte.

Und der Gedanke an das, was ihm bevorstehen würde, ließ ihn die Beine aus dem Bett schwingen und auf die Füße springen. Nachdem er sich ausgiebig gereckt hatte, ging er hinüber ins Bad, um sich frischzumachen.

Voller Verwunderung stellte er dabei fest, wie viel Elan er plötzlich besaß. Sollte die Kur tatsächlich ein Erfolg gewesen sein?

Hildegard Berkemeier blickte von ihrem Computerbildschirm auf, als es heftig an ihrer Bürotür klopfte. Ärgerlich setzte Prof. Dr. Berghammers Sekretärin den Kopfhörer ab und unterbrach die Niederschrift des Diktats.

Einen Augenblick später stand Alois geschniegelt und gestriegelt vor ihrem Schreibtisch.

„Grüß Gott, wie Sie sehen, bin ich heute Morgen pünktlich. Ich habe um zehn Uhr einen Termin bei Ihrem Chef."

Die Sekretärin fixierte Alois über den Rand ihrer Brille hinweg. Dann klickte sie sich durch den digitalen Terminkalender ihres Computers. „Ach ja, Herr Rosenhöfer. Einen Moment bitte, ich will mal eben sehen, ob der Chef schon Zeit für Sie hat."

Frau Berkemeier griff zum Telefonhörer und wählte eine Nummer. Einen Augenblick später war das Gespräch bereits beendet. Sie stand auf, ging an Alois vorbei, öffnete die Tür zu Prof. Berghammers Büro und hielt sie einladend auf. Alois schritt an ihr vorbei und stand kurze Zeit später vor Berghammers Schreibtisch.

Der Chefarzt der *St. Urbanus Klinik* stand auf, kam seinem Patienten entgegen und streckte ihm die Hand hin. „Guten Morgen, Herr Rosenhöfer, schön, dass Sie da sind. Dann wollen wir mal zur letzten Untersuchung schreiten. Machen Sie sich bitte wieder frei."

Alois entblätterte sich und stand dem Mediziner in Unterhose gegenüber. Dieser umrundete Alois und taxierte ihn, als ob er ihn kaufen wollte. Dann nahm er sein Stethoskop aus der Kitteltasche und begann, Alois intensiv abzuhorchen.

Berghammer ließ ihn ein- und ausatmen, die Luft anhalten und mit offenem Mund husten. Anschließend verschwand sein Stethoskop wieder in der Tasche, und er forderte Alois auf, sich auf den Behandlungstisch zu legen.

Er tastete seinen Patienten ab und bewegte dessen Gliedmaßen. Dann durfte der Bayer wieder in eine sitzende Position wechseln. Es folgten Überprüfungen der Reflexe und anschließend musste Alois wie ein Topmodel vor ihm auf und ab gehen.

Prof. Berghammer kehrte an seinen Schreibtisch zurück und begann in seinen Unterlagen zu blättern, während Alois sich wieder anzog. Der Professor war immer noch mit dem Aktenstudium beschäftigt, als Alois bereits auf dem Besucherstuhl Platz genommen hatte.

Schwungvoll klappte der Chefarzt den Aktendeckel zu und legte beide Hände gefaltet darauf. „Herr Rosenhöfer, vor drei Wochen sind Sie ja hier bei uns aufgenommen worden. Ich hatte Ihnen damals gesagt, was wir mit Ihnen machen werden und wie Sie sich zu verhalten haben. Und ich muss sagen, ich bin doch ganz schön erstaunt, was daraus geworden ist."

Alois musste schlucken, denn er hatte sich bereits seelisch auf ein Donnerwetter des Chefarztes eingestellt. Zugegebenermaßen hatte er sich nicht immer an die Anweisungen gehalten. Hier mal eine Bratwurst gegessen, dort mal heimlich ein Eis genascht. Von den abendlichen, angeblich alkoholfreien Weißbieren mal ganz abgesehen.

Prof. Berghammer stand auf und wanderte mit auf dem Rücken verschränken Händen hinter seinem Schreibtisch auf und ab.

„Wie Sie wissen, versuchen wir, das regelmäßig zu hohe Gewicht unserer Patienten zu reduzieren. Ihre körperliche Mobilität zu erhöhen und sie wieder in Bewegung zu bringen. Wir haben nicht die Absicht, aus Alltagsmenschen Spitzensportler zu machen. Oder um es volkstümlicher zu sagen: aus einem Ackergaul ein Rennpferd zu machen."

Alois verspürte leichtes Herzklopfen, während er Prof. Berghammers Vortrag aufmerksam lauschte. Gleich würde er von den Allgemeinplätzen zu ihm persönlich wechseln.

„In Ihrem Fall, Herr Rosenhöfer, waren die Voraussetzungen besonders schlecht. Daher haben wir versucht, Sie besonders einzuspannen, damit Sie wieder fit werden. Lange Rede, kurzer Sinn: Herr Rosenhöfer, ich gratuliere Ihnen, bei Ihnen war die Kur ein voller Erfolg. Was aber sicherlich auch daran liegt, dass Sie sich sehr bemüht haben mitzuarbeiten. Von den Therapeuten habe ich gehört, mit wie viel Elan sie bei der Sache waren und wie viel Spaß Sie dabei hatten."

Alois glaubte seinen Ohren nicht zu trauen. Ein Erfolg? Zugegeben, er fühlte sich besser, aber dass es auch medizinisch so gut aussah, überraschte ihn doch ein wenig.

Der Chefarzt hielt ihm die Hand hin und gratulierte. Dann jedoch stutzte er. „Verdammt, jetzt haben wir doch noch etwas Wichtiges vergessen. Würden Sie so nett sein, sich noch einmal auszuziehen?"

Alois, immer noch geschockt, entblätterte sich erneut.

„Wir müssen Sie doch noch wiegen", teilte ihm der Chefarzt lächelnd mit und deutete auf die Waage in der Ecke.

Alois ging hinüber und stellte sich darauf. Als der Zeiger der Waage zum Stillstand kam, glaubte Alois seinen Augen nicht zu trauen. Sollte es tatsächlich sein, dass er mehr als acht Kilogramm abgenommen hatte? Ungläubig blickte er Prof. Berghammer an, der ihm anerkennend auf die Schulter klopfte.

„Sehen Sie, mein Lieber, was ein gesunder Lebenswandel ausmacht?"

Alois ging zurück zum Stuhl und begann sich erneut anzukleiden.

„Wie Sie sehen, sind wir Mediziner doch nicht alle so dumm, wie manche Kurgäste am Anfang einer Behandlung glauben. Wir wissen schon, was wir tun. Und wir wissen auch, was Sie erreichen können. Sehen Sie nur, bei ihnen gibt es noch ein weiteres Beispiel dafür, was unsere Kur gebracht hat."

Als Alois ihn fragend anblickte, musste Berghammer lachen.

„Wissen Sie denn nicht mehr, wie Sie bei der ersten Untersuchung hier im Stuhl hängen geblieben sind?"

Doch, Alois erinnerte sich noch gut an diese peinliche Situation. Zum Glück war das jetzt vorbei.

Berghammer holte hinter seinem Schreibtisch einen Kunststoffkanister hervor und stellte ihn vor Alois auf den Tisch. „Heben Sie den mal hoch!“, forderte er den Bayern auf.

Der Kanister schien mit Wasser gefüllt zu sein und hatte ein ordentliches Gewicht.

„Der Kanister wiegt gerade einmal fünf Kilo, Sie aber haben acht Kilo abgenommen. Hier spüren sie deutlich, was Sie an überflüssigem Gewicht so mit sich herumgeschleppt haben.“

Zufrieden stellte Alois den Kanister wieder auf den Schreibtisch. Er nahm sich vor, auch zu Hause darauf zu achten, dass die Mahlzeiten nicht zu üppig und die Bewegung nicht zu wenig würde. Aber zwei Dinge lagen ihm noch am Herzen. Kommentarlos begann er, zehn Kniebeugen zu machen und kam nach der zehnten ohne zu schnaufen wieder hoch.

Der Chefarzt applaudierte lächelnd. Doch ein letztes Ass hatte Alois noch im Ärmel.

„Herr Professor, eine Sache muss ich Ihnen aber noch gestehen. So ganz habe ich mich nicht an Ihre Anweisungen gehalten. Und Sie werden feststellen, dass es trotz meiner Verfehlung so gut geklappt hat.“

Prof. Berghammer verschränkte die Arme vor der Brust und sah Alois erwartungsvoll an.

„Ich muss gestehen, dass ich jeden Abend in der *Linde* meine zwei bis drei Flaschen Weizenbier getrunken habe. Und ich muss auch gestehen, dass es sich dabei nicht um alkoholfreies Bier gehandelt hat. Ich habe nämlich den Wirt bestochen, die Etiketten zu vertauschen. Ich hoffe, Sie nehmen mir diesen kleinen Schwindel nicht übel. Wie man sieht, hat es ja keinen Einfluss auf das Ergebnis gehabt.“ Mit spitzbübischem Lächeln grinste Alois den Chefarzt an.

Der wiederum grinste genauso zurück. „Lieber Herr Rosenhöfer, ich hoffe, auch Sie verzeihen mir einen kleinen Schwindel. Denn nachdem Sie beim Wirt waren, um ihn zu dem Etikettenschwindel zu überreden, habe ich ihn mit wenig Aufwand davon überzeugen können, es nicht zu tun." Berghammer lachte lauthals los, als er sah, wie Alois diese Eröffnung mit verdattertem Gesichtsausdruck und offenem Mund zur Kenntnis nahm.

Dann schlug sich der Bayer mit der flachen Hand gegen die Stirn. „Ich Rindvieh! Aber jetzt weiß ich auch wenigstens, warum ich nie einen Rausch bekommen habe, und warum dasselbe Bier in Detmold anders geschmeckt hat. Und ich habe gedacht, es läge an meinen veränderten Essgewohnheiten oder an der guten Luft in Bad Driburg!"

Kapitel 43

Mit etwas Wehmut stieg Alois aus der Stahlbadewanne und verließ das Kohlensäurebad. Diese Anwendung war seine letzte. Er begann sie bereits jetzt zu vermissen und wusste, dass die heimatlichen Wannenbäder sie nicht ersetzen konnten.

Die schönen Räumlichkeiten, das gepflegte Ambiente – und gerade hier im Kohlensäurebad der Blick aus der Wanne in den Gräflichen Park. Dazu kam das medizinische Personal, welches ihn die gesamte Zeit über freundlich, fröhlich und fürsorglich betreut hatte.

Nachdem er sich angezogen hatte, suchte er nach Hannelore Middendorf, die in einem anderen Raum gerade eine Wanne säuberte. Als Alois sich verabschiedete und sich bedankte, musste Frau Middendorf schmunzeln.

„Lieber Herr Rosenhöfer, schön dass Sie da waren. Ich hoffe, wir sehen uns noch einmal wieder, und achten Sie darauf, dass Sie zu Hause Ihre Wanne nie zu voll machen."

Beide mussten herzhaft lachen, Alois steckte ihr ein Trinkgeld zu und verabschiedete sich dann mit einem kräftigen Händedruck.

Sein nächster Weg führte ihn zum *Gäste-Service-Center*, dort lieferte er seinen sorgfältig abgearbeiteten Therapieplan ab und kaufte zur Erinnerung noch ein paar Postkarten.

Kurze Zeit später war aus dem Kurgast Rosenhöfer wieder der Privatmann Rosenhöfer geworden. Morgen früh würde er zum Bahnhof gebracht werden und seine Heimreise antreten. Schade eigentlich.

Er ging am *Pferdestall* vorbei und musste an das gemeinsame Abendessen mit Renate Krummweide denken. Dann kam ihm wieder in den Sinn, dass es heute ja noch spannend werden würde.

Mit acht Kilogramm leichteren Schritten strebte Alois wieder der *St. Urbanus Klinik* zu.

Als Alois zusammen mit Renate das Restaurant betrat, herrschte bereits reger Betrieb. Eine Kellnerin eilte ihnen entgegen und geleitete sie zum vorsorglich reservierten Tisch. Galant nahm Alois Renate die Jacke ab und rückte ihr den Stuhl zurecht.

Die Oberstudienrätin lächelte ihn an und ergriff seine Hand, als er sich ihr gegenüber setzte. „Vielen Dank für deine nette Einladung."

„Bitte, bitte", entgegnete Alois etwas verlegen. „Ich dachte mir, wir sollten uns vor dem heutigen Abenteuer noch ein wenig stärken."

Renate Krummweide lachte und griff nach der Speisekarte. Die geschmorte Kaninchenkeule mit Salbei und einem Ragout aus Tomaten, Apfel und Kartoffeln hatte es ihr besonders angetan. Alois schien heute blutrünstig zu sein, ihm stand der Sinn nach einem gebratenen Steak, englisch gebraten. Angespannt und schweigend widmeten sich beide ihrem Essen.

Gegen 22.00 Uhr winkte Alois der Bedienung und tat etwas für ihn Außergewöhnliches zum ersten Mal. Seit vielen Jahren bezahlte er wieder für eine Frau das Essen.

Vor dem *Pferdestall* verabschiedete sich Alois und drückte Renate die Hand. Diese stellte sich auf Zehenspitzen und drückte ihm einen Kuss auf die Wange. „Ich wünsche dir viel Glück. Pass bitte auf dich auf!"

Verlegen trat Alois von einem Fuß auf den anderen und sah Renate nach, die sich in Richtung *Gäste-Service-Center* entfernte. Dann drehte er um und marschierte in Richtung *Brunnenarkaden*. Dort blieb er eine Zeitlang stehen, bevor er sich weiter in Richtung *Konzertmuschel* in Bewegung setzte.

Nach einem kurzen Stück des Weges blieb er stehen, bückte sich und tat so, als ob er seinen Schnürsenkel zubinden würde. Diese Gelegenheit nutzte er, sich unauffällig umzusehen. Doch augenscheinlich schien ihm niemand zu folgen.

Er erhob sich und setzte seinen Weg in Richtung Eingang West fort. An der nächsten Möglichkeit bog er rechts ab, und es wirkte, als ob er auf dem Weg zur *St. Urbanus Klinik* wäre. Doch bevor er den nördlichen Parkausgang erreichte, bog er wiederum rechts ab und ging zurück in den Park. Sein Ziel war der *Heckengarten*.

Alois erinnerte sich noch daran, wie er zum ersten Mal im Herzen dieses Gartens das seltsame Wasserspiel gesehen hatte. Damals hatte es ihn an ein Fladenbrot mit Zapfsäule erinnert. Er näherte sich den übermannshohen Hecken, und stand kurze Zeit später vor dem Wasserbecken. Leise plätscherte Wasser auf die Skulptur in der Mitte.

Alois sah in die Runde und blickte zu den drei anderen Ausgängen. Das hier war der vereinbarte Treffpunkt mit seinem Informanten. Er konnte nur hoffen, dass alles wie geplant ablaufen würde. Das wiederum bedeutete, dass dann auch der Mörder hier auftauchen müsste. Doch im Moment war Alois anscheinend der einzige Mensch weit und breit. Langsam begann er den Brunnen zu umrunden. Ein weiterer Blick zur Uhr sagte ihm, dass es kurz vor halb elf war. In wenigen Minuten würde sein Informant erscheinen. Alois schlenderte zu einer Bank und ließ sich darauf nieder.

Punkt halb elf erschien im östlichen Heckengang ein Schatten. Sofort erhob sich Alois und ging ihm entgegen. Aus dem Schatten wurde eine dunkel gekleidete Person. Als Alois bei ihr eintraf, fasste er sie wortlos am Arm und zog sie in den Gang zwischen den Hecken, der zu den *Brunnenarkaden* führte. Dort blieben die beiden eine Zeitlang stehen. Für einen außenstehenden Betrachter musste es so wirken, als ob sie sich unterhielten. Nur leider gab es keinen Beobachter. Die beiden brachten so fast eine Viertelstunde miteinander zu, erst dann gaben sie es auf, diese Szene weiterzuspielen.

„So ein Mist, ich hätte fest damit gerechnet, dass wir Besuch bekommen." Alois war sichtlich enttäuscht, weil sein Plan nicht funktioniert hatte.

„Ich weiß nicht, ob ich mich darüber freuen oder ärgern soll, dass es anders gekommen ist“, meinte Renate, welche die Rolle des ominösen Informanten übernommen hatte. Nachdem sie sich vor dem *Pferdestall* getrennt hatten, war sie zum Parkplatz des Hotels gelaufen.

Aus dem Kofferraum ihres Wagens hatte sie die dunkle Bekleidung genommen und sich rasch umgezogen. Dann war sie vorsichtig durch den Park geschlichen, bis sie den Heckengarten erreicht hatte. Eine Menge Aufwand, aber offensichtlich alles umsonst.

Wie zwei begossene Pudel schlichen die beiden aus dem Garten, als sich aus dem Schutz eines großen Baumes eine Person herausschälte. Kaum hatten Alois und Renate den Weg erreicht, der von den *Brunnenarkaden* zum *Stahlbadehaus* führte, holte sie die Person ein. Kriminalhauptkommissar Potthast schien vom Ausgang dieser Unternehmung ebenso enttäuscht zu sein wie die beiden Akteure. Und dabei hatte man alles so schön geplant. Überall im Park waren unsichtbar Polizeibeamte postiert worden und hatten nur auf den Zugriffsbefehl gewartet.

Potthast zog ein Funkgerät aus der Tasche und gab das Ende dieser Aktion bekannt. Alle wussten, was das für sie bedeutete. Der Höxteraner Kriminalbeamte blieb stehen und schüttelte Alois und Renate die Hand. „Es hat zwar leider nicht geklappt, aber trotzdem vielen Dank für Ihre Mithilfe. Wir müssen nun versuchen, auf andere Art und Weise unseren Mörder zur Strecke zu bringen.“ Potthast steckte das Funkgerät wieder ein und knöpfte seine Jacke zu. Dann tippte er mit dem Zeigefinger grüßend an die Stirn und verabschiedete sich. Renate und Alois sahen ihm nach, während er sich gähnend in Richtung *Sierstorpff-Haus* entfernte.

Unschlüssig, wie es weitergehen sollte, deutete Alois auf eine Bank, deren Sitzbretter seltsam verbogen schienen. Vermutlich auch so ein Designerstück, vermutete er.

Renate ließ sich neben ihm nieder und eine Weile saßen sie schweigend nebeneinander.

„Schade, dass nun alles vorbei ist. Morgen geht es dann nach Hause." Alois seufzte. „Ich muss sagen, ich hätte jetzt gut und gerne noch eine Woche dranhängen können." Als Renate ihn fragend ansah, präzisierte er seine Aussage. „Also nicht nur wegen des Falls hier, sondern ich hätte es auch schön gefunden, noch eine Woche zusammen mit dir zu verbringen."

Renate lächelte geschmeichelt und legte eine Hand auf Alois' Oberschenkel. Statt einer Antwort lehnte sie ihren Kopf an seinem Oberarm. Die laue Sommernacht war für so eine romantische Situation wie geschaffen.

Alois wollte gerade etwas sagen, als es hinter ihnen leise knackte. Erschrocken fuhr Alois herum und spähte angestrengt in die Dunkelheit. Was war das?

Auch Renate hatte sich umgesehen, aber ebenfalls nichts entdecken können. „Alois, das wird mir hier zu unheimlich, wollen wir nicht gehen?"

Der Bayer nickte und stand auf. „Du hast recht, so alte Leute wie wir sollten schon längst im Bett sein", frotzelte er. Er legte seinen Oberarm um Renate, und die beiden schlenderten am *Stahlbadehaus* vorbei.

Nach ein paar Metern zog ihn Renate zu den Schaufenstern der *Gräflichen Schönheitsklinik* und zeigte ihm dort eine Bluse, die es ihr schon vor Tagen angetan hatte. „Ich glaube, bevor ich morgen fahre, werde ich mir die noch kaufen."

Alois schluckte, als er das Preisschild entdeckte. „Oberstudienrätinnen müssen ja einen Haufen Geld verdienen, wenn sie sich so etwas leisten können."

Renate boxte ihn belustigt gegen den Oberarm. Dabei bemerkte sie aus den Augenwinkeln einen Schatten, der hinter ihnen herhuschte. Vor lauter Schreck musste sie schlucken.

Als sie Alois darauf aufmerksam machen wollte, winkte dieser ab. „Ich hab es auch gesehen, lass uns weitergehen!"

Er legte seinen Arm wieder um Renates Schultern, und sie schlenderten weiter in Richtung *Wildgehege*.

Als sie das Gebäudeende des *Stahlbadehauses* erreichten, bemerkten sie, dass ihnen der Schatten weiterhin gefolgt war. Beide waren sich sicher, dass es sich dabei nicht um einen Polizeibeamten handelte, denn die hatten bereits nach Abbruch der Aktion den Park verlassen. Derjenige, der ihnen jetzt heimlich folgte, war anscheinend jemand ganz anderes. Und beide waren sich ebenso sicher, dass ihnen diese Person nicht wohlgesonnen war.

Kapitel 44

Ausgerechnet jetzt, wo alle Polizisten verschwunden waren, standen sie dieser Bedrohung alleine gegenüber. Noch während Alois überlegte, was er tun könnte, fiel sein Blick auf das Tor zum Betriebshof. Der größere Teil des Tores zwischen Stahlbadehaus und Wäscherei war zwar geschlossen, doch das Tor für den Personeneingang war halb geöffnet.

Geistesgegenwärtig zog er Renate mit sich, und kurze Zeit später standen die beiden auf dem Betriebshof des Gräflichen Parks. Ein paar Lampen tauchten das Gelände in diffuses Licht. Ohne lange zu überlegen, marschierte Alois über den Hof, auf das am Ende befindliche Gebäude zu. Knapp hundert Meter trennten sie von der gläsernen Eingangstür zum *Moorbadehaus*. Es war äußerst unwahrscheinlich, dass die Tür zu dieser nächtlichen Stunde unverschlossen war, aber eine andere Möglichkeit, ihrem Verfolger zu entkommen, schien es nicht zu geben. Der Hof war von Gebäuden umschlossen. Ließ sich die Tür nicht öffnen, dann saßen sie wie Ratten in der Falle. Sie hasteten über den Betriebshof und erreichten die doppelflügelige Glastür. Mit Erleichterung stellte Alois fest, dass die Tür unverschlossen war, und so schlüpften die beiden in das Gebäude. Aber wie weiter?

Links die Treppe hinauf, oder geradeaus die Rampe hinunter in den Keller? Alois entschied sich für die Rampe, denn vielleicht war die nächste Zwischentür abgeschlossen. Der Zugang zum Keller schien frei zu sein, und dort gab es sicher Möglichkeiten, sich zu verstecken. Vorausgesetzt, ihr Verfolger folgte ihnen ins Gebäude. Auf leisen Sohlen schlich Alois, mit Renate im Schlepp, die Rampe hinunter und bog dann nach links in den langen Kellergang ein. Hier roch es deutlich wahrnehmbar nach Moor. Alois zog die vorsorglich mitgenommene Taschenlampe heraus und schaltete sie ein. Mit der Hand dunkelte er den Reflektor so weit ab, dass nur ein winziger Lichtstrahl vor ihnen auf den Boden fiel.

Er wusste, dass sich hier unten die sogenannte Moorküche befand, die Wiederaufbereitungsanlage für das Moor, welches sowohl für die Moorbäder als auch für die Packungen verwendet wurde. Hier unten wurde es erhitzt und mit Eimern oder per Leitung weitertransportiert.

Sie passierten einen Container mit Plastikfolien, an denen noch Moorreste hafteten. Alois erinnerte sich, dass auch seine Packung auf so einer Folie gelegen hatte. Er zog Renate an zwei großen Schränken vorbei. Rechter Hand schimmerte ein kleines Licht im Dunkeln. Es handelte sich um den Rufknopf für einen der kleinen Fahrstühle, in denen die Eimer mit dem warmen Moor nach oben in die Behandlungsräume transportiert wurden. Leider boten ihnen die Fahrstühle keinen Fluchtweg, da sie viel zu eng waren. Ihnen blieb nichts weiter übrig, als tiefer in den Keller vorzudringen.

Linker Hand konnten sie in einen Raum blicken, in dem ineinander gestapelte Eimer darauf warteten, am nächsten Morgen wieder mit 50 Grad warmem Moor für die Packungen gefüllt zu werden. In diesem Raum gab es zwar ein paar kleine Fenster, doch die führten lediglich in den nächsten Raum, nicht nach draußen.

Als sie nach vorne blickten, sahen sie eine weitere doppelflügelige Glastür. Alois ließ die Taschenlampe aufblitzen, und mit großem Entsetzen erkannten die beiden Flüchtenden eine schwere Kette, die man um die Türgriffe gewickelt und mit einem Schloss gesichert hatte. Sackgasse!

In diesem Moment hörten sie, wie hinter ihnen die Eingangstür geöffnet wurde. Als Renate sich umdrehte, blitzte in einem Spiegel in der Nähe des Eingangs eine Lampe auf. Erschreckt krallte sie sich in Alois' Oberarm. Dieser fuhr ebenfalls herum. Auch er sah den wandernden Lichtschein auf dem Boden und wusste, dass ihr Verfolger jeden Augenblick um die Ecke biegen würde.

Geistesgegenwärtig machte Alois einen Schritt nach links und stand nun in einer Art Durchgang. Links sah er einen großen, stählernen Kübel, der fast bis an die Decke reichte, rechts standen zwei Schaltschränke. Auch hier gab es keine Möglichkeit, sich zu verstecken.

Er zog Renate hinter sich her und hastete eine Rampe hinauf, die in eine größere Halle führte. Links durch drei Fenster aus Glasbausteinen, fiel das Licht der Hofbeleuchtung in den Raum. An der linken Wand, neben der Rampe, sah er einen weiteren, bis zur Decke reichenden, stählernen Moorkocher von mindestens anderthalb Metern Durchmesser. Daneben lagen sogenannte Festzeltgarnituren, waren Pappkartons aufgestapelt und zwei große Stahlcontainer mit Deckel abgestellt.

In der gegenüberliegenden Ecke kam ein Förderband aus dem Boden und führte zu einer Maschine. Dahinter konnte man einen großen Container erkennen, der voll mit Moorerde war. Überall verliefen silberne Stahlrohre. Unter diesen Stahlrohren stand ein etwa anderthalb Meter breiter und übermannshoher Schaltschrank. Schräg rechts vor ihnen ragte ein grüner, rund zwei Meter hoher Bottich auf. Zwei gelbe Leitern ermöglichten es, auf ihn hinaufzugelangen. Doch Alois war sich sicher, dass sie nur für Reparatur und Wartungszwecke angebracht waren. Ganz rechts sah man in einem separaten, kleinen Raum einen weiteren riesengroßen Moorkocher und große Leitungen, aber leider keinen Ausgang. Sie saßen endgültig in der Falle!

Zwischen den Glasbausteinen erkannte Alois ein großes, hölzernes Tor, in dem sich eine kleine Holztür befand. Aber große Hoffnung, dass sie Glück hatten und die Pforte sich öffnen ließ, hatte er nicht. Aber sie mussten es auf jeden Fall versuchen. Alois zerrte Renate mit sich, die wie versteinert stehen geblieben war und auf die Schritte gelauscht hatte. Diese waren nun bereits deutlich im Kellergang zu hören. Der Verursacher dieser Geräusche bewegte sich langsam, so als ob er wüsste, dass er seine Beute in die Enge getrieben hatte, und machte keine Anstalten, leise zu sein. Warum auch? Hier unten waren sie ganz allein.

Alois steuerte auf das große Holztor zu und betete, dass es offen sein möge. Doch als sie es erreichten und er daran rappelte, musste er feststellen, dass sie kein Glück hatten. Er spürte, wie Renates Hand auf seinem Oberarm zitterte. Hier gab es keinen Ausweg mehr.

Die beiden Flüchtenden erschraken fast zu Tode, als plötzlich die gesamte Mooranlage in Betrieb gesetzt wurde. Der soeben noch totenstille Raum wurde vom Geräusch der anlaufenden Förderbänder durchdrungen. Einen Moment lang glaubte Alois, dass sein Herz stehen bleiben würde. Aber nur Sekunden später wurde die Anlage bereits wieder ausgeschaltet.

Langsam, wie hypnotisiert, drehten Renate und er sich um. In diesem Moment flammte die Beleuchtung in der Mooraufbereitungshalle auf. Geblendet hielt sich Renate ihren Unterarm vors Gesicht. Alois' Augen wanderten aufmerksam durch die Halle und blieben an einer Person hängen, die auf dem Gitterrost vor dem Schaltschrank der Anlage stand.

Was diese Person so bedrohlich erschienen ließ, war die Schusswaffe in ihrer Hand. Wie von einem Magneten angezogen machte Alois ein paar Schritte auf die Person zu. Die bis dahin lässig in der Hand gehaltene Waffe wurde angehoben, und die Mündung zeigte nun mitten auf Alois Brust.

„Herzlich willkommen im *Moorkeller* des Gräflichen Parks. Ich freue mich, dass Sie pünktlich zu Ihrer letzten, leider auch tödlich endenden Anwendung erschienen sind. Danach wird dieser Raum wohl Mordkeller heißen." Es folgte ein sarkastisches Lachen.

Alois musste sich räuspern, bevor er sprechen konnte. Ihm war im wahrsten Sinne des Wortes die Spucke weggeblieben. „Und aus Ihrer Anwesenheit dürfen wir also schließen, dass sie, Herr Brinkschulte, der Therapeut des Todes sind, oder?"

Brinkschulte lachte hämisch und stieg vom Podest herunter. Mit der Waffe in der Hand kam er auf sie zu. „Mein lieber Herr Rosenhöfer, so eine literarische Umschreibung für meine Aufgabe als Henker hätte ich Ihnen gar nicht zugetraut."

Renate drückte sich halb hinter Alois' stattliche Statur und starrte Brinkschulte aus ängstlichen Augen an.

„Gnädige Frau, machen Sie sich nicht die Mühe, sich hinter Ihrem neuen Liebhaber zu verstecken. Eine Kugel aus dieser Waffe geht nicht nur durch ihren bayerischen Galan, sondern auch noch durch Sie."

Brinkschulte wedelte mit der Waffe, und Renate kam zögerlich ganz zum Vorschein.

„Tja, wenn ich ganz ehrlich bin", Brinkschulte entfernte ein imaginäres Stäubchen von seiner Jacke, „dann fällt es mir sogar ein wenig schwer, Sie beide zu erschießen. Denn in dem Haufen von Vollidioten, die ich hier kennen gelernt habe, waren Sie noch die angenehmsten. Nur leider haben Sie beide eines gemeinsam: Sie sind einfach zu neugierig."

Brinkschulte steckte seine linke Hand lässig in die Hosentasche, hielt die Waffe aber weiterhin auf die beiden gerichtet. Alois sah ihn fragend an, und als Brinkschulte wohlwollend nickte, steckte er vorsichtig die Taschenlampe in die Jacke. Es war sicherlich besser, wenn man in so einem Fall beide Hände frei hatte. Aber Alois war durchaus bewusst, dass er gegen eine geladene Waffe keine Chance hatte. Er war zwar Polizeibeamter, aber ganz sicher kein Supermann. Er tastete nach Renate Hand und drückte sie aufmunternd.

„Mein Gott, wie romantisch", höhnte Brinkschulte sarkastisch. „Ein nettes Liebespaar geben Sie beide ab. Wie schön, wenn Sie dann auch noch im Tod vereinigt sein werden."

„Bevor Sie uns hier über den Haufen schießen, würde ich gerne noch Antwort auf eine Frage haben", begehrte Alois.

Brinkschulte nickte ihm gönnerhaft zu.

„Wie kam es zu der plötzlichen Heilung, die es Ihnen möglich macht, auf Ihren Rollstuhl zu verzichten?"

Brinkschulte lachte gehässig auf. „Ach wissen Sie, das war eigentlich nur Tarnung. Sie glauben ja gar nicht, wie rücksichtsvoll die Menschen mit mir umgegangen sind. Sie selbst waren ja völlig schockiert, als Sie mich neulich nachts, aus dem Rollstuhl geworfen, auf dem Boden liegen sahen." Brinkschulte grinste breit. „Sie müssen zugeben, dass ich meine Rolle gut gespielt habe. Der arme Rollstuhlfahrer, der von dem bösen, flüchtenden Verbrecher umgerannt wird. Dabei war es so einfach, alles vorzubereiten. Ich brauchte lediglich vorher den Rollstuhl in den Flur zu legen und mich auf meiner Flucht in seiner Nähe hinzuwerfen."

Alois schnaufte und nickte zustimmend mit dem Kopf. Brinkschulte hatte recht, er hatte sich durch diesen Trick täuschen lassen. „Aber sagen Sie mir, ob ich recht damit habe, dass Sie der Komplize von Horst Scheidemann beziehungsweise Heinz Wurm bei einem Raubüberfall waren. Nach Auskunft von Kriminalhauptkommissar Potthast hat Wurm deswegen ja viele Jahre im Knast gesessen."

„Genau und netterweise hat er, was meine Person betraf, seine Schnauze gehalten. Und es wäre für ihn besser gewesen, wenn er sich bemüht hätte, auch nach dem Gefängnis alles zu vergessen und ein normales Leben zu beginnen. Aber stattdessen musste er ja hinter mir herspionieren. Dieser Trottel hat doch tatsächlich geglaubt, dass ihm nach so langer Zeit noch ein Anteil an der Beute zustehen würde."

Alois zog Renate näher zu sich heran. „Und als er hier auftauchte und Sie erpressen wollte, haben Sie ihn getötet, richtig?" Brinkschulte musterte Alois abschätzend.

„Ganz genau. Ich habe ihn aber vorher gewarnt, war sogar nachts in seinem Zimmer. Aber er wollte ja nicht hören."

Alois legte die Stirn in Falten. „Ich vermute mal, das war die Nacht, in der Sie von Herta Feilenbach beobachtet worden sind. Sie hat in dieser Nacht nicht nur Klaus Hauschild über den Flur schleichen sehen, sondern sogar noch einen wundersam geheilten Rollstuhlfahrer."

Die Waffe in Brinkschultes Hand zitterte. „Diese alte Vettel war geldgierig. Sie ahnte, dass es zwischen Wurm und mir eine Beziehung gab, wohlmöglich hatte sie auch mitbekommen, dass es dabei um Geld ging. Und so kam sie auf die Idee, aus ihrer nächtlichen Beobachtung Kapital zu schlagen."

„Was bedeutete, dass sie damit ihr eigenes Todesurteil ausgesprochen hatte", vervollständigte Alois diesen Punkt. Und noch etwas fügte er hinzu: „Damals im Speisesaal hat sie davon gesprochen, dass sich eine gewisse Person auf dem Flur der vierten Etage herumgetrieben hatte. Aber damit meinte sie nicht den lüsternen Hauschild, sondern Sie."

„Da wurde es langsam Zeit, sie aus dem Weg zu schaffen. Und wieder war es der Rollstuhl, der mir gute Dienste geleistet hat. Mit ihm konnte ich ihre Leiche fleckenfrei bis zum Wäscheschacht fahren. So bin ich sie erst mal losgeworden, nur leider kam ich nicht mehr dazu, sie endgültig zu entsorgen." Brinkschulte nickte anerkennend. „Tja, Rosenhöfer, das haben Sie soweit alles sehr gut beobachtet. Aber ich vermute, das war mehr Glück als Können. Denn wenn ich Sie so betrachte, dann ist mir schleierhaft, wie ein bayerischer Dorftrottel wie Sie es schaffen konnte, meinem Anschlag mit den manipulierten Bremsen zu entgehen. Sie haben die sieben Leben einer Katze. Aber seien Sie versichert, das werden wir hier und heute ändern."

Alois ließ Renates Hand los und legt ihr den Arm um die Schultern. Tröstend zog er sie an sich. Er konnte spüren, wie sie zitterte.

Brinkschulte sah Renate mit bedauerndem Blick an. „Sehen Sie, meine Liebe, letztendlich sind Sie es ja, die mich dazu zwingt, Sie beide zu erschießen. Ihre dumme Angewohnheit, wie wild in der Gegend herumzufotografieren hat Ihnen das Genick gebrochen."

Alois hob die Hand zum Einwand. „Ich vermute, Sie hatten die Befürchtung, dass wir Sie auf einem der Bilder am Hermannsdenkmal erkennen könnten, und haben deshalb versucht, an die Kamera in Renates Zimmer zu gelangen. Doch sie ist aufgewacht, hat Sie überrascht, und Sie mussten sie niederschlagen."

„Exakt so war es. Zu ihrem Leidwesen, habe ich weder die Kamera noch die Bilder in die Finger bekommen. Und da es sich dabei um ziemlich belastende Beweise handelt, werden Sie sicher verstehen, dass ich erst Sie und dann diese Fotos beseitigen muss."

Alois bemühte sich, die Unterhaltung weiter in Gang zu halten. „Wie Sie schon so richtig bemerkt haben, bin ich ja Polizeibeamter. Vermutlich liegt es daran, dass ich gern alles wissen möchte. Zum Beispiel, wie Ihr richtiger Name lautet und wo sich das Geld des Raubüberfalls befindet, den Sie mit Wurm begangen haben."

Brinkschulte rümpfte die Nase. Dann zuckte er verächtlich mit den Achseln. „Auch wenn es Sie eigentlich einen feuchten Kehricht angeht, will ich mal nicht so sein und Sie nicht dumm sterben lassen." Brinkschulte amüsierte sich über seinen eigenen Witz dermaßen, dass sein Lachen von den Kellerwänden widerhallte.

„Um das Geld machen Sie sich mal keine Sorgen, das befindet sich auf einem Bankkonto, das ich unter meinem falschen Namen Brinkschulte in den Niederlanden eröffnet habe. Unter meinem richtigen Namen, Holger Mertens, wäre das wirklich zu dumm gewesen."

Brinkschulte, alias Mertens, trat einen Schritt zurück und hob die Waffe. Ihre Mündung zielte nun auf Alois Kopf. „Wie heißt es doch in Goethes *Faust* so schön? *Der Worte sind genug gewechselt, lasst mich auch endlich Taten sehen!* In diesem Sinne werden Sie Verständnis dafür haben, dass ich die Sache nun zu Ende bringen möchte."

Renate klammerte sich an Alois und starrte auf die Waffe wie das Kaninchen auf die Schlange. Warum unternahm Alois nicht endlich etwas?

Als ob er ihre Gedanken erraten hatte, erhob er warnend die rechte Hand. „Ich brauche Ihnen vermutlich nicht zu sagen, dass das noch ein weiterer kaltblütiger Mord wäre, oder? Und so etwas kann ich als Polizeibeamter – egal, ob ich hier nun örtlich zuständig bin oder nicht – auf keinen Fall zulassen."

Bei diesen Worten prustete Brinkschulte laut los. „Und was gedenken Sie dagegen zu unternehmen?", wollte er von Alois wissen. „Sie werden sich sicherlich daran erinnern, dass Sie mir recht freimütig erzählt haben, dass sie gar kein richtiger Polizeibeamter sind, sondern der Verkehrskasper." Seiner Sache vollkommen sicher hatte Brinkschulte die Waffe ein wenig gesenkt. „Wie gedenken Sie denn, mich daran zu hindern? Mit der Kasperleklatsche, mit der Sie auf der Bühne das Krokodil verhauen?" Brinkschulte lachte gehässig.

„Nein, zu solch schweren Waffen muss ich gar nicht greifen", widersprach Alois und griff mit spitzen Fingern vorsichtig in seine Hemdtasche. Langsam zog er ein Band heraus, an dessen Ende eine kleine, silberne Trillerpfeife hing.

Völlig überrascht sah Brinkschulte zu, wie er die Pfeife im Zeitlupentempo an die Lippen führte.

„Genau genommen, habe ich vor, Sie mit dieser Trillerpfeife daran zu hindern." Und noch ehe Brinkschulte etwas sagen oder tun konnte, hatte Alois die Pfeife zwischen den Lippen und blies kräftig hinein.

Der schrille Ton brach sich im Mordkeller, und Brinkschulte verzog angewidert das Gesicht. „So, jetzt aber Schluss mit dem Kasperletheater!", knurrte er boshaft.

„Richtig! Jetzt ist tatsächlich Schluss! Polizei! Waffe fallen lassen!"

Potthasts Stimme bellte durch den Raum. Im selben Moment kippte der Stapel von Pappkartons um und gab den Blick auf schwarz vermummte Männer mit Maschinenpistolen frei. Zwei weitere sprangen hinter dem Schaltschrank hervor und richteten ihre Waffen auf Brinkschulte.

Noch ehe dieser sich versah, wurde ihm von zwei Beamten des Sondereinsatzkommandos die Waffe aus der Hand geschlagen und er zu Boden geworfen. Nur einen Atemzug später lag er mit auf dem Rücken gefesselten Händen da.

Die gesamte Aktion war so schnell gegangen, dass Renate erst jetzt dazu kam, einen spitzen Schrei auszustoßen. Alois musste sie festhalten, da sie vor Schreck schwankte. Potthast kam seinem bayerischen Kollegen eilfertig zu Hilfe. Doch Renate wehrte ab. „Ist schon wieder in Ordnung." Ein klein wenig verstimmt blickte sie Alois an. „Sag mal, wie lange wolltest du eigentlich noch warten? Ich habe mir vor Angst fast in die Hose gemacht."

Selbst noch ein wenig aufgekratzt blickte Alois sie an und streichelte dann ihre Wange. „Ich weiß gar nicht, was du willst, ist doch alles super gelaufen." Er wandte sich zu Potthast um. „Ich hoffe mal, Sie haben alles mitgehört."

Der Kriminalbeamte aus Höxter nickte befriedigt. „Ich muss zwar zugeben, dass meine Nerven zum Zerreißen gespannt waren, aber das Warten hat sich gelohnt. Wir haben eine wunderschöne Bandaufnahme von Herrn Brinkschultes Geständnis. Nein, es muss ja heißen: von Herrn Mertens' Geständnis."

Zwei Beamte des Sondereinsatzkommandos hatten Brinkschulte wieder auf die Beine gezerrt. Mit vor Wut verzerrtem Gesicht starrte er Alois an. „Sie verdammtes Dreckschwein, Sie haben mich reingelegt."

Bedauernd zuckte Alois mit den Schultern. „Bevor Sie nun lebenslänglich in den Knast wandern, muss ich Ihnen noch ein Geständnis machen. Sie sind wirklich genauso clever, wie wir Sie eingeschätzt haben. Es war uns klar, dass wir Sie nicht so einfach in die Falle locken konnten. Daher vorher auch diese kleine Ablenkung. Das angebliche Treffen mit einem Informanten."

Mertes versuchte einen Schritt auf Alois zu, wurde aber von den Polizeibeamten daran gehindert.

„Wie Sie jetzt wissen, hatten wir die Möglichkeit einkalkuliert, dass Sie uns beobachten. Und daher blieb uns nur, Sie in Sicherheit zu wiegen, um Sie dann in diese zweite Falle hier laufen zu lassen."

„Sie haben alles geplant? Sie? Sie Kasperle?“ Mertens schäumte vor Wut.

Alois feixte ihn an. „Nein, da muss ich Sie enttäuschen, das war eine bayerisch-westfälische Koproduktion. Und wie man an Ihrer Festnahme sieht, eine erfolgreiche.“

„Genau“, stimmte ihm Potthast zu. „Ende des Theaters. Vorhang zu! Abführen!“

Kapitel 45

„Gott sei Dank, dass nun alles vorbei ist“, stöhnte Renate Krummweide auf dem Rückweg zur *St. Urbanus Klinik*. „Ich muss schon sagen, das war die aufregendste Kur, die ich jemals mitgemacht habe.“

„Da kann ich nicht mitreden“, entgegnete Alois, „denn das hier war meine erste.“ Er musste innerlich grinsen, wenn er daran dachte, mit wie viel Abneigung er hier nach Bad Driburg gekommen war. Zugegeben, der heutige Abend war nicht typisch für einen Kurort, aber so würde er Bad Driburg immer in Erinnerung behalten. Wieder kam Wehmut auf, als er daran dachte, dass morgen früh – oder war es schon heute? – alles endgültig zu Ende war.

Kurz vor der Klinik musste Alois gewaltig gähnen. Renate Krummweide lachte und blickte auf ihre Armbanduhr. „Grundgütiger, es ist ja fast schon zwei Uhr! Jetzt wird es aber höchste Zeit, dass wir ins Bett kommen.“

Wenige Augenblicke später hatten sie den Eingang zur Klinik erreicht. Das Foyer war hell beleuchtet, Prof. Dr. Berghammer stand an der Rezeption und telefonierte. Hinter dem Tresen stand Frau Schmitz, die über ihrem seidenen Pyjama einen Bademantel trug. Nach Ende des Gespräches nahm sie den Telefonhörer von ihrem Chef entgegen. Berghammer kam den beiden Helden mit ausgebreiteten Armen entgegen.

„Werte Frau Krummweide, geschätzter Herr Rosenhöfer. Ich bin gerade von der Polizei darüber informiert worden, dass Sie geholfen haben, diesen gefährlichen Verbrecher zur Strecke zu bringen.“ Der Professor schüttelte zunächst Renate, dann Alois kräftig die Hand.

„Und der Herr Rosenhöfer ist sogar noch Polizeibeamter.“ Spielerisch drohte Berghammer Alois mit dem Zeigefinger. „Aber, aber, das hätten Sie uns doch schon viel früher sagen können.“

Alois gähnte erneut. „Nein, es war schon ganz gut, dass es nur der Potthast gewusst hat."

„Und ich!", begehrte Renate auf. Lachend nahm Alois sie in den Arm. „Ja, und du." Er drückte sie leicht an sich und sah den Professor an. „Seien Sie uns nicht böse, es wird Zeit, dass wir ins Bett kommen. Ohne ein paar Stunden Schlaf könnte der gesamte Kurerfolg infrage gestellt werden."

Prof. Dr. Berghammer rieb sich geschäftig die Hände. „Alles, bloß das nicht. Wo wir Sie doch gerade so schön wiederhergestellt haben." Er legte einen Moment lang den Finger vor den Mund und dachte nach. Dann sah man ihm seinen Geistesblitz förmlich an. „Meine Dame, mein Herr, hiermit erkläre ich, dass ich es aus ärztlicher Sicht medizinisch für absolut notwendig halte, Sie beide noch zu einer Woche Nachkur in unserem Hause zu behalten."

Sprachlos sahen Alois und Renate sich freudig an. Eine Woche Nachkur? War das nicht herrlich? Das Abenteuer endete also nicht abrupt, sondern sie hatten noch eine ganze Woche, um es in Ruhe ausklingen zu lassen.

Berghammer drehte sich zur Rezeption um. „Frau Schmitz, wenn Sie nun sowieso schon mal auf sind, dann bereiten Sie doch bitte schon die entsprechenden Papiere für die Nachkur vor. Ich werde mich morgen sofort mit den entsprechenden Kostenträgern in Verbindung setzen und dann alles unterschreiben." Berghammer trat einen Schritt zur Seite und machte den Weg zum Fahrstuhl frei. „Im Namen der *St. Urbanus Klinik* möchte ich mich noch einmal ganz herzlich für Ihren selbstlosen Einsatz bedanken und wünsche Ihnen den Frieden der Nacht."

Sich ebenfalls artig bedankend sahen Alois und Renate zu, dass sie endlich in den Fahrstuhl kamen. Kurze Zeit später standen sie vor Renates Zimmer. Beide waren sehr verlegen, dann aber übernahm Renate die Initiative. Sie stellte sich wieder einmal auf Zehenspitzen, schlang ihre Arme um Alois Hals und küsste ihn.

Der Bayer war dermaßen überrascht, dass er die Umarmung über sich ergehen ließ. Als Renate ihn losließ, geriet er kurz ins Taumeln, da ihm dieser Kuss die Luft geraubt hatte.

„Alois, ich mag dich sehr, und ich möchte mich für alles bedanken, was du für mich getan hast.“ Renate war einen Schritt zurückgetreten und hatte die Hand auf die Klinke ihrer Zimmertür gelegt. „Und ich freue mich darauf, dass wir nun noch eine weitere Woche Zeit haben, uns näher und besser kennen lernen zu können.“

Immer noch etwas bedeppert stand Alois auf dem Flur und blickte Renate nach, während sie in ihr Zimmer verschwand. Minutenlang starrte er auf die geschlossene Tür. Einen Augenblick lang kam es ihm so vor, als ob er alles nur geträumt hatte.

Bei dem Gedanken an die bevorstehende Woche begann er jedoch zu schmunzeln. Ein wohliges Schaudern lief ihm über den Rücken, während er die Hände tief in seine Hosentaschen schob und sich umdrehte. Manchmal ging das Schicksal doch seltsame Wege.

Er war gerade einmal vier Schritte von Renate Tür entfernt, als sich diese wieder öffnete. Nur mit dem Oberteil ihres Schlafanzuges und einem Slip bekleidet, beugte sie sich aus der Tür. „Weißt du was? Eine Woche ist viel zu kurz, ich will dich sofort kennen lernen, und zwar ganz genau. Also, komm schon rein!“

Auch wenn man Alois nachsagte, dass er manchmal ein wenig langsam reagierte – dieser Einladung kam er postwendend nach. Ohne lange zu überlegen schlüpfte er zu Renate ins Zimmer. Lediglich ein Gedanke ging ihm noch durch den Kopf, als er die Tür hinter sich schloss: Wie bringe ich das nur der Mama bei?

Nachwort

Sollten Sie aus Bayern kommen, dann darf ich Ihnen versichern: Bad Driburg gibt es wirklich!

Sollte Ihr Arzt Sie dorthin zur Kur schicken, dann freuen Sie sich auf ein paar schöne Wochen in einer herrlichen Landschaft, bei netten Menschen und auf den wunderschönen Gräflichen Park. Dieses Buch könnte Ihnen dabei als Reiseführer dienen. Nur die im Buch vorkommenden Personen werden Sie in Bad Driburg vergeblich suchen. Genau wie die Handlung sind sie alle frei erfunden. Die einzige Aufgabe in ihrem kurzen literarischen Leben besteht darin, Sie gut und spannend zu unterhalten. Ähnlichkeiten mit lebenden oder toten Personen wären also rein zufällig und nicht beabsichtigt.

Eines kann ich Ihnen versichern: Abenteuer, wie die von Alois und Renate, werden Sie in Bad Driburg garantiert nicht erleben. Denn im Gegensatz zu unseren beiden Helden würden Sie nachts regelmäßig, egal ob am *Mausoleum* oder im *Moorbadehaus*, vor gesicherten und verschlossenen Türen stehen.

Mir hingegen standen bei meinen Recherchen für diesen Roman im Gräflichen Park alle Türen offen. Im Jahre 2011 war ich bereits zum zweiten Mal in Bad Driburg zur Kur. Ich hatte kurz zuvor meinen dritten Lippe-Krimi abgeschlossen und in der örtlichen Buchhandlung erfahren, dass es noch keinen Krimi aus Bad Driburg gab. Was lag also näher, als diesen schönen Ort mal als Kulisse für einen Krimi zu verwenden?

Dafür waren viele detaillierte Informationen nötig. Denn wer diesen Roman während der Kur in Bad Driburg liest, kann selber an Ort und Stelle überprüfen, ob alles stimmt. Bei meinen Recherchen haben mich viele Mitarbeiter/-innen der Unternehmensgruppe Graf von Oeynhausen-Sierstorpff (UGOS) immer hilfsbereit und freundlich unterstützt. Stellvertretend für alle, möchte ich mich bei der PR-Referentin Kristina Schütze bedanken.

Weitere Danksagungen gehen wie immer an meine Freundin Inge aus dem „Rotstiftmilieu“, die sich wieder mal als Erste durch das Manuskript gekämpft hat, sowie meine zahlreichen und unverzichtbaren Testleser/-innen, die unermüdlich auf Fehlersuche waren. Ebenso wie meine Frau Petra, die mir bei meinen literarischen Abenteuern mit Rat und Tat zur Seite steht. Und last but not least Dank an meinem Verlag topp+möller aus Detmold, der sich mit mir zusammen auf das Abenteurer *Moorbad* eingelassen hat.

Joachim H. Peters
Detmold, im Juni 2012

Lippe-Krimi®

Joachim H. Peters

Geboren? Ja, und zwar im Jahre 1958, im soeben noch westfälischen Gladbeck. Nach aktiver Kindergartenverweigerung und Absolvieren diverser Grundschulen folgte der Besuch der einstmals städtischen Realschule für Jungen mit abschließender mittlerer Reife und einem folgerichtigen Wechsel in die mittlere Beamtenlaufbahn.
Seit 1975 arbeitet er als Polizeibeamter u.a. in Oberhausen, im Kreis Recklinghausen und mittlerweile in Lippe.
Nach dem Verfassen von Kurzgeschichten und Kinderbüchern erschien im Jahre 2009 mit „Koslowski und der Schattenmann" sein Debütkrimi in der Reihe der Lippe-Krimis.
Joachim H. Peters lebt in Detmold und arbeitet in Lage.
Wenn er in seiner Freizeit gerade mal keine Krimis schreibt, aus seinen Büchern liest oder aus irgendeinem anderen Grund auf einer Bühne steht, geht er seinen Hobbys Jagd und Hund nach.

www.koslowski-krimis.de

topp+möller
Medien optimal genutzt!

Koslowski und die lebenden Puppen
Regional-Krimi aus Lippe
Kein Raki für Koslowski
Regional-Krimi aus Lippe
Koslowski und der Schattenmann
Regional-Krimi aus Lippe